UN HIVER À NEW YORK

De la même autrice :

Un cottage pour deux, Charleston, 2023, Pocket, 2024

Les Deux Vies de Lydia Bird, Charleston, 2021, Pocket, 2022

Un jour en décembre, Charleston, 2019, Pocket, 2020

Titre original : *A Winter in New York*

Publié pour la première fois en 2024 par VIKING, une marque de PENGUIN GENERAL.
PENGUIN GENERAL fait partie du groupe Penguin Random House.
Traduit de l'anglais (États-Unis) par Marie Chivot-Buhler

76, boulevard Pasteur
75015 Paris – France
www. editionscharleston.fr

ISBN : 978-2-38529-264-5
Maquette : Patrick Leleux PAO

Josie Silver

UN HIVER
À NEW YORK

Roman

Traduit de l'anglais (États-Unis)
par Marie Chivot-Buhler

CHARLESTON

Pour Sally et Rose,
mes formidables amies

Jour de la Saint-Valentin

Librairie Logan, Lower East Side, New York

Vous savez, au cinéma, quand une scène chargée en tension défile au ralenti pour accentuer l'effet dramatique et que vous retenez votre respiration en vous demandant si le héros parviendra à sauter entre les deux immeubles ou à rattraper le vase hors de prix avant qu'il ne se brise en mille morceaux ? Eh bien j'ai l'impression que ce mode ralenti a été activé alors que je tends le bras vers le dernier exemplaire du roman que j'attends depuis un an, exactement en même temps que quelqu'un d'autre. Je vois sa manche à côté de la mienne et je m'élance telle une coureuse sur le point d'attraper le bâton de relais, résolue à gagner. J'effleure la couverture, mais *non, non, non,* mon satané voisin a le bras plus long que moi et au dernier moment je sens le livre me glisser entre les doigts et finir dans sa main.

— Mais je l'ai touché !

Les mots sortent tout seuls tandis que je m'agrippe à un collier imaginaire à mon cou. Ce roman était le cadeau de Saint-Valentin que je comptais m'offrir à moi-même – un cadeau bien mérité, vu tout ce que j'ai enduré.

Le type arbore un air de fausse innocence.

— J'étais là en premier, je bougonne telle une enfant penaude qui vient de se faire piquer le dernier siège au jeu des chaises musicales.

Il retourne l'ouvrage pour lire la quatrième.

— Je ne vous avais pas vue, désolé.

Il reporte son attention sur le roman, un message très clair que notre échange est terminé, et je regarde autour de moi à la recherche de renfort, dans l'espoir de trouver un témoin du délit de librairie qui vient de se produire. Ce genre de coup bas, ça passe pour un verre de champagne à un mariage ou le dernier gâteau en salle de réunion le lundi matin, mais là, il est question de *livres,* bon sang. Entre lecteurs, on vaut mieux que ça. Ce qui signifie forcément que ce type ne lit pas, et j'ai donc peut-être encore une chance de remporter la partie.

— Excusez-moi.

Je m'éclaircis la voix comme si je m'apprêtais à faire une annonce au micro.

Il repose ses yeux sombres sur moi et me lance un regard interrogateur. Je ne parviens pas tout à fait à déchiffrer son expression mais j'ai l'impression qu'il réprime un sourire triomphal, ce qui m'agace au plus haut point. Aucun doute possible, ce type n'est pas un lecteur.

— Vous êtes sûr de le vouloir ? dis-je avec un geste de la tête vers mon… enfin vers *le* livre. C'est le troisième tome d'une trilogie, vous ne comprendrez rien sans avoir lu les deux précédents.

Je jette un coup d'œil désespéré vers le rayon des best-sellers et attrape le nouveau Lee Child.

— Essayez plutôt celui-ci. Tout le monde adore *Jack Reacher*. C'est comme le film, vous savez, celui avec Tom Cruise, bien qu'il lui manque au moins cinquante centimètres pour le rôle ? En mieux, bien sûr, parce que c'est le livre.

Pendant que je jacasse comme une pauvre sotte, le regard de l'homme passe du roman dans sa main à celui dans la mienne.

— Ça se vérifie toujours, non ? répond-il avec un soupir. Que le livre est meilleur que le film ?

Je plaque la main sur mon cœur, prise au dépourvu par cette vérité irréfutable.

— Vous trouvez aussi ? dis-je en hochant vivement la tête. C'est systématique. Voilà pourquoi je refuse de regarder *Hors du temps*, vous savez, juste au cas où.

Il m'adresse un demi-sourire poli et je lui tends le roman de Lee Child en guise d'encouragement.

— Vous me conseillez donc de me plonger dans la série *Jack Reacher* qui compte déjà une vingtaine d'opus mais pas dans le troisième tome de cette trilogie ?

— Oui, mais ces romans peuvent être lus séparément, j'explique en tapotant le Lee Child, l'irritation dans ma voix à peine contenue. Vous n'avez pas besoin de connaître les autres pour apprécier le dernier.

— Et celui-ci ?

Il retourne à nouveau le roman, couverture vers le haut.

Un soupir presque douloureux s'échappe de ma gorge. J'ai déjà contemplé la couverture d'innombrables fois sur Internet, à la recherche de signes sur ce volet final. L'illustrateur a savamment disséminé des indices dans un dessin très travaillé – tout ça participe de l'intérêt du livre.

— C'est compliqué, je réponds. Une longue histoire tentaculaire qui s'étend sur trois volumes, c'est peine perdue de vouloir la prendre en cours de route. En gros, ça reviendrait à lire de l'allemand.

— De l'allemand, hein ?

Je crains soudain qu'il se mette à parler un allemand parfait.

— Ou du néerlandais, du chinois, que sais-je, du swahili. Un truc impossible à décrypter, quoi.

— La couverture est géniale, en tout cas, commente-t-il en l'étudiant de plus près. C'est un lapin, là ?

Je regarde aussi, c'est plus fort que moi. Bon sang, il a raison. Je tâche de ne pas réfléchir aux implications potentielles sur l'intrigue.

— Là-dedans, il n'y a pas de lapin, reviens-je à la charge en feuilletant le Lee Child comme un prestidigitateur exhibant un paquet de cartes. C'est bourré de courses-poursuites, de missions secrètes et de répliques culte.

Je le lui survends alors même que je n'ai jamais lu un seul *Jack Reacher* de ma vie.

— *Kaninchen*, dit-il.

Je penche la tête sur le côté.

— C'est comme ça qu'on dit « lapin » en allemand, précise-t-il.

— Et en swahili, ça donne quoi ?

— Ce serait hilarant que je le sache, non ? Malheureusement, je l'ignore. Ce que je sais, en revanche, c'est que ce lapin n'est pas là par hasard, poursuivit-il en tapotant le livre. Ça pourrait suggérer que Steph va découvrir un réseau de galeries sous le château, ou alors c'est plus subtil que ça, qu'elle a besoin de se lancer dans l'inconnu pour sauver Estelina ?

Mes épaules s'affaissent sous mon manteau tandis que je prends conscience de ce qui est en train de se passer.

Il ne va pas reposer le livre. Son air triomphal est digne de David Rose, avec un sourire faux alors qu'il hoche la tête en savourant son moment de gloire. Je présente des excuses silencieuses à Lee Child en rangeant son thriller sur l'étagère. Je pense qu'il s'en remettra.

— Vous devriez vous-même vous laisser tenter par *Jack Reacher,* reprend l'homme. J'ai entendu dire que c'était bourré de répliques culte.

Je donnerais tout pour trouver moi aussi une repartie cinglante en cet instant, mais ce qui franchit mes lèvres est tout sauf spirituel.

— Vous savez quoi ? Vous pouvez garder le livre. Gardez-le, ce satané livre. C'est bon. J'ai l'habitude, en fait.

Dans un léger mouvement de recul, il se frotte la mâchoire en m'observant. Voir son alliance en or scintiller sous la lumière de la librairie me fait encore plus enrager et, même si c'est pour des raisons qui n'ont rien à voir avec cet inconnu, c'est lui qui essuie les pots cassés.

— Vous n'avez qu'à prendre ce livre, que vous n'aurez de toute façon pas le temps d'ouvrir ce soir car vous emmenez sans doute votre femme dîner en haut de l'Empire State Building ou admirer les étoiles filantes, allongés sur une couverture à carreaux à l'arrière d'un pick-up ou n'importe quel truc de la Saint-Valentin à la con dans ce goût-là.

Ma voix prend des accents aigus désagréables et son expression se raidit lorsqu'il pose les yeux sur la chevalière en forme de cœur de ma mère à mon annulaire.

— Eh bien, j'espère que votre mari ne s'attend pas à un *truc à la con* de votre part ce soir, rétorque-t-il en imitant mon accent britannique qui sonne ridicule dans sa bouche de New-Yorkais.

Sa remarque me fait l'effet d'une gifle.

— Si vous voulez tout savoir, il est mort, et ce soir tout ce que je voulais faire, c'était m'installer sur le canapé de mon appartement minable et lire ce roman et maintenant, à cause de vous et de vos satanés bras longs, même ça, ce n'est pas possible.

Mortifié – et il y a de quoi l'être –, il bredouille des excuses en reposant le livre vers moi, mais j'ai atteint de tels sommets dans mes principes que je ne peux plus l'accepter. Là-haut, l'oxygène se fait rare et j'ai du mal à respirer, alors je pousse un dernier soupir furieux avant de sortir à grands pas de la librairie en me frayant un chemin à travers les guirlandes de cœurs en papier.

Merde. Je viens de me donner en spectacle. Pourquoi j'ai dit ça ? La honte me gagne. C'est une chose d'essayer de me convaincre qu'Adam Bronson est mort pour m'empêcher de regarder en permanence par-dessus mon épaule, c'en est une autre de le dire tout haut à un inconnu dans une librairie. Car la vérité, c'est que même si Adam est mort à mes yeux, il est bel et bien vivant, il n'a jamais été mon mari et en ce moment il a sans doute trouvé une autre victime à Londres. Je tire mon bonnet à rayures bleues et blanches sur mes oreilles et j'enfouis mon visage en feu dans mon écharpe tandis que je foule le trottoir mouillé pour rentrer chez moi. J'aurais mieux fait de ne pas sortir aujourd'hui. J'ai le cœur trop brisé pour supporter les vitrines de roses et de cartes de vœux aux couleurs vives. La Saint-Valentin m'embrouille l'esprit ; cette fête semble avoir été inventée de toutes pièces pour me rappeler mes mauvaises décisions et leurs conséquences. Ces deux dernières années, j'ai vécu un véritable enfer qui m'a fait passer du statut de jeune étoile montante de la gastronomie londonienne à celui d'une femme apeurée par son ombre. Ou bien, si je me montre plus indulgente envers moi-même, à celui d'une fille éplorée par la mort de sa mère et tombée sous la coupe d'un manipulateur qui a démantelé sa vie jusqu'à la cloîtrer chez lui. Ça m'a demandé un courage herculéen de me tirer de ses griffes, et encore plus de réserver un aller simple pour New York. Me raccrochant aux dernières bribes de dignité qu'il me restait, j'ai débarqué ici il y a six semaines avec deux valises cabossées pour tout bagage.

En fait, je me fiche d'admirer les étoiles filantes à l'arrière d'un pick-up ou de dîner au sommet de l'Empire State Building ce soir. Je laisse volontiers ce genre de trucs mièvres à des femmes non amères comme Meg Ryan. Oui, je sais que mes références de comédies romantiques des années 1980 sont dépassées, qu'il y a des millions de films plus cool que je pourrais citer à la place. Je n'ai pourtant pas envie de mettre ma liste à jour car ce sont les souvenirs de soirées films avec ma mère, en mangeant notre glace maison dans ses vieux bols en mélamine rose, qui me font tenir. Les anecdotes fabuleuses de ma mère m'ont poussée à m'installer à New York dans l'espoir de forcer le destin avec la vision auréolée d'une nostalgie à la Sinatra que si elle a été heureuse ici, peut-être que moi aussi je le serai. Un nouveau départ, dans une nouvelle ville, où mon ex que je considère comme mort ne viendra pas m'embêter. Je soupire et décide de me pardonner ce mensonge tout en me promettant de ne plus jamais le proférer. Heureusement que je ne l'ai raconté qu'à un parfait inconnu.

Sept mois plus tard…

1

— J'avais pas raison ?

Bobby glisse son bras sous le mien tandis que nous passons sous l'arche « Bienvenue à Little Italy » en lettres lumineuses rouges, vertes et blanches, derrière laquelle nous découvrons un quartier animé, rempli de stands de rue, de musique, d'odeurs alléchantes et d'une foule à perte de vue.

Conscient que ma passion pour la gastronomie est à peu près la seule chose susceptible de me faire quitter le confort de mon appartement ces temps-ci, mon meilleur ami, qui est aussi le propriétaire de mon logement, a insisté pour que je l'accompagne à la fête de San Gennaro, un festival culinaire et culturel italien que les New-Yorkais attendent impatiemment chaque année, à en croire Bobby. Dire que je suis plutôt casanière depuis que j'ai débarqué à sa porte il y a neuf mois est un euphémisme. Je suis venue en quête de changements, avide de découvrir le New York que je ne connaissais qu'à travers les films préférés de ma mère. Vu où j'ai atterri, ça peut sembler risible, mais je pensais vraiment avoir une chance de décrocher un job au *Katz's Deli* pour préparer des sandwichs au pastrami ou de trouver par miracle un poste vacant rien que pour moi dans les cuisines bourdonnantes du *Plaza.*

En fait, aucun des deux n'embauchait. Je n'ai même pas eu le cran de poser la question au *Katz's Deli* : il y avait tant de monde que la file se prolongeait dans la rue jusqu'au bloc suivant. En revanche, *Aux Bonnes Nouilles* cherchait quelqu'un. Bobby Han avait hérité de tout l'immeuble peu de temps auparavant, du penthouse de luxe au dernier étage jusqu'au miteux restaurant de nouilles asiatiques au rez-de-chaussée, bien qu'il n'ait jamais touché à un wok de sa vie. Je me plais à songer que l'esprit de ma mère géniale m'accompagnait quand je déambulais dans les rues sombres de New York, essuyant refus après refus. L'instinct m'a poussée jusqu'à Chrystie Street, sur la route de Bobby Han qui était justement en train de coller l'affiche « Recherche cuisinier » sur la vitrine sale de son établissement. Une heure plus tard, j'avais non seulement accepté le travail mais aussi les clés du minuscule appartement vétuste situé juste au-dessus que venait de lui laisser sa vieille tante reine des nouilles. Mon petit logement fait tampon entre le penthouse que Bobby partage avec Robin, son mari, et le restaurant en bas, une éponge qui absorbe le bruit et les odeurs de cuisine pour qu'ils puissent vivre en toute tranquillité sans le moindre relent d'huile de cacahuète sur leurs vêtements ni sur leurs draps en coton égyptien.

Ce jour-là, je ne savais pas encore que j'avais aussi trouvé le plus grand amour platonique de ma vie. Bobby est devenu mon meilleur ami, un frère, un merveilleux lot de sarcasme et de volubilité, de l'or humain en poudre pour une fille esseulée qui repartait de zéro à près de cinq mille kilomètres de chez elle.

Le ciel menaçant ne réussit pas à entacher l'ambiance du festival et l'air vibre d'une énergie et d'une effervescence contagieuses menant d'un stand à un autre les badauds qui goûtent, savourent et grognent collectivement de plaisir.

— Tu avais totalement raison, dis-je en m'abreuvant de la profusion de couleurs et de sons. J'ai envie de tout tester !

Nous nous arrêtons pour observer la statue de San Gennaro, le saint patron de Naples, un bref moment de calme avant de nous laisser emporter plus loin par la foule.

— Commençons par des saucisses, décrète Bobby en me tirant vers un immense food-truck couvert de drapeaux italiens.

Des chapelets de saucisses crépitent sur les grilles en métal, avant d'être coupées et fourrées dans des petits pains avec des oignons et des poivrons. Fascinée, je regarde un type en tablier les tourner de mains expertes pendant qu'un autre tranche et prépare les sandwichs avec l'assurance de celui qui a fait ce geste des millions de fois.

— Le mets des dieux, commente Bobby après en avoir commandé deux.

Quand il m'en tend un, je suis fin prête. C'est tel que je me l'étais imaginé, sauf que c'est cent fois mieux.

— Après ça, je serai rassasiée, dis-je.

Bobby a déjà avalé la moitié du sien.

— Mais tu vas le finir, hein ?

Je hoche éhontément la tête. Le sandwich est fumant et copieux, un bout de paradis dans un petit pain. Nous mangeons tout en marchant pour profiter de l'ambiance, le bourdonnement sourd des générateurs rappelant une fête foraine. Cris et rires fusent, il règne une ébullition de jour de marché, et je me détends, contente de changer d'environnement. Et quel environnement ! Des banderoles scintillantes et des loupiotes pendent entre les immeubles au-dessus de nos têtes et tous les gens amassés en dessous sont là dans le même but : faire la fête. Mon âme de cheffe se sent tout à fait dans son élément et je suis surprise de constater combien le plaisir de composer des plats et d'observer la réaction des clients manger me manque. Préparer bol après bol de nouilles a un côté facile, mais j'essaie surtout de reproduire l'authenticité des spécialités de la tante de Bobby plutôt que de mettre ma touche personnelle ou de concevoir les miennes. Toute cette créativité et cette joie culinaire me rappellent ce qui m'a attirée en cuisine au départ : le feu, l'urgence, la profonde satisfaction. Le manque se manifeste au fond de moi. Un sacrifice de plus à cause d'Adam Bronson, un parmi tant d'autres : ma carrière, mon estime personnelle, mon assurance, tout ce qui me faisait me sentir moi-même. Je me les figure alignées sur l'étagère d'un bureau des objets trouvés émotionnel, à attendre que je vienne les récupérer. Je vais le faire. Je suis en train de le faire. Doucement, mais sûrement.

En dessert, nous optons pour des *cannoli* à la ricotta et je m'appuie sur Bobby en éclatant de rire, au bord de l'indigestion.

— C'était une excellente idée, dis-je.

— J'en ai plein d'autres. Il suffit de demander.

J'apprécie énormément sa nature affable, c'est si agréable de passer du temps avec lui. Je sais qu'il s'inquiète de ne pas me voir sortir davantage. Il a sans doute raison. C'est vrai que mon rendez-vous chez le dentiste constitue l'apogée de mes interactions sociales. Ce n'est pas tant que je suis solitaire, juste que j'étais au plus bas quand je suis arrivée à New York et que j'ai besoin d'un peu de temps pour me reconstruire. De l'extérieur, ça peut ressembler à une vie de recluse, surtout par rapport à l'effervescence de New York, mais jusque-là j'en ai senti les bénéfices. J'ai Bobby et Robin, et il y a aussi Shen, la nièce de Bobby. C'est le genre de fille de dix-neuf ans qui pourrait gouverner le monde si elle le voulait, mais qui préfère servir des nouilles aux clients de Bobby entre ses cours et danser la nuit aux quatre coins de la ville. Elle se débrouille aussi très bien aux fourneaux et répond toujours présente pour me remplacer si j'ai besoin d'une soirée de congé, ce qui arrive rarement. Et puis il y a Smirnoff, qui n'est techniquement pas mon chat, ni celui de Bobby ; il vit dans l'immeuble depuis plus longtemps que nous et semble jouir des pleins pouvoirs partout où il pose son derrière à poils roux. Certains soirs, il choisit mon fauteuil vert défoncé et d'autres il s'étend de tout son long sur le rebord de la fenêtre de Bobby pour guetter la rue en contrebas. Et il y a des soirs où on ne le voit pas. Je me plais à l'imaginer en train de sillonner les escaliers de secours afin de quadriller le périmètre ou de rendre visite à une magnifique chatte persane pour une nuit torride. En réalité, il est probablement affalé sur le canapé de quelqu'un d'autre ; il n'a aucun scrupule quand il s'agit d'obtenir ce qu'il veut. Nous devrions tous prendre un peu plus exemple sur Smirnoff.

De la musique se déverse des haut-parleurs le long de la rue et Bobby me tire par la main pour suivre l'affluence, chantant à tue-tête une reprise plutôt convaincante de *That's Amore*.

— Il faut que tu voies ça, déclare-t-il en se faufilant sur le côté. Le concours de boulettes de viande.

À ce moment-là, la foule se fend en applaudissant pour laisser passer une file de serveurs chargés d'énormes plateaux de boulettes de viande qui se dirigent vers l'estrade où attend une rangée de compétiteurs, prêts à livrer bataille.

— Je me demande comment on en vient à participer à des concours pareils, je m'étonne en contemplant les visages ordinaires d'hommes et de femmes sur le point d'engloutir assez de viande pour nourrir un petit village.

Une femme couverte de paillettes interprète avec brio l'hymne national américain puis le coup de départ est donné : les concurrents fourrent dans leur bouche autant de boulettes que possible, qu'ils font passer avec des rasades d'eau. Le public est en liesse, tout le monde les encourage et je regarde les candidats s'empiffrer avec différents degrés d'appétit, de la sauce dégoulinant sur leur menton et leur T-shirt. C'est complètement dingue, un spectacle aussi délirant que réjouissant, une célébration gargantuesque de ce quartier italien vibrant.

Ensuite, nous achetons des shots de limoncello vivifiants et des barquettes de *zeppole*, ces beignets chauds au sucre, et comme il se met à pleuvoir nous allons nous mettre à l'abri dans l'entrée carrelée d'un commerce fermé.

— Je dois le reconnaître, ce festival est super.

Je m'adosse au bord de la vitrine traditionnelle en bois. Sous le coup de l'alcool qui se répand dans mes veines, j'ai soudain chaud avec ma veste.

— Je t'ai percée à jour, Iris Raven. La nourriture est la clé magique pour te faire sortir de chez toi, plaisante-t-il avant de s'adosser à la porte. Tu peux compter sur moi pour nous trouver d'autres aventures gastronomiques.

— Si elles sont du même acabit que celle-ci, j'en suis.

J'ai beau avoir déjà assez mangé pour toute la semaine, je prends un autre de ces *zeppole* qui fondent dans la bouche, en essuyant le sucre collé à mes doigts. Bobby sort son téléphone de la poche arrière de son jean plein de miettes et lorsqu'il se penche en avant pour ramasser un paquet de chewing-gums qu'il a fait tomber dans le mouvement, j'aperçois la porte vitrée derrière lui. Je me fige et la fixe, la tête inclinée, car elle m'est bizarrement familière. Je l'ai déjà vue quelque part, j'en suis certaine. Je n'arrive juste pas à savoir où.

— C'est quoi cet endroit ? je demande en mettant les mains en coupe pour jeter un coup d'œil à l'intérieur.

La salle est plongée dans la pénombre mais je distingue des carreaux noirs et blancs au sol et des tabourets en cuir rouge foncé le long du comptoir.

— Le glacier *Belotti*, répond Bobby sans relever la tête de son écran. Je suis d'ailleurs surpris que ce soit fermé pendant le festival, d'ordinaire il y a toujours la queue.

Je lui lance un regard de défi.

— Est-ce que leur glace est aussi bonne que la mienne ?

— Comment ce serait possible ? rétorque Bobby avec un soupir théâtral. Si tu tenais vraiment à moi, tu me laisserais la mettre au menu du restaurant.

— N'y compte pas !

Je ris, les yeux toujours rivés sur la porte. Même si désormais Bobby est la personne que j'aime le plus au monde, jamais *Aux Bonnes Nouilles* ne servira la glace de ma mère. Ni le *Katz's Deli*, d'ailleurs. Pas même le restaurant super classe du *Plaza*, même si le chef m'implorait à genoux. Ma mère était une anticonformiste à l'esprit bohème, habitée par une lueur espiègle permanente dans les yeux, mais elle avait une règle très stricte à propos de la recette de sa glace artisanale à la vanille : interdiction de la donner à qui que ce soit. C'est la meilleure glace à la vanille de la planète, celle que j'emmènerais sur une île déserte. Toute ma vie, de ma plus petite enfance à l'âge adulte, ma mère me l'a servie dans ses bols vintage en mélamine rose bonbon qu'elle aimait tant. Et puis quand elle est tombée malade, c'est moi qui la lui ai préparée, jusqu'à ce que ça devienne la seule chose que supportait son estomac. Jusqu'à ce que ce soit plus une question de souvenirs que de goût. Elle fermait les yeux quand je tendais la cuillère vers ses lèvres sèches et une bouchée suffisait à y dessiner l'ombre d'un sourire.

Je sors mon téléphone pour prendre la porte en photo, même si je n'en ai sans doute pas besoin tant elle est mémorable. Son cadre lisse en acajou entoure une plaque de verre biseauté sur laquelle a été peint à la main un pot à rayures surmonté de glace en spirale et d'une cerise accompagné d'une cuillère fluo plantée dedans sur le côté. Les couleurs éclatantes ressortent sur la vitre comme si elles avaient été peintes la veille, tout en évoquant l'ambiance d'un autre temps.

— Je n'en peux plus, dis-je en jetant un dernier long regard à la porte. Si j'avale encore quoi que ce soit, je vais exploser.

— On rentre, alors ?

Bobby m'offre son bras et nous bravons la foule tête baissée sous la pluie.

2

SUR LE TRAJET DE RETOUR, je ressens soudain une poussée d'adrénaline alors que surgit dans mon esprit une photo que j'ai vue des centaines de fois. Dès que nous franchissons la porte rouge à la peinture écaillée à côté du restaurant de nouilles, je prétexte vouloir faire une sieste avant le service du soir. Toutefois, je suis plus excitée que fatiguée et, sitôt rentrée chez moi, je fonce vers ma chambre en me débarrassant de mon manteau au passage. Je sors l'album de ma mère rangé en haut de ma penderie et me laisse tomber sur le lit. Au cours des dernières années, j'ai très souvent feuilleté ce carnet plein à craquer, que ce soit avec ou sans ma mère à côté de moi pour m'expliquer le contexte de chaque photo. C'est un condensé de ses espoirs et de ses rêves de jeunesse, la preuve en images qu'elle a suivi son cœur d'artiste, même si les choses ne se sont pas déroulées exactement comme escompté. Des portraits officiels de son groupe de musique pendant les années 1980 côtoient des clichés pris sur le vif qui vibrent de l'énergie de leurs concerts, des coupures de magazines, des critiques de journaux, quelques tickets, et même un morceau de paquet de cigarettes dédicacé par tous les membres. Je n'arrive pas à déchiffrer leurs pattes de mouche illisibles et je ne me rappelle pas le nom de chacun d'eux, mais je sais que la signature rouge assurée en bas est celle de Charlie Raven, le batteur. Mon père. Il avait été l'amant occasionnel de ma mère pendant plusieurs années, une relation purement physique dont elle savait qu'elle ne mènerait à rien de plus. Et qui s'est terminée le jour où elle a refusé son argent pour mettre un terme à sa grossesse. Je n'ai aucun souvenir de lui ; il a péri dans un accident d'hélicoptère quand j'avais six ans. Ma mère m'a raconté un jour que la nouvelle de son décès ne l'avait pas surprise car il était le genre de personne qui vivait à cent à l'heure et qui faisait rarement de vieux os. Elle ne disait pas de mal de lui, elle le dépeignait simplement comme quelqu'un qui pouvait briller de mille feux et s'éteindre tout de suite après. Elle tenait sans doute à me rassurer sur le fait que je n'avais rien en commun avec lui, si ce n'est mon nom de famille, qu'elle avait préféré me donner plutôt que son « Smith » trop commun. La mort de mon père n'a été qu'un détail dans ma vie, il a eu très peu d'influence sur celle que je suis devenue. Charlie Raven, trente-deux ans à jamais.

Chaque page de l'album de ma mère est une chronique de l'époque où son groupe a fricoté avec la gloire. Mais ce n'est pas ce qui m'intéresse pour le moment. Je passe rapidement à la dernière. Deux souvenirs très précieux y sont agrafés : une photo et un morceau de serviette en papier. Je soulève le film protecteur et sors avec précaution la photo, difficile à déloger après toutes ces années. Je la regarde d'un œil nouveau, même si je n'ai aucun doute. Le cadre en acajou, la poignée en laiton, la peinture vive : c'est bien la même porte. Je n'ai jamais su où avait été prise cette photo que j'ai souvent contemplée, avec son air suranné d'un amour d'été, et ma mère a toujours refusé de s'étendre sur le sujet.

Au dos du cliché, je lis la note familière : *Santo, 1985*, suivi d'un cœur. Voir les arrondis de l'écriture de ma mère, si proche de la mienne, suffit à me nouer la gorge. J'observe à nouveau la photo. Le jeune homme me fixe en retour. Il rit, des poils sombres parsemant la main qu'il tient au-dessus de ses yeux pour se protéger du soleil. La fameuse porte du glacier est ouverte derrière lui, les rayons du soleil faisant scintiller un prisme de couleurs. Tout dans cette photo est rétro, aussi bien la porte peinte à la main que le type tout droit sorti de *Breakfast Club* avec son bomber en cuir des années 1980, son T-shirt blanc et son jean délavé. Je me creuse les méninges, à la recherche d'informations. Mais je ne sais pas grand-chose. Ma mère adorait raconter sa vie, pourtant chaque fois qu'il était question de cette photo et de la serviette qui l'accompagne, elle détournait systématiquement la conversation, sans jamais rien dire mis à part que cet homme était peut-être son grand amour de jeunesse. La serviette vert menthe avait été déchirée en deux, ne laissant apparaître que la moitié du logo doré : *-otti.* À présent je fais le rapprochement. Belotti ? Si j'ignorais jusque-là le nom entier, en revanche je connais par cœur les lignes écrites à l'encre bleue. Notre chère recette de glace.

Une rapide recherche sur Internet me mène au site du glacier italien, avec une photo de la vitrine scintillante sous l'auvent à rayures vertes et blanches baigné de soleil. Voir cette porte sur mon écran me fait un effet bizarre, c'est comme tomber sur une photo d'un endroit d'enfance qu'on avait oublié. J'ignore si ma mère m'y a emmenée quand j'étais petite. Je ne pense pas. Je suis née deux ans après le début de sa tournée et j'avais trois ans lorsque nous avons quitté les États-Unis, bien trop jeune pour me rappeler des détails pareils. Quelle coïncidence que je vive près d'un lieu si important pour elle. Enfin, ce n'est peut-être pas vraiment une coïncidence : m'installer à New York s'est imposé comme une évidence parce que ma mère en parlait avec une telle tendresse et ce sont les anecdotes de son groupe et de son époque de gloire qui m'ont poussée vers le Lower East Side. Mes yeux se dirigent vers ma penderie, au fond de laquelle est rangée l'urne argentée. Le fait de savoir qu'elle est ici avec moi, que je l'ai ramenée là où elle s'est sentie un jour chez elle, m'apporte toujours du réconfort. Peut-être qu'un jour je trouverai le bon moment et le bon endroit pour la laisser partir, pour la faire reposer à jamais dans cette ville qu'elle adorait.

Le cœur lourd et l'esprit plein de questions, je reporte mon attention sur l'homme de la photo. Bien sûr, j'ai toujours su qu'il était italien, de même que la glace, mais je croyais que le portrait et la recette dataient d'un voyage en Italie plutôt que de l'époque où ma mère vivait à New York. Est-ce que c'est ce qu'elle m'a dit ? Je ne m'en souviens plus. Je me le suis peut-être imaginé toute seule et elle ne s'est jamais donné la peine de rectifier. Et me voilà, à quelques pas de cette gelateria, en train de consulter le site Web de la famille Belotti, sans la moindre idée de la raison pour laquelle je suis en possession de leur recette. Ils retracent fièrement leur histoire à Little Italy, qui remonte à 1911, avec des photos en noir et blanc du commerce au cours des décennies, des portraits de toutes les générations en tablier derrière le comptoir en verre que j'ai aperçu de dehors tout à l'heure. Alors que je parcours le site, je suis frappée par un fait en particulier qui revient souvent : la fameuse glace à la vanille qui a fait leur succès – le seul parfum qu'ils proposent, en fait – est un secret bien gardé. Si bien gardé que seuls deux membres de la famille connaissent la recette en même temps. Je me retourne vers l'album ouvert sur mon lit, vers la recette griffonnée à la va-vite sur cette serviette déchirée. Si les Belotti protègent férocement cette recette depuis plus d'un siècle, comment a-t-elle atterri entre les mains de ma mère ? Je comprends mieux pourquoi elle insistait tant sur le fait de ne la divulguer à personne : elle ne nous a jamais appartenu. En partant du principe qu'il s'agit bien de la même recette, bien sûr, ce qui reste à confirmer.

Si je veux découvrir le lien entre ma mère et les Belotti, la première chose à faire est d'aller goûter leur glace.

3

Mulberry Street est décidément plus calme ce matin qu'hier soir, lorsque le festival battait son plein. La rue bourdonne désormais sous le rythme régulier de l'activité des commerçants et des préparatifs pour cette nouvelle journée de festivités. Les chaises sont sorties sous les auvents des cafés pendant que les camions de restauration allument leurs fours ; l'ambiance rappelle celle d'un théâtre avant une pièce, pendant qu'on cherche sa place et que l'orchestre accorde ses instruments dans la fosse, dans cette fébrilité qui précède le lever du rideau. Il ne pleut pas aujourd'hui, mais le fond de l'air est assez frais pour que je porte une grosse écharpe en laine au-dessus de ma veste en jean. Elle appartient à Bobby, il me semble ; il considère mon appartement comme une extension de son dressing pour son impressionnante collection de vêtements. Ou son stock, tel qu'il l'appelle, étant donné qu'il possède déjà trois boutiques de mode à New York et qu'il est sur le point d'en ouvrir une quatrième. Il ne connaît peut-être pas grand-chose en nouilles asiatiques, mais c'est un homme d'affaires malin, bourré de flair en matière d'opportunités professionnelles. C'est à croire qu'il a plus d'heures dans une journée que le commun des mortels : à la fois businessman, papillon social et mari aimant, il trouve en plus de tout ça du temps à me consacrer, surtout si j'ai fait de la glace.

Je consulte mon téléphone : il est un peu plus de 9 heures. J'aperçois le glacier italien sur la droite et je traîne les pieds dans cette direction, soudain nerveuse maintenant que je m'approche. Ce n'est pas comme si on risquait de me reconnaître. Certes, la ressemblance avec ma mère est frappante, mais il s'est passé plus de trente ans. Je m'arrête sur le côté et l'imagine ici, en train de marcher sur ce même trottoir au milieu des années 1980. Que portait-elle aux pieds ? je me demande en jetant un coup d'œil à mes Converse vert pomme. Rien, probablement, si elle en avait la possibilité. Elle était beaucoup plus jeune que moi aujourd'hui, dix-huit ou dix-neuf tout au plus, candide et débordante d'ambition. Ma poitrine se comprime lorsque je pense à elle, et encore plus en songeant qu'elle n'est plus là.

Pendant un certain temps après sa mort, il m'était impossible de concevoir un monde où elle n'existait pas. Je n'y arrive toujours pas, pas complètement. Ma mère a toujours été lumineuse, pleine de vie, un arc-en-ciel humain. Voir le cancer ternir peu à peu ses couleurs a été très difficile, tel un variateur de lumière tourné dans le mauvais sens quoi que les médecins aient tenté pour freiner le processus. Je ne me suis jamais sentie aussi impuissante que les ultimes jours passés à son chevet, prête à tout pour la garder auprès de moi le temps d'une dernière conversation, d'une dernière étreinte de nos mains, d'un dernier sourire. Elle a insisté pour rester dans son appartement, entourée de ses biens et de ses souvenirs, plutôt qu'aller à l'hôpital. Au moment où elle a rendu l'âme, le grand attrape-rêves accroché au-dessus de sa vieille tête de lit en fer forgé a vacillé. Certains diront que c'était un courant d'air, mais je suis la fille de ma mère et je préfère croire qu'elle a soufflé dessus pour me signifier qu'elle traçait sa route en toute sérénité et qu'il était temps que j'en fasse de même.

Que penserait-elle de mon projet actuel d'aller chez ce glacier italien qu'elle a voulu me cacher ? Pourquoi un membre de la famille lui avait-il confié la recette ? Je n'ai aucune intention de révéler son secret, bien sûr, mais j'aimerais comprendre comment une part de sa vie entrecroise aujourd'hui la mienne, j'aimerais pouvoir plaquer un coquillage à mon oreille et entendre son écho à travers le temps.

La boutique de glace est comme hier soir : aucune queue, aucun signe que c'est ouvert. Je m'approche de l'entrée et étudie le dessin de près, impressionnée par les couleurs toujours vives et soignées pour une peinture si ancienne. Pour avoir vu leur site Web, je sais que l'illustration est centrale à leur image de marque, reproduite sur leurs tabliers, leurs menus et leurs pots. Je suis si perdue dans ma contemplation que je ne remarque pas le mouvement à l'intérieur avant que la porte pivote, me faisant sursauter.

— Désolé, je ne voulais pas vous faire peur, dit un homme alors que je recule d'un bond.

Je parviens à sourire.

— C'est ma faute, à me tenir si près. J'admirais juste le dessin.

L'homme y jette un coup d'œil à son tour, avant de se retourner vers moi. L'espace d'un instant, la même impression de déjà-vu qu'avec la porte me gagne. Ce qui est absurde, car je ne le connais pas et il ne ressemble pas vraiment au type sur la photo de ma mère, donc ça ne peut pas non plus venir de là.

— Êtes-vous ouvert ? je demande en hasardant un regard vers la salle vide.

— Pas exactement. J'allume la machine à café, mais il n'y a pas de glace.

Je pourrais repartir – c'est pour la glace que je suis là, après tout, mais un café et l'occasion de pénétrer à l'intérieur, c'est toujours mieux que rien si je veux comprendre ce que cet endroit a représenté pour ma mère.

— Un café, volontiers, je réponds et il hausse les épaules avant de se décaler pour me laisser entrer.

— Vous arrivez tôt pour le festival, note-t-il en se dirigeant derrière le comptoir.

— Oh je sais. J'étais déjà là hier, en fait.

Il m'indique de prendre place sur un des tabourets en cuir rouge foncé puis il me tourne le dos pour ramener à la vie la machine à café. Je le regarde remplir le bac à grains, observant l'aisance naturelle de ses gestes tandis qu'il place deux tasses sur le comptoir avant d'ajouter du lait dans la buse à vapeur. Pour moi qui suis accro au café, le son et l'odeur suffisent à me faire relâcher les épaules. Je déroule mon écharpe et la pose sur le siège pivotant à côté du mien en contemplant le cadre rétro, tout en acajou et en laiton, sous la lueur chaleureuse de l'abat-jour multicolore en verre de style Tiffany. Un petit piano droit trône dans le coin opposé et les murs sont couverts de portraits de la famille Belotti, des générations d'hommes et de femmes qui se sont succédé derrière ce comptoir. L'endroit a peu changé à travers les années, ce qui fait partie de son charme. Faire du neuf avec du vieux, ce genre de choses.

— Alors qu'est-ce qui vous ramène ici si vite ?

Je garde un instant le silence pendant qu'il place devant moi une tasse blanche toute simple sur une soucoupe, accompagnée d'un pot de lait chaud mousseux et d'un bol de morceaux de sucre. Il boit son café noir, mais j'apprécie qu'il me laisse le choix. Je verse un peu de lait, profitant de ces quelques secondes pour réfléchir à ma réponse.

— Un café chez Belotti ? dis-je finalement avec un sourire, en me sentant un peu bête de ma réponse, mais ça fera l'affaire.

— Tout ce que nous avons à offrir pour l'instant, dit-il en poussant un soupir au-dessus de son café.

Je remarque ses cernes, ses sourcils froncés. Il y a clairement quelque chose qui le tracasse.

— Aurez-vous de la glace plus tard ? Je repasserai peut-être. Un ami m'a dit qu'il fallait absolument que je la goûte.

Il lève les yeux vers le plafond tout en secouant la tête.

— Honnêtement ? Sans doute pas.

Déçue, je laisse la question qui tourne en boucle dans ma tête franchir mes lèvres.

— Est-ce que tout va bien ? En temps normal, je ne me permettrais pas de demander ça à un inconnu, mais vous n'avez pas l'air dans votre assiette.

Il tapote le comptoir du bout de l'index, en pleine réflexion.

— Ce n'est pas plutôt à moi de ménager le client et d'écouter ses problèmes ?

— Je crois que c'est surtout le rôle des barmans et il est trop tôt pour boire de l'alcool, même selon mes critères. En plus, vous paraissez avoir plus besoin d'une oreille attentive que moi en ce moment.

Il hoche lentement la tête en se tournant vers la rue et je crains soudain d'y être allée trop fort. Je sirote mon café, luttant contre l'envie de sauter sur mes pieds et de m'excuser en balayant ma question.

— Nous ne pouvons pas faire de glace pour l'instant, dit-il, toujours sans me regarder. Papa a été victime d'une attaque il y a huit jours. Il est en soins intensifs et personne ne connaît la recette.

Je me fige, ma tasse à mi-chemin devant ma bouche.

— Je suis vraiment navrée de l'apprendre. Est-ce qu'il va s'en sortir ?

Son expression est très maîtrisée.

— A priori oui, mais il a perdu une partie de sa mémoire. Pas en totalité, pas comme dans les films, il sait qu'il s'appelle Santo Belotti et qui nous sommes, mais il y a des choses qui lui échappent, du moins pour l'instant. Sa date de mariage avec Maria, le nom de la ville d'origine de ses grands-parents en Italie. Et la recette de notre glace artisanale.

— Aïe, c'est dur, je commente, tressaillant légèrement à la mention du prénom Santo – le même qu'au dos de la photo de ma mère. Y a-t-il des chances pour qu'il retrouve ses souvenirs, avec le temps ?

— Personne ne peut le dire avec certitude.

Il baisse la tête vers le comptoir en verre en désignant les bacs de glace vides.

— J'ai toujours connu cette vitrine pleine. Cette pièce a toujours été bondée, d'habitude les clients font même la queue pour entrer.

Il plante ses yeux sombres et soucieux dans les miens.

— Personne d'autre ne connaît la recette ? je demande en me souvenant que leur site Web évoque qu'il y a toujours deux membres de la famille en possession de la recette – précisément pour ce genre de situation, je présume.

Il émet un son entre le râle et le rire amer.

— Techniquement, si. Mon père *pense* l'avoir écrite quelque part, sauf qu'il n'arrive pas à remettre la main dessus.

Je fronce les sourcils, un peu perdue.

— Pardon, mais je croyais que Santo était votre père ?

— En fait, c'est mon oncle, mais je l'appelle Papa. Il m'a élevé comme son propre fils car mon père n'était jamais là, explique-t-il en haussant les épaules. D'ailleurs, ça n'a pas changé. En ce moment, il sillonne l'Australie et avant ça, c'était le Japon. Si je me souviens bien, il part en Europe dans quelques semaines. Il est musicien, il voyage sans s'encombrer de rien – même pas d'une fichue recette, visiblement. C'est facile de prendre tout à la légère quand on n'a pas à en subir les conséquences.

— Oh, fais-je, une réponse totalement inappropriée.

Il parle de Santo avec beaucoup de tendresse et de son vrai père avec exaspération. Je le comprends très bien, car Charlie Raven n'a jamais fait le moindre effort pour se comporter en père à mon égard.

— Ça craint.

— C'est le moins qu'on puisse dire, approuve-t-il en se frottant le visage. Plus de cent ans que l'affaire tourne et à partir du moment où je suis aux commandes je ne peux rien faire pour nous empêcher de couler.

C'est mon tour de garder les yeux rivés sur mon café. Je me rends compte que moi, je peux faire quelque chose. Mais je risque d'ouvrir une boîte de Pandore par la même occasion. Santo, l'homme de la photo, est toujours là, mais il est marié à une femme du nom de Maria. Alors pourquoi a-t-il confié sa précieuse recette de famille à ma mère, il y a si longtemps ? Loyauté et orgueil de famille imprègnent chaque recoin de cet endroit, dont le succès repose sur cette fameuse recette secrète depuis plus d'un siècle. Comment réagiraient-ils s'ils apprenaient la traîtrise de Santo ?

— Avez-vous essayé de la reproduire ?

— Jour et nuit, soupire-t-il.

— D'où les cernes.

Il secoue la tête.

— Je n'arrive pas à croire que ça nous tombe dessus. Papa était sur le point de prendre sa retraite. Il ne venait ici le matin que pour approvisionner les machines.

Une idée bancale prend forme dans mon esprit.

— Écoutez, je ne peux rien vous promettre, mais accepteriez-vous mon aide ? Je suis cheffe cuisinière. Enfin, je l'étais, à Londres. Ici, je prépare des nouilles, mais j'ai encore des compétences et ça vaut le coup d'essayer, non ?

Il me regarde en clignant des yeux comme quand on ne sait pas quoi dire.

— J'ai de la glace au congélateur, finit-il par répondre. Les restes du jour de l'attaque de papa. Vous voudriez la goûter ? Elle ne sera pas parfaite car elle ne date pas d'aujourd'hui mais c'est…

— Mieux que rien, je complète, et il acquiesce.

— Comment vous appelez-vous ? Nous ne nous sommes même pas présentés.

— Iris.

— Iris, répète-t-il. Comme la chanson des Goo Goo Dolls.

— Et la fleur préférée de ma mère.

Il m'étudie.

— Est-ce qu'on s'est déjà rencontrés quelque part ?

Nous nous dévisageons de part et d'autre du comptoir et je ressens à nouveau cette impression de déjà-vu. Des réminiscences du passé, probablement, ou alors il aime les nouilles asiatiques et il est venu dîner au restaurant.

Ce n'est pas impossible. Je me demande soudain s'il a vu ma mère en photo, comme moi j'ai vu Santo, mais j'imagine mal pourquoi il y aurait une trace d'elle ici.

— Je ne crois pas, je réponds doucement.

— Giovanni Belotti, se présente-t-il. Gio.

Nous nous regardons. Iris et Gio, désormais plus des étrangers.

— Je vais chercher la glace, annonce-t-il avant de disparaître à l'arrière.

Une fois seule, je m'affaisse sur mon tabouret et soupire. Suis-je en train de faire une bêtise ? Ma mère aurait-elle voulu que j'interfère ? Il n'y a pas un bruit à part le ronronnement de la machine à café et les sons étouffés du monde extérieur. Belotti est le genre d'endroit où pourrait avoir lieu un voyage dans le temps au cinéma, un passage secret entre différentes époques. Comme j'aimerais que ce soit vrai, que je puisse ouvrir la porte et trouver ma mère assise sur ce siège. Je pose la main sur le dossier bas du tabouret à côté de moi, le doux grain du cuir rouge lisse et souple sous mes doigts. Ici, j'éprouve un mystérieux réconfort, une paix immense.

Gio revient et pose un petit bac argenté devant moi.

— Il vaut mieux attendre un peu qu'elle soit à température ambiante.

J'acquiesce.

— Elle a l'air bonne.

Je constate qu'elle a exactement la même couleur que ma glace.

— En temps normal, c'est la cohue pendant le festival, dit-il en secouant la tête. Je suis furieux qu'on le rate cette année.

Je ne sais pas quoi dire de pertinent.

— C'est saisonnier, en général ? La glace, je veux dire.

— Oui, confirme-t-il avant de marquer une pause en hochant la tête. Évidemment, le gros de l'activité se concentre au printemps et en été et de mars à septembre nous avons cinq camions qui sillonnent la ville et couvrent des événements privés – fêtes, mariages, ce genre de choses. D'habitude, ça se calme après San Gennaro et les gens viennent ici pour boire un café ou manger une pâtisserie une fois que le temps se gâte, mais si je ne peux pas régler la situation rapidement...

Il laisse sa phrase en suspens et je devine la suite. S'il ne met pas la main sur la recette, le glacier *Belotti* risque de ne pas voir le retour des beaux jours.

— Peut-être que Santo va vite retrouver la mémoire.

Je n'ajoute pas que son globe-trotter de père pourrait retrouver sa copie de la recette, car j'ai l'impression que c'est peine perdue.

Son sourire est faible.

— Peut-être.

Je regarde la glace qui s'est ramollie sur le pourtour du récipient en métal et j'ai à la fois envie et pas envie de la goûter. Jusqu'à ce que j'en aie la confirmation, il y a toujours une petite chance que je me trompe.

Gio plaque les mains autour du bac froid.

— Je l'aide un peu, murmure-t-il.

Je souris à moitié en imaginant la tête de Bobby s'il était là. Il râle toujours après le bol en métal dans lequel je fais ma glace en disant qu'il lui râpe le bout des doigts quand il le touche. Je remarque que Gio a des mains expertes et je détourne aussitôt le regard. J'ai un rapport bizarre aux mains des hommes. C'est mon truc. Certaines personnes sont sensibles aux belles fesses ou aux biceps bien sculptés, mais pour moi, tout se joue dans des mains fortes. Et les épaules. Soudain troublée en voyant Gio réchauffer la glace avec ses paumes, j'attrape une cuillère et suggère que ça doit être bon.

Il inspecte la glace, puis il la mélange pour incorporer les bords crémeux au reste du bac avant de le pousser vers moi, ses yeux plantés dans les miens. Tout à coup, je suis nerveuse, des gouttes de sueur perlent sur mon front.

— Très bien, dis-je en plongeant la cuillère dans la glace onctueuse. C'est parti.

Je ferme instinctivement les yeux quand je la mets en bouche, pour éviter que ma réaction me trahisse. La glace est telle que je m'y attendais. Un peu aérée après avoir reposé quelques instants et légèrement altérée car elle ne date pas d'aujourd'hui, mais ce goût si familier me ramène en arrière. Je suis une petite fille aux mains sales en pleine chasse aux trésors dans le jardin d'une maison louée au nord de l'Angleterre. J'ai onze ans, à Londres, et je fais mes devoirs à une table dont l'un des pieds cassés repose sur une pile de livres. Je me revois à quinze ans à Cardiff, en larmes, à cause de mon premier chagrin d'amour. À vingt ans à Birmingham, je fête mon diplôme à l'école hôtelière. Et puis j'ai vingt-neuf ans à Londres, j'essaie de contenir mon accès de panique lorsque ma mère m'annonce son diagnostic. Dans toutes ces versions de moi-même, je suis accompagnée par notre recette de glace à la vanille – ou plutôt celle de *Belotti* –, servie dans la vaisselle en mélamine rose. Cette glace et ces bols ont été la seule constante dans le paysage sans cesse fluctuant de mon enfance et la manger ici réveille en moi un éventail d'émotions inattendues.

Je rouvre les paupières devant Gio qui me fixe, une pointe d'espoir dans son regard nerveux.

— C'est... C'est vraiment quelque chose, hein ? dis-je en luttant contre le tremblement de ma voix.

Il opine.

— La recette de mes arrière-grands-parents, qui n'a pas changé.

Il attrape une cuillère et se sert, avant de pousser un profond soupir.

— Ce n'est pas possible de la reproduire, si ? Elle est trop spéciale.

J'en prends encore un peu.

— Je ne sais pas, Gio. Je vais y réfléchir, tester quelques idées.

J'enroule mon écharpe autour du cou et il remplit un de leurs petits pots à rayures vertes.

— Pour la route, dit-il en ajoutant une cuillère et une cerise.

— Je reviendrai demain, je réponds en descendant du tabouret.

Il acquiesce et j'accepte le pot, comme si la porte peinte prenait vie dans mes mains.

— Je serai là, répond Gio en posant les paumes à plat sur le comptoir. Je suis toujours là.

Vivien

Lower East Side, New York, été 1985

— Viv, par ici !

En entendant son prénom crié au-dessus du brouhaha du club sombre et bondé à cette heure avancée, Vivien se retourna. Elle plissa les yeux et aperçut Charlie Raven, torse nu et tout sourire, les bras levés pour attirer son attention, une cigarette allumée entre ses longs doigts.

Elle se faufila parmi les corps ondulants en veillant à ne pas renverser son verre de vin car elle ne pourrait se permettre d'en payer un autre vu le salaire de misère que lui versait Louis. Non pas qu'elle s'en plaigne. Le simple fait qu'elle soit là relevait du miracle, que de toutes les personnes sur la planète, Louis Brockman se soit arrêté à la station de métro Hammersmith et l'ait entendue chanter. Malgré la pluie qui dégoulinait de ses cheveux soyeux jusqu'à ses sourcils, il l'avait écoutée jusqu'à la fin, puis il lui avait proposé d'aller boire un café et en l'espace d'une heure il avait changé le cours de la vie de Vivien. « Viens à New York avec moi, avait-il dit. Je suis le manager d'un groupe et j'aimerais que tu y chantes. » Leur chanteuse s'était défilée à la dernière minute pour retourner à la fac alors que Louis leur avait déjà organisé une tournée à travers les États-Unis. « Donne-moi un an et je ferai de toi une star », avait-il affirmé, et Vivien l'avait cru sur parole. Et elle le croyait toujours, même si la réalité s'était révélée moins glamour que le tableau qu'il lui avait dépeint. Mais Vivien n'avait pas besoin de glamour. Louis lui avait donné l'occasion de se tirer du marasme de Londres, où elle menait l'existence sinistre d'une jeune fille tout juste sortie du système des services sociaux et aimée de personne, et elle comptait bien se cramponner de toutes ses forces à la perche qu'il lui avait tendue.

— Je t'ai ! s'écria Charlie en l'attirant vers lui. On est là, dans le coin.

Sans lui lâcher la main, il la précéda au milieu des gens qui s'écartaient plus volontiers sur son passage que sur celui de Vivien juste avant. Elle garda les yeux rivés sur le python qui était tatoué sur la nuque du musicien jusque entre ses omoplates et dont la tête disparaissait sous le jean porté bas sur ses hanches étroites. Charlie était le batteur du groupe, un type plutôt bizarre quand il n'était pas sur scène et totalement endiablé à la seconde où il s'installait derrière son instrument. Depuis qu'elle avait rejoint le groupe quelques semaines plus tôt, elle avait remarqué la façon dont les filles tournaient autour de Charlie Raven, irrésistiblement attirées par son côté rebelle et son sourire de travers. Elle aussi était sous le charme, mais pas assez pour que ça aille plus loin. Ce groupe, c'était une occasion en or et aucun homme ne la détournerait de son objectif.

Lorsqu'ils passèrent devant la scène, elle y jeta un coup d'œil puis avala une gorgée de vin comme carburant, car c'était leur tour dans une demi-heure. La batterie de Charlie était déjà prête, la guitare bleue cabossée de Felipe reposait contre un haut-parleur. Elle n'était pas nerveuse. Au contraire, elle avait hâte. Se retrouver sous le feu des projecteurs, c'était comme être propulsée vers le soleil, une sensation qu'elle désirait de tout son être. Le concert dans ce club du Lower East Side était le dernier d'une longue série dans des salles de seconde zone aux quatre coins de la ville que leur avait organisée Louis, des performances tard dans la nuit et à salle comble, chargées en tension et en énergie sensuelle. Vivien avait subsisté des maigres ressources de sa musique à Londres, où elle dormait dans un lit froid comme la pierre et n'avait personne vers qui se tourner. Ici, pour la première fois de sa vie, elle se sentait partie intégrante de quelque chose d'exceptionnel, elle se sentait nécessaire, et elle s'investissait à cent pour cent.

Une fois qu'ils eurent rejoint les autres, Charlie lui lâcha la main. Comme toujours, de nombreuses personnes gravitaient autour d'eux : des filles à la mode de Madonna, vestes courtes par-dessus leurs robes bouffantes, gros colliers de perles et des garçons au style punk vêtus de cuir et aux yeux maquillés de noir, tous défoncés à la piquette, à la marijuana et au vent rebelle du changement qui soufflait sur la ville.

Felipe, le guitariste du groupe, croisa le regard de Vivien et effleura le bord de son borsalino du bout des doigts tout en toisant son verre de vin par-dessus ses lunettes de soleil.

— Tu bois quoi ?

Gênée, elle se mordit la lèvre.

— Du vin blanc.

Il leva les yeux au ciel puis lui prit son verre pour le renverser par terre.

— Bois un vrai truc. On est au Bloody Mary.

Il prit la carafe posée sur la table et lui remplit son verre à ras bord d'un liquide rouge et visqueux.

Viv le renifla.

— Ça sent les tomates en boîte.

— Allez Vivien, rétorqua Felipe en s'appuyant contre le mur. Bois.

Elle prit une petite gorgée et plissa aussitôt le nez au goût de la vodka, suivi par la touche salée inattendue de la sauce Worcestershire, le tout mêlé au jus de tomate épais. Dans les années suivantes, elle apprendrait à savourer un bon Bloody Mary, mais celui-ci était infâme et elle l'avala avec un haut-le-cœur.

— Tu aimes ?

— Absolument pas, répondit-elle en frissonnant alors qu'elle prenait une autre lampée.

Charlie la regarda et se fendit d'un sourire narquois avant de mettre les mains en coupe autour d'un demi-joint pour le rallumer.

— Ça serait carrément sensationnel que tu vomisses sur scène.

Depuis son arrivée à New York, elle était presque tout le temps avec ces types, que ce soit pendant les répétitions ou les concerts, et des liens s'étaient tissés entre eux. Elle ne serait pas allée jusqu'à dire pour l'instant qu'elle les aimait, mais elle se sentait bien avec eux. Elle se figurait qu'en cas de bagarre ils viendraient à sa rescousse, bien qu'avec réticence, et des bagarres, il semblait toujours sur le point d'en éclater dans les clubs miteux où tout était permis et où ils passaient la plupart de leur temps quand ils ne dormaient pas.

Felipe rit et la resservit de la substance rouge.

— Ça donnerait l'impression que tu es en train de crever, comme si tes tripes éclaboussaient les premières rangées.

— Je demande à voir ça, renchérit Charlie en tendant son joint vers les lèvres entrouvertes de la fille collée à lui. Eh, c'est pas ton frère, là-bas ?

Felipe suivit la direction du menton de Charlie et agita la main en l'air. Viv en profita pour verser son breuvage infect dans un gros pot de fleurs derrière elle et quand elle se retourna elle se retrouva face à face avec un inconnu.

— Voici mon frère, Santo. C'est moi qui ai hérité du physique avantageux, bien sûr, plaisanta Felipe. Santo, c'est Vivien. Elle nous vient de Londres, vois-tu ?

Il prononça ces derniers mots avec un terrible accent anglais snob et Viv leva les yeux au ciel en tendant instinctivement la main.

— C'est juste Viv, rectifia-t-elle en observant le visage du frère, qu'elle trouva très beau.

Le regard surpris de Santo soutint le sien alors qu'ils échangeaient une poignée et Viv chercha quoi dire d'autre, fascinée par la chaleur de sa paume, la courbe de sa mâchoire, la fossette sur son menton lorsqu'il souriait.

— Salut, juste Viv, dit-il dans un rire avant de jeter un coup d'œil à son verre vide. Je peux t'offrir quelque chose à boire ?

Soulagée de voir que Felipe s'était déjà tourné vers quelqu'un d'autre, Viv acquiesça.

— Je t'accompagne au bar.

Santo n'était pas fan de ce genre d'endroits. Il faisait une exception ce soir pour venir rencontrer le dernier groupe en date de Felipe, puisqu'il jouait tout à côté de chez lui, même s'il savait à l'avance qu'il ne se sentirait pas à sa place parmi les groupies qui flottaient autour d'eux comme de la fumée de cigarette. Ce n'était pas sa faute, ni celle de Felipe, ils étaient juste très différents. En matière de patrimoine génétique de la famille Belotti, Santo avait hérité de la détermination et de la loyauté et Felipe de la désinvolture et de la fébrilité. Le calme de Santo et son rapport sérieux à la vie faisaient ressortir encore davantage la fantaisie de son frère.

— Qu'est-ce qui te ferait plaisir ? demanda-t-il en se tournant vers Viv, regrettant aussitôt d'avoir formulé la question de façon si formelle.

En cet instant, il aurait bien voulu un peu de l'aisance de son frère à l'égard des filles.

— Du vin blanc, s'il te plaît, répondit-elle en lui adressant un sourire timide.

Il se commanda aussi une bière et ensuite, à court d'idées sur la suite de la conversation, il se contenta de lui rendre son sourire.

— Je n'ai jamais rencontré personne avec des yeux bleus comme les tiens, déclara-t-il sans réfléchir. Aussi bleu que le ciel clair un jour d'été.

Elle le fixa.

— C'est la chose la plus gentille qu'on m'ait dite de toute ma vie.

Il eut du mal à y croire. Il avait rarement vu des filles aussi saisissantes qu'elle. Ce n'était pas juste ses yeux plus bleus que bleu, ni son visage peu ordinaire en forme de cœur ; elle avait une bonne tête de moins que lui, mais elle pétillait et débordait d'énergie.

— Tu es le plus vieux ou le plus jeune ? demanda-t-elle avec un mouvement du menton vers Felipe.

— Il a deux ans de plus que moi. On ne dirait pas, hein ?

Il désigna sa chemise rayée à manches courtes. Il avait enfilé ses vêtements les plus cool et malgré tout il avait eu l'impression de passer pour un papa quand il avait traversé le club à la recherche de son frère.

La tête inclinée sur le côté, Viv l'étudia.

— J'aime bien. Elle me rappelle un transat sur une plage du sud.

Il n'était pas sûr de comprendre l'allusion mais le fait que la chemise lui plaise lui suffisait.

— Et toi ? reprit-il. Tu as des frères et sœurs ?

Elle but la moitié de son vin puis secoua la tête.

— Il n'y a que moi et ma solitude.

— Tu dois beaucoup manquer à tes parents, répondit-il en pensant aux siens, à combien l'absence de Felipe leur pesait même s'ils avaient Santo sous la main pour compenser l'appel du large de leur aîné. Même si parfois avec Felipe je me demande si je n'aurais pas préféré être fils unique, moi aussi, ajouta-t-il avec une lueur enjouée dans le regard et un sourire malicieux sur les lèvres.

Viv finit son verre et le glissa sur le bar, puis elle releva les yeux vers Santo, la mine sérieuse.

— Felipe est très sympa, mais il avait tort, tout à l'heure. Ce n'est pas lui qui a hérité du physique avantageux.

OK, voilà qui était inattendu. Il aimait bien qu'elle le prenne au dépourvu.

— Un autre verre ? proposa-t-il.

Elle secoua la tête et rit, ses cheveux foncés rebondissant autour de sa mâchoire.

— Il vaut mieux pas. Louis va me tuer si je m'emmêle les pinceaux dans les paroles.

Complètement sous son charme, Santo en avait presque oublié qu'elle faisait partie du groupe.

— Tu stresses avant de monter sur scène ?

Elle fit non de la tête.

— Jamais. J'adore ça et quand j'adore un truc, je donne tout. Tu vas nous écouter ? C'est notre dernier concert à New York. On part en tournée dans quelques jours, tu devrais donc nous aider à finir en beauté.

Il avait prévu de filer avant le début du concert car ce n'était pas son style de musique, mais il se surprit à avoir envie de l'entendre chanter, de rester encore un peu dans son giron ensorcelant. Il pensa à Maria, la fille du quartier qu'il fréquentait depuis quelques semaines, qui l'avait laissé l'embrasser au cinéma trois soirs plus tôt et qu'il avait invitée à déjeuner le mardi suivant avec la mère de la jeune femme. Mener les filles en bateau, ce n'était pas son genre, plutôt celui de Felipe. En réalité, il n'avait pas eu beaucoup de petites amies, car il était trop occupé à la boutique de glace, mais il commençait à imaginer un futur avec Maria. Ils ne s'étaient pourtant fait aucune promesse et désormais, les mains encore électrifiées par le contact avec celle de Vivien, il ne pouvait penser à rien d'autre qu'à ses yeux bleu ciel.

— Bien sûr, je vais rester, répondit-il, comme si ça tombait sous le sens.

De l'autre côté de la salle, Charlie Raven monta sur scène et empoigna ses baguettes, la colonne arquée et la tête rejetée en arrière tandis que son corps s'abreuvait de l'adulation de la foule en liesse.

— Ça veut dire qu'il faut que j'y aille, dit Viv en regardant Felipe s'avancer et passer la sangle de sa guitare à son épaule.

Ils se frayèrent un chemin vers l'avant de la salle et le guitariste tendit la main pour hisser Vivien à côté de lui avant de lever deux doigts à son front en guise de salut vers son frère, puis il fit signe à Charlie de commencer, torse nu et les yeux hagards. Santo s'adossa contre un pilier en béton, le souffle coupé. Il était venu ici pour voir son frère, mais il ne pouvait pas quitter Viv du regard.

Il n'était pas le seul : l'énergie explosa dans la salle dès que la chanteuse ouvrit la bouche, le timbre charbonneux et suranné de sa voix collant parfaitement à la reprise de Pat Benatar par laquelle ils démarrèrent pour chauffer le public. Et bon sang, ça marchait. Viv contemplait la foule en mouvement alors que ses mots résonnaient comme autant d'incitations à chanter, à bouger, à se joindre à eux. Santo n'était pas du genre à danser. Il aurait aimé, mais sa nature réservée le maintenait cloué au pilier couvert de graffitis, le rythme vibrant dans ses veines. Il observait Viv dominer la scène, en sueur, tandis qu'elle se mouvait, se donnant tout entière aux étrangers devant elle. Chaque fois qu'elle croisait son regard, il se sentait plaqué contre le mur. Le reste des spectateurs remarquaient-ils leur connexion ? Elle était inratable. Enflammée, Viv tenait toute la salle à sa merci – y compris Santo –, alors qu'elle tournoyait et riait à la fin d'une composition du groupe. Du haut de ses vingt-trois ans, il n'avait jamais rencontré une fille comme elle. Il savait qu'on ne jouait pas avec le feu sans risquer de se brûler les doigts, mais bon sang ce que c'était tentant.

— Ça ne t'a pas plu ? demanda Viv après avoir sauté de la scène, ignorant les nombreuses mains tendues vers elle tandis qu'elle se dirigeait droit vers Santo. Tu n'as pas dansé.

— Tu étais incroyable, déclara-t-il et son expression montrait qu'il le pensait.

Elle appréciait ça chez lui, son visage ouvert qui ne mentait pas, contrairement à la plupart des gens qu'elle avait rencontrés jusque-là. Que ce soient les services sociaux auxquels elle avait été confiée à l'adolescence ou les différents patrons de boutique pour lesquels elle avait travaillé à partir de l'âge de quinze ans, tout le monde agissait dans son propre intérêt, au détriment du sien. C'était aussi le cas de Louis, mais pour l'instant elle s'en accommodait car leurs intérêts pouvaient se rejoindre.

— Tu as faim ? demanda Santo.

— Mon Dieu oui. Je meurs de faim.

— Je connais un endroit sympa, suggéra-t-il.

Viv sourit.

— Allons-y, alors !

— Tu es sûre ?

Elle réfléchit un instant, et confirma que oui. Santo n'était pas un étranger, c'était le frère de Felipe. Au fond d'elle, elle sentait qu'elle pouvait lui faire confiance, et au cours des années, elle avait appris à suivre ses intuitions. Elle avait envie de le connaître, lui plus que quiconque jusque-là.

— Je suis sûre.

Une fois dehors, Santo posa sa veste en cuir sur les épaules de Viv et ils remontèrent quelques blocs vers un restaurant ouvert jusque tard le soir. Ils mangèrent une part de tarte et burent du café et au cours des deux heures suivantes ils tombèrent peu à peu amoureux, autant que le pouvaient deux personnes qui venaient de se rencontrer. Elle sentit à quel point il était loyal et fiable, pendant que lui, il admirait son esprit libre et son goût pour l'aventure. Chacun perçut en l'autre ce qui lui manquait dans sa vie.

— Ça ne te dérange pas de rester pour toujours au même endroit ? demanda-t-elle après l'avoir écouté lui raconter qu'il était le prochain à reprendre le commerce de glace de sa famille.

— Ma place est derrière le comptoir de chez *Belotti*, affirma-t-il, surpris qu'elle le voie de manière négative. Ce n'est peut-être pas fait pour tout le monde, mais ça me convient très bien.

— Et Felipe ?

Santo éclata de rire, un grondement grave dans sa poitrine qui donna envie à Viv d'y poser la tête.

— À ton avis ?

— Il mettrait la clé sous la porte au bout d'une semaine, répondit-elle. Il partirait en laissant les machines allumées, jusqu'à ce que la salle soit inondée, puis la rue, et pour finir la ville tout entière disparaîtrait sous un raz-de-marée de glace. Et les gamins de New York se rueraient dehors avec des cuillères pour se régaler jusqu'à ce qu'il n'y en ait plus.

— J'aime bien l'idée d'une ville tapissée de glace à la vanille *Belotti*.

— Et à la fraise, au chocolat, à la banane, ajouta-t-elle.

Il secoua la tête en remuant son espresso.

— Nous ne faisons que de la glace à la vanille.

Elle s'adossa à la banquette.

— Seulement vanille ?

Il hocha la tête.

— Oui, m'dame. La meilleure vanille que tu mangeras de toute ta vie, si délicieuse que tu n'as besoin d'aucun autre parfum.

Emmitouflée dans la veste de Santo, elle croisa les bras.

— Je crois que je devrais goûter par moi-même, non ?

— Viens demain. À la première heure.

— Les rock stars ne se lèvent pas à la première heure, dit-elle en riant. Je viendrai après le déjeuner.

Et elle tint parole. L'après-midi suivant, Santo la repéra au bout de la file qui s'étirait au-delà de la porte vitrée. Il défit aussitôt son tablier et demanda à son père l'autorisation de disposer du reste de sa journée, tout en remplissant un pot de glace à la vanille qu'il accompagna d'une cuillère fluo en plastique. Son père ne trouva rien à objecter ; jamais son plus jeune fils n'était malade ni ne posait de congé et à vrai dire il était ravi de voir un élan de spontanéité chez lui. Il n'aurait peut-être pas été si enthousiaste s'il avait connu la raison du coup de tête de Santo, car sa femme et lui tenaient Maria et sa famille en haute estime et même si ce n'était que le début de leur relation, ils espéraient que ça dure entre eux. Santo disparut de sa vue et brandit le pot de glace à Vivien qui éclata de rire, au grand dam des autres clients en train d'attendre.

— Les rock stars ne font pas la queue, déclara-t-il en l'entraînant rapidement hors de Mulberry Street.

Elle leva la glace sous ses yeux inquisiteurs.

— Alors, suis-je sur le point d'être époustouflée ?

Santo la regarda plonger la cuillère vert fluo transparente dans le pot et prendre une grosse bouchée. Cette fille ne connaissait pas la demi-mesure, il s'en était rendu compte la veille sur scène et au restaurant, où elle avait dévoré sa part de tarte puis une bonne partie de la sienne. Il n'avait pas l'habitude de vivre à cent à l'heure et il était joyeusement à la traîne depuis qu'elle lui avait pris la main au club. Il l'observa avec plaisir alors qu'elle roulait les yeux, jusqu'à ce qu'elle se fige sur le trottoir.

— Bon sang ! Santo, souffla-t-elle, extatique. Tu avais raison. Arrose la ville de cette glace, New York en a besoin.

Il haussa les épaules, heureux qu'elle aime.

— Je t'ai dit que c'était la meilleure du monde.

Elle prit une nouvelle bouchée avant de lui en proposer une.

— Je connais déjà, rétorqua-t-il en riant et en faisant non de la tête.

— Mais pas quand c'est moi qui te la donne, répliqua-t-elle en souriant, la main tendue et la tête sur le côté.

Santo lut l'air de défi dans ses yeux bleus, son audace enivrante, et après une brève hésitation il se pencha en avant et mangea la glace. Viv retira lentement la cuillère de sa bouche et le regarda avaler.

— Alors ?

— Je ne pensais pas que notre recette pouvait encore être meilleure.

Elle haussa les sourcils.

— Et ?

— Et maintenant je sais qu'il n'y a qu'une chose capable de l'améliorer, répondit-il en savourant le sourire de la jeune fille.

— Tu es mignon, Santo Belotti.

Il sentit le rouge lui monter aux joues. C'était la première fois qu'une fille lui disait qu'il était mignon et son nom prenait des tonalités nouvelles avec son accent anglais.

— Tu veux aller voir un film ? suggéra-t-il.

— Maintenant ? Au milieu de l'après-midi ?

— Oui, pourquoi pas ?

Elle fronça les sourcils.

— Je ne sais pas, hésita-t-elle. Les films, c'est pour les occasions spéciales, non ?

— Pour les occasions spéciales ? s'étonna Santo en riant. Les films, c'est pour n'importe quand.

Alors qu'elle lui rendait la glace à moitié mangée, il vit une ombre passer dans son regard.

— Peut-être pour toi.

— Et aujourd'hui, pour toi aussi, répondit-il en essayant de comprendre ce qu'il avait dit de travers. Je t'invite.

— Est-ce qu'on peut voir *St Elmo's Fire* ?

Il fit semblant de réfléchir. Il aurait été prêt à regarder l'herbe pousser si ça lui permettait d'être assis à côté de Viv pendant deux heures.

— Du moment qu'on achète du pop-corn.

Elle plissa le nez, une mimique qu'il avait souvent notée chez elle.

— Alors c'est parti.

Ni Viv ni Santo ne prêtèrent vraiment attention au film. Santo passa la plupart de son temps à observer la jeune fille du coin de l'œil, avec cette impression bizarre de la connaître depuis toujours alors qu'il l'avait rencontrée moins de vingt-quatre heures plus tôt. Viv essaya de suivre l'intrigue, tout en se demandant si Santo ressentait la même ébullition délicieuse et étrange qu'elle. Elle n'aurait su dire ce qui l'attirait chez ce garçon ; il dégageait une aura de sérénité dans laquelle elle rêvait de se prélasser, comme passer un dimanche après-midi d'été à flotter sur le dos dans les eaux de la mer Méditerranée sous les rayons chauds du soleil. Non pas qu'elle ait déjà vu la Méditerranée. Elle n'avait jamais quitté Londres jusqu'à ce que Louis, la plus inattendue des bonnes fées, lui offre un ticket gagnant pour aller chanter dans des salles sordides américaines. Elle était déjà sortie avec des garçons, mais Santo était le premier avec lequel elle sentait une telle connexion, si immédiate et si soudaine et pendant qu'Emilio Estevez faisait basculer Andie MacDowell en arrière pour l'embrasser dans la neige, elle se tourna vers lui et le surprit en train de la regarder.

— Je crois que je t'aime, Santo Belotti, dit-elle en les prenant tous les deux au dépourvu, puis elle s'approcha et l'embrassa au-dessus de leur immense pot de pop-corn.

Aucun des deux ne vit plus rien de ce qui se déroulait à l'écran, trop absorbés par ce baiser haletant et tremblant, par le délicieux prodige du premier amour.

Ils achetèrent des bretzels chauds à un dollar à un vendeur de rue devant le cinéma, qu'ils mangèrent par petits morceaux avec les doigts tout en remontant le trottoir bondé.

— C'est la première fois que je mange un bretzel comme ça, commenta Viv.

Elle se sentait très spéciale, fascinée par le spectacle et le bruit de la ville qui grouillait encore par cette chaude soirée. En toute objectivité, ce n'était pas plus glamour ici qu'à Londres. Au contraire, New York semblait plus hostile, mais il y avait quelque chose de captivant dans les rues sales, les graffitis, la profusion de bruits et le théâtre permanent de la ville.

— On dirait qu'elle sort tout droit d'une pub télé, commenta Viv en regardant une femme en manteau de fourrure adossée à une voiture en panne, en train d'allumer une cigarette.

— Une pub pour quoi ? s'enquit Santo en lui tendant un bout de son bretzel car elle avait déjà terminé le sien.

— *New York City, baby !* s'exclama Viv en riant et en tournoyant, ce qui fit chavirer le cœur de Santo. Cette ville est complètement dingue, je veux rester ici pour toujours !

Ses mots rappelèrent à Santo ceux qu'elle lui avait dits un peu plus tôt au cinéma. *Je crois que je t'aime.* Avait-il mal entendu ? Il avait beau connaître ces rues comme sa poche, il les découvrait sous un nouveau jour à travers ses jolis yeux bleus, décelant la beauté du street art qui s'étalait sur les murs et sur les rideaux métalliques des magasins fermés, ressentant l'énergie fébrile comme des battements de cœur cognant sous le trottoir. Comptait-elle vraiment rester ici pour toujours ? Et si elle restait, qu'est-ce que ça impliquait pour lui ? Il n'en revenait toujours pas de se poser ces questions, mais elle faisait vibrer quelque chose en lui dont il ignorait l'existence jusque-là et jamais il ne s'était senti autant lui-même qu'en ce moment.

— Entre, il n'y a plus personne.

Il tira les clés de la poche arrière de son jean.

— Sympa, cette porte, commenta-t-elle en caressant du bout des doigts la vitre peinte avant de le suivre à l'intérieur.

— Assieds-toi, l'invita-t-il avec un geste vers les tabourets en cuir rouge foncé alignés devant le comptoir qu'il contournait. Laisse-moi t'offrir un café, te servir comme ma cliente préférée.

Elle sourit et une fois assise, elle lissa les plis de sa minijupe écossaise sur ses cuisses.

— Et de la glace aussi ? À la vanille, bien sûr, ironisa-t-elle.

Il secoua la tête.

— Il n'y en a plus. Nous la préparons chaque jour, et tout a été vendu.

— Vous n'en avez pas en réserve dans le congélateur ?

Il rit.

— Je te l'ai dit. C'est une recette secrète. Fabriquée quotidiennement.

Une lueur espiègle dans les yeux, elle se pencha en avant, accoudée sur le comptoir.

— J'adore les secrets. Tu connais la recette ? Tu me la donnes ?

— Bien sûr que je la connais, mais non, je ne peux pas te la donner. Il n'y a que deux membres de la famille qui la détiennent à la fois, au cas où il arriverait malheur à l'un des deux.

— Une chute d'une falaise, par exemple, plaisanta Viv.

Il haussa les épaules.

— Un truc comme ça. En ce moment, c'est papa et moi.

Viv nota la fierté dans sa voix et elle parcourut du regard les photos encadrées sur les murs derrière lui, plusieurs générations de Belotti qui s'étaient tenus derrière ce comptoir. Le parcours de Santo était si différent de sa propre enfance d'orpheline. Sa vie n'était qu'une page blanche, la chevalière en or à son annulaire était tout ce qu'il lui restait de sa mère qui l'avait abandonnée.

— Tu as de la chance d'avoir tout ça, tu sais. Cet endroit, ta famille, une histoire.

— Je sais.

— Et ils ont de la chance de t'avoir, toi aussi, ajouta-t-elle. Parce que sinon ils devraient s'en remettre à Felipe.

— C'est vrai. Il vient rarement ici. Je me demande parfois s'il culpabilise.

De ce que Vivien avait vu de Felipe, il ne semblait pas du genre à culpabiliser de quoi que ce soit, mais elle préféra ne pas le souligner.

— Ton café est excellent, affirma-t-elle en sirotant la petite tasse blanche que Santo avait posée sur le comptoir.

— J'ai beaucoup de pratique.

Elle passa les mains autour de la tasse.

— Et avec les filles ?

L'expression affable de Santo s'évanouit.

— Pas autant, avoua-t-il.

Il y avait clairement plus de choses à dire, mais Viv n'avait pas besoin d'en savoir davantage. Elle descendit du tabouret et arpenta lentement la salle en faisant courir ses doigts sur le dossier des chaises et le bord des tables en bois.

— Vous avez un piano, remarqua-t-elle, ravie. Je peux jouer ?

— Je ne sais pas, tu sais jouer ?

Elle rit doucement avant de prendre place derrière l'instrument près de la fenêtre.

— Excusez-moi, monsieur ? l'interpella-t-elle, le cou tendu pour regarder par-dessus le piano droit tandis que Santo s'installait à une table avec son café. Vous avez un billet ? C'est un concert privé.

Il tâtonna les poches de son jean et en sortit son ticket de cinéma de tout à l'heure.

— Le voilà, annonça-t-il en le posant sur la table.

Elle hocha la tête en s'étirant les doigts.

— Des souhaits en particulier ?

— Je te laisse choisir, répondit-il et la façon dont elle soutint son regard fit faire des sauts périlleux à son cœur dans sa poitrine.

— Très bien, murmura-t-elle alors qu'elle posait les mains sur les touches tout en passant son répertoire en revue.

Ah, bien sûr. En se mordant la lèvre, elle ferma les yeux et se mit à jouer. Elle les garda clos lorsqu'elle entonna le premier couplet de *Crazy For You* de Madonna. Ce tube du moment n'était pas le genre de chansons qu'elle interprétait avec le groupe, mais secrètement, elle l'adorait.

Le visage baigné de reflets dorés du soleil bas d'été, elle pensait chacun des mots qu'elle chantait à son public très intime. Elle rouvrit les yeux pour le refrain final et découvrit Santo debout à côté d'elle, les mains posées sur le haut du piano. En voyant la vulnérabilité peinte sur son visage, Vivien faillit en oublier les paroles.

— C'était sincère, quand tu as dit que tu avais envie de rester ici pour toujours ? demanda-t-il.

— Oui ? Non ? Je ne sais pas. Si tous les jours étaient comme celui-ci, alors oui, mais ce n'est pas la vraie vie, si ?

Il fit le tour du piano pour venir s'asseoir à côté d'elle sur le tabouret.

— Et si c'était comme ça tous les jours ? Toi et moi ? Je sais que tu es censée partir en tournée, mais tu pourrais rester, on pourrait se donner une chance. Je te préparerai de la glace chaque jour…

Elle posa la main sur sa joue.

— Santo, je… Nous ne…

Il se pencha et l'embrassa pour l'empêcher d'aller plus loin.

— Ne dis rien de plus, murmura-t-il. Tu vas au moins y réfléchir ?

L'espace d'un instant, Viv s'autorisa à imaginer la vie qu'elle pourrait avoir à New York. Est-ce que cela fonctionnerait ? Pourrait-elle être heureuse en travaillant au côté de Santo chez *Belotti*, en s'installant ici, en intégrant son histoire ? Ou allait-elle toujours se demander ce qui se serait passé si elle s'en était tenue à son plan et avait poursuivi ses ambitions ? Voilà dix-huit ans qu'elle s'accrochait à la vie du bout des doigts, à manger à la table d'autres gens, à dormir dans le lit d'autres gens, et pour être honnête, elle en avait assez. Depuis qu'elle avait rencontré Louis, elle n'était enfin plus contrainte de dépendre d'autrui – abandonner cette liberté durement acquise et ce sentiment fragile de sécurité pour voir si ce qu'elle partageait avec Santo mènerait à quelque chose était un gros pari. Elle s'était tant battue pour ce rêve qu'elle n'était pas certaine d'être prête à le troquer contre un autre pour l'instant, même si Santo le présentait sous un jour merveilleux.

— Je vais y réfléchir, déclara-t-elle en appuyant son front contre celui de Santo. Je te le promets.

Une heure plus tard, Viv se glissa dans son petit lit dans l'appartement du groupe, étourdie par des images de Santo, de la porte vitrée de la boutique de glace et par l'idée séduisante de faire partie d'une vraie famille. Elle s'était sentie seule toute sa vie ; contempler les portraits des Belotti lui avait serré le cœur d'envie. Elle ferma les yeux et s'imagina derrière le comptoir avec Santo dans cinq, dix, vingt ans. Tiendraient-ils sur le long terme ? Auraient-ils des enfants, vieilliraient-ils ensemble ? Jusqu'à ce que Santo grisonne et que les années de bonheur fassent leur œuvre sur son corps à elle aussi ? Cela s'apparentait à un rêve impossible, ce n'était pas le genre de choses qui arrivaient à des gens comme elle. Et puis elle songea au groupe, à Louis et aux concerts à travers le pays. Elle aimait plus que tout se produire sur scène. Allait-elle tourner le dos à cette occasion en or de se faire un nom ? Elle passa les petites heures du matin à tergiverser, à contempler ses options, à décider à laquelle renoncer. Chacune des deux représentait une chance unique.

4

— BOBBY, dis-moi ce que je suis censée faire !

Mon ami pose un café sur la table basse puis se laisse tomber dans le fauteuil en velours bleu face au mien dans son appartement au parquet en chêne. De la rue nous parvient le fracas de bouteilles tandis que les poubelles sont vidées à ces petites heures du matin, accompagné des sirènes, des klaxons et des bruits de New York qui ponctuent le début d'une nouvelle journée. Moi, en revanche, je ne me sens pas du tout prête à démarrer la journée ; après avoir vu s'égrener presque toutes les heures de la nuit, je suis venue confier mes états d'âme à Bobby.

— Je suis la seule personne au monde capable d'aider les Belotti. C'est trop bizarre, non ?

Il attrape sa tasse. C'est déjà notre deuxième café : Bobby a patiemment écouté mon récit en regardant la photo de Santo dans l'album de ma mère ; c'est la première fois que je lui en révèle autant sur moi depuis que je suis arrivée ici. C'est tout à son honneur de m'avoir ouvert la porte à 6 heures du matin sans ronchonner et heureusement que Robin est parti en voyage d'affaires. J'adore le mari de Bobby, mais livrer le secret de ma mère à une personne me fait déjà l'effet d'une trahison, alors à deux, ça aurait été au-dessus de mes forces. Pourtant, je suis soulagée de partager mon fardeau.

— Le simple fait que tu aies repéré cette porte lors du festival relève d'une intervention cosmique.

Il fait semblant de me pousser de ses deux mains, puis il hausse les sourcils.

— Tu pourrais simplement leur envoyer la recette par e-mail et ne plus jamais mettre les pieds là-bas ?

— J'y ai pensé. Mais en écrivant quoi ? « Je ne peux pas vous dire comment je l'ai eue, mais voilà votre recette secrète jalousement gardée ? » je m'exclame avant de laisser tomber mes mains. Impossible que ça en reste là, non ?

— Ils seront peut-être si soulagés qu'ils ne poseront pas de questions, hasarde Bobby mais l'expression de son visage montre que lui-même n'y croit pas.

— Peu probable. Leur commerce repose sur cette recette top-secrète depuis plus de cent ans. Découvrir qu'une personne extérieure la détient risque de leur causer un sacré choc.

— Ou alors... et si c'était moi qui la leur envoyais ? Je pourrais dire, « oh je ne sais pas, j'ai rencontré cette cuisinière britannique aux faux airs de Zooey Deschanel qui préparait cette fabuleuse glace d'après une vieille recette italienne et qui a accepté de me la confier pour la proposer en exclusivité dans mon restaurant et si ça se trouve, par le plus grand des hasards, ça pourrait être la même... »

Je lève les yeux au ciel devant son énième tentative pour s'approprier la recette.

— Je suis sérieuse, Bob. Santo était l'amour de jeunesse de ma mère et maintenant qu'il est malade je suis la seule à pouvoir sauver l'entreprise familiale.

La mine grave, Bobby me scrute derrière ses mains jointes.

— Qu'est-ce que, *elle*, elle aurait voulu que tu fasses ?

C'est la question qui m'a empêchée de dormir toute la nuit. D'un côté, je suis certaine qu'elle ne voudrait pas que je révèle que Santo a divulgué son secret de famille. Je ne connais pas les Belotti, mais après avoir parcouru leur site Web et vu leur gelateria, j'ai compris que loyauté et orgueil font partie de leur ADN. Et cette glace... elle a beaucoup compté pour ma mère et moi au cours des années, elle nous a accompagnées dans les bons comme dans les mauvais moments. Si elle est tellement importante pour moi, je n'ose pas imaginer ce qu'elle représente pour les Belotti et à quel point ils se sentiraient trahis en découvrant que quelqu'un d'autre en connaît la recette. Et en même temps, je me sens redevable de la joie que cette glace m'a toujours apportée.

— Ils devaient être si jeunes. Santo vit depuis toutes ces années avec un sentiment de culpabilité. Maman aurait détesté l'idée de manquer à sa parole, ça, je le sais. Garder ce secret était l'une des seules choses que je l'ai vue prendre au sérieux dans sa vie.

— Alors ne dis rien, répond Bobby en baissant les bras. Oublie que tu es au courant de leurs problèmes et continue ta vie.

J'apprécie qu'il se fasse l'avocat du diable.

— Et laisser leur affaire péricliter alors que j'aurais pu les aider ?

Bobby hausse les épaules.

— Le vieux se souviendra peut-être de la recette demain et tu te seras tourmentée pour rien.

J'acquiesce. Ce serait le scénario idéal. Et c'est possible, mais il pourrait aussi ne pas retrouver la mémoire demain, ni la semaine prochaine, ni le mois prochain, ni même avant le début fatidique du printemps, si jamais il la retrouve un jour. Je relève la tête de mon café alors que Bobby prend une profonde inspiration.

— Tu crois que ce Santo pourrait être ton père ? Et s'il y avait plusieurs secrets derrière tout ça ? murmure-t-il d'un air conspirateur, avant d'éclater de rire.

— Arrête tes conneries, je riposte, sans m'offusquer car je sais qu'il essaie juste de détendre l'atmosphère.

Je feuillette l'album de ma mère jusqu'à une photo de Charlie Raven pendant un concert, un bandeau sur la tête, les baguettes levées. Son sourire est hystérique, il a l'air intoxiqué par sa musique, si ce n'est par autre chose.

— Mon père, j'indique en tapotant la photo. Ma mère était en tournée depuis deux ans au moment où je suis née, je précise, juste pour mettre les choses au clair. Donc impossible. Et si je postais la recette aux Belotti de manière anonyme ?

Je jauge la réaction de Bobby, même si j'ai déjà plus ou moins écarté l'idée.

Il réfléchit.

— C'est une option. Au début ils seraient, genre, « Youpi ! on est sauvés ! ». Mais ensuite ils commenceraient à se demander qui, et comment, et ils en déduiraient vite que Santo a partagé la recette. Ou alors que c'est son frère qui avait eu la négligence de la confier à un inconnu, ce qui pourrait engendrer des querelles familiales.

Bobby se penche en avant pour s'appuyer sur ses coudes.

— Ça semblerait quand même plus logique que Santo soit le responsable, mais comme il ne saurait pas à qui il l'a livrée vu qu'il a perdu la mémoire, ils devraient tous vivre avec la hantise qu'il ait eu une maîtresse ou un enfant caché sur le point de venir revendiquer leur empire, un truc du genre. Donc, dans un cas comme dans l'autre, tu risques de briser la famille.

J'ai pensé à tout ça, bien qu'en des termes moins rocambolesques, et j'ai exclu l'idée d'envoyer une lettre ou un e-mail anonyme. Il vaudrait encore mieux laisser couler leur affaire. N'est-ce pas ? Ces dernières heures, j'ai tourné la question dans tous les sens, dans l'espoir de trouver une solution où personne ne sort perdant. Je sais pertinemment que ma mère n'aurait jamais révélé l'incartade de Santo mais qu'elle n'aurait pas non plus abandonné le glacier légendaire si elle avait eu le pouvoir de le sauver. Toutefois, la décision ne lui revient pas. C'est à moi de la prendre. L'histoire de la famille Belotti est subrepticement liée à la nôtre depuis aussi longtemps que je m'en souvienne. Quand j'étais petite, le type sur la photo était un héros de conte de fées, un homme aux allures de star de cinéma qui faisait de la glace à ma mère. Ce n'était pas une triste histoire d'amour vouée à l'échec. Simplement, « pour toujours » n'était pas écrit dans leurs astres, répétait-elle. Ils étaient trop jeunes, ses rêves avec le groupe trop grands. À mes yeux, elle est une pionnière, une femme qui a eu le courage de privilégier son ambition, la force de suivre ses rêves plutôt que son cœur.

Bobby tend le bras pour m'attraper la main.

— Tu veux que je vienne avec toi chez *Belotti* tout à l'heure ? Je peux improviser et je demande à voir les mains de ce type qui t'ont mise dans tous tes états.

Jamais je n'aurais dû lui parler de ce truc des mains, il a rigolé pendant cinq minutes d'affilée. Mais j'apprécie le fait qu'il propose de m'accompagner.

— Oui, mais non. Tu es l'homme le plus débordé de New York, je réponds en baissant les épaules. Et je dois faire ça toute seule.

5

Dans la pratique, faire ça toute seule est beaucoup plus difficile que je ne le pensais. Il pleut à nouveau, la grisaille couvre le ciel tandis que je m'approche de chez *Belotti* quelques heures plus tard. Je n'ai toujours pas de plan précis en tête, j'y retourne parce que je l'ai promis et que Gio avait l'air au bout du rouleau hier. J'hésite devant la porte, la main posée sur la poignée en laiton. À l'intérieur, la salle est à nouveau déserte et les lampes Tiffany en verre teinté projettent des ombres rouges et vertes sur le sol, dans cette ambiance chaleureuse hors du temps. Les lieux étaient sans doute pratiquement identiques que ce soit dans les années 1930, dans les années 1950 et quand ma mère est venue au milieu des années 1980. En cuisine, c'était peut-être une autre histoire, mais la salle devait déjà arborer cette sainte trinité de bois ancien, de laiton poli et de cuir rouge foncé. C'est rétro mais pas vieillot, le genre d'endroits où aller passer un moment de détente et où savourer le sentiment réconfortant de savoir que certaines choses ne changent jamais. J'imagine que c'est différent les journées d'affluence en été, mais aujourd'hui, lorsque j'entre, il règne un calme digne d'une bibliothèque.

— Iris, tu es revenue !

Gio apparaît, attiré par le tintement de la cloche au-dessus de la porte. Il n'a pas l'air d'avoir mieux dormi que moi. En le voyant devant les portraits de famille, je l'ajoute à la liste des éléments intemporels de cet endroit. Plusieurs générations d'hommes aux cheveux et yeux sombres l'encadrent, portant comme lui une chemise blanche et une cravate noire sous le tablier Belotti. Les cheveux de Gio sont peut-être un peu plus longs et sa chemise coupée plus près du corps, mais l'air de famille reste frappant.

— Tu pensais que je ne reviendrais pas ?

— J'espérais que si, en tout cas, répond-il en contournant le comptoir. Laisse-moi te débarrasser de ton manteau.

J'ôte mon écharpe et pose mon énorme besace usée sur l'un des tabourets en cuir avant de lui confier ma veste mouillée par la pluie. Il va la suspendre au-dessus d'un radiateur derrière le comptoir, ce que je me force à considérer comme une gentille attention plutôt que me focaliser sur le fait que ça m'empêche de filer quand bon me semble. J'ai beau vouloir me défaire du spectre de mon ancienne vie avec Adam, des moments comme celui-ci me demandent de gros efforts. Une gentille attention se résume à ça : de la gentillesse, sans arrière-pensées ni menaces sous-jacentes.

Pendant que Gio bataille avec la machine à café, je me juche sur le même tabouret qu'hier avant de poser mon bonnet rayé sur le comptoir et de prendre un chouchou à mon poignet pour attacher mes cheveux humides.

— Tu as dû beaucoup marcher ? s'enquiert-il quand il se retourne pour déposer un café devant moi.

Voilà qu'il revient au galop, cet instinct de ne pas trop en dire sur moi. Je le bride fermement.

— Non, j'habite à une dizaine de minutes à pied d'ici.

Il ne répond pas ; en fait, je n'ai pas l'impression qu'il m'ait écoutée. La tête légèrement penchée sur le côté et les yeux rivés sur mon bonnet, il fronce les sourcils. Il finit par relever le regard vers moi d'un air abasourdi.

— Je savais que nous nous étions déjà rencontrés ! s'exclame-t-il et je pose la main sur mon bonnet sans comprendre où il veut en venir. La librairie Logan ? Le jour de la Saint-Valentin ?

Je me tiens la gorge alors que l'effroi me gagne. *Oh bon sang, non.*

— *Kaninchen*, je murmure alors que tout me revient, dans une puissante vague de panique.

J'ai tant mis en œuvre pour oublier la dernière Saint-Valentin qu'elle a sans doute disparu du calendrier accroché au mur de ma cuisine. Je frémis rien que d'y repenser.

— As-tu fini par lire le roman ? demande-t-il.

Je me passe la main sur mon visage en feu.

— Non.

J'ai acheté un exemplaire dès le lendemain, mais je n'ai toujours pas réussi à l'ouvrir, même si je meurs d'envie de lire ce satané bouquin. Chaque fois que je le prends en main, la mort de mon pseudo-mari me revient à l'esprit et la honte m'envahit d'avoir inventé ça pour fermer le clapet à cet inconnu et de m'être donnée en spectacle. Et me revoici nez à nez avec lui, à lui mentir à nouveau, même si cette fois c'est pour la bonne cause. Si seulement le sol pouvait s'ouvrir sur-le-champ et m'avaler en entier !

Il enroule un torchon autour de ses mains.

— Écoute, je suis désolé d'avoir été si indélicat, à propos de ton mari, Iris, vraiment désolé. Tu as touché une corde sensible lorsque tu as évoqué ma femme, mais je n'avais aucun droit de te parler comme ça.

Je me revois ce jour-là : mes yeux furibonds étaient tombés sur son alliance, avant que Gio, l'air blessé, repère la bague de ma mère à mon doigt.

— Oh mon Dieu. Je n'aurais jamais dû dire ça, je bredouille.

— Non, s'il te plaît, m'interrompt-il en levant les mains. Je comprends. Plus que tu ne le penses, poursuit-il en dirigeant le regard vers le plafond. Penny, ma femme... Elle est décédée il y a sept ans.

Mon cœur se serre devant l'émotion qui l'assaille lorsqu'il me confie cette information ; à en juger par ses yeux fuyants et sa voix tremblante, le simple fait de prononcer les mots tout haut est douloureux. Je ne sais plus où me mettre. Je n'arrive pas à croire que je ne l'ai pas reconnu plus tôt. Alors que je n'imaginais pas pouvoir être encore plus mortifiée par mon mensonge, me rendre compte que cet homme, lui-même veuf, pense a) que j'ai été mariée et b) que mon mari est mort, me terrasse de honte.

Gio m'observe en silence, puis il hoche la tête.

— On scelle le pacte de ne plus jamais parler de ce jour-là ?

— Plus jamais, j'approuve à la hâte en saisissant la perche qu'il me tend, embourbée dans mon mensonge.

— Bois ton café, reprend-il en poussant la tasse vers moi. Ensuite on pourra parler de glace.

Lorsque la porte s'ouvre, son visage s'illumine. Quant à moi, je me sens sauvée par le gong.

— Sophia ! Tu es en retard.

L'ambiance de bibliothèque se dissipe avec l'arrivée de Sophia, qui se débat contre son parapluie retourné dans un tintement de bracelets.

— Ma théâtrale petite sœur, la présente-t-il en reposant le regard sur moi.

Elle rit tandis qu'elle se glisse derrière le comptoir et accroche son manteau trempé à côté du mien au-dessus du radiateur.

— Et la plus jolie, renchérit-elle. Et la plus intelligente. Et pas vraiment sa sœur.

De toute évidence habitué à cette rengaine, Gio lève les yeux au ciel.

— C'est tout comme. Sophia est la plus jeune des filles de Santo, et aussi la plus bruyante et la plus odieuse. Les trois autres sont bien plus gentilles.

L'attaque laisse Sophia totalement indifférente. Les liens fraternels qui les unissent sont palpables, leur joute verbale teintée de tendresse.

— Je viens d'avoir l'hôpital en ligne, explique-t-elle. Aucun changement. Une infirmière m'a juste dit qu'il avait réclamé des *cannoli* hier soir, et une de ses collègues lui en a donc apporté du festival.

Gio hoche la tête.

— Je te présente Iris, dit-il, et les yeux de Sophia se posent sur moi d'un air curieux. Elle est cheffe cuisinière. Elle va nous aider à retrouver la recette.

— Génial, commente-t-elle en passant un tablier Belotti par-dessus sa tête. Tout coup de main est le bienvenu.

— J'ignore si je vais vous être d'une grande utilité, je réponds nerveusement, préférant minimiser mon rôle.

— Anglaise ? demande-t-elle et je hoche la tête. Mais tu vis ici, c'est ça, tu n'es pas en vacances ou de passage ?

— C'est quoi ça, Soph ? Un interrogatoire ? intervient Gio.

— J'habite ici, je confirme. Une apprentie new-yorkaise, en quelque sorte.

— Tu arriveras peut-être à convaincre Gio d'ajouter de nouveaux parfums à notre offre, ajoute-t-elle en lançant à son frère un regard de biais.

Gio se raidit et fronce les sourcils, de la même façon qu'à la librairie le jour de la Saint-Valentin.

— Qu'est-ce qui est écrit sur notre logo ?

Sophia soupire.

— « Vanille pour toujours. » Je le sais, Gio, mais si jamais on ne remet pas la main sur la recette, on fait quoi ? En se diversifiant dès maintenant, on protège nos arrières.

Il reste inflexible.

— On va trouver la recette.

— Et si on n'y arrive pas ?

— On a le temps. On va la récupérer.

Ils me regardent tous les deux et j'hésite à dire quoi que ce soit car c'est clairement un vieux sujet de désaccord.

— Les autres sont de mon avis, reprend Sophia en croisant les bras sur la poitrine, avec une expression aussi obstinée que celle de Gio.

J'ai comme l'impression que ces deux-là se prennent souvent le bec.

— Même Maria ? demande-t-il.

Sophia ne répond pas. Je devine que la femme de Santo partage le point de vue de Gio.

— Exactement, conclut-il. Affaire classée.

— Bonne chance pour travailler avec lui, me lance Sophia. Il est sacrément casse-pieds.

Ignorant la pique, il se tourne vers moi.

— Allons en cuisine pour réfléchir au calme.

— J'ai dressé une liste d'idées de nouveaux parfums. C'est quand tu veux, insiste Sophia d'un air de défi.

Sans relever, Gio tourne les talons.

— Par ici.

Sophia m'adresse un sourire derrière son dos, ses boucles foncées en tire-bouchon rebondissant autour de son visage. La petite sœur énergique de Gio me plaît. Si les trois autres sont comme elle, les fêtes de famille Belotti doivent être explosives.

Les cuisines sont immenses, bien plus grandes que ne le laisse penser la salle à l'avant, et présentent un curieux mélange de tradition et de modernité. D'impressionnantes machines industrielles en acier inoxydable occupent tout un mur ; Gio m'explique que les ingrédients sont mis dans la cuve du haut pour être chauffés et pasteurisés avant de passer dans le cylindre frais en dessous où ils sont brassés avec de l'air pour créer de la glace. C'est une version à grande échelle de ma petite production, un processus perfectionné que je ne m'étais pas vraiment attendue à trouver ici.

— Voilà la machine préférée de Santo, annonce Gio en me guidant vers un modèle beaucoup plus ancien, aux courbes en émail ivoire et en chrome poli. Il soutient mordicus qu'il est capable de reconnaître entre mille la glace qui a été faite dans celle-ci.

— Tu y crois ?

Il pose une main affectueuse sur la vieille machine.

— Je ne parierais pas contre lui.

Il m'emmène au fond de la cuisine qui, tout comme la boutique, semble à l'abri du temps. Un épais plan de travail rectangulaire en acajou domine l'espace, entouré de placards et d'étagères fabriqués sur mesure. Deux longues rangées de tiroirs carrés aux plaques en laiton légendées à la main s'étendent sous les placards. On dirait une officine d'apothicaire de luxe, là où s'opère la magie de la mixologie. En l'occurrence, la magie de la glace. Je suis émerveillée.

— Mon âme de cheffe est conquise, je souffle en faisant courir mes doigts sur le plan de travail lisse.

Combien de générations de glaciers ont défilé ici, des femmes et des hommes reproduisant tous la même recette ? Voir ce lieu chargé d'histoire m'aide à comprendre pourquoi Gio s'est montré si obtus avec Sophia tout à l'heure. La famille se concentre sur un créneau bien précis, ils ont une réputation à tenir.

— Le premier rendez-vous de Santo et de Maria a eu lieu ici, raconte-t-il en caressant le plateau en bois. Ils ont mangé de la pizza achetée dans le restaurant en face, puis de la glace pour le dessert. Ils perpétuent la tradition à chaque anniversaire de mariage.

Il pose les deux paumes à plat, les bras raides, et pousse un soupir.

— Ça le tue de ne pas se souvenir de la date.

Touchée par un tel romantisme, je me fends d'un demi-sourire.

— Parle-moi de la glace. Décris-moi ce qui la rend si spéciale.

— Ce qui la rend si spéciale ? répète-t-il en soufflant et en souriant à la fois, le regard perdu. Il y a tant de choses qui la rendent spéciale. Le goût, bien sûr, mais ça va plus loin que ça. C'est le lien affectif, les souvenirs, la façon dont les saveurs réveillent des émotions.

Son visage s'anime lorsqu'il parle et il s'exprime avec les mains et le corps autant que par les mots. Il ouvre un tiroir du mur du fond et en sort une liasse de papiers : des lettres et des cartes.

— Regarde, dit-il en les étalant. Elles viennent des clients. Des remerciements de vacanciers qui passent sans faute chaque année, des gens qui sont venus ici enfants et qui y emmènent à leur tour leurs propres gamins, comme un rituel de passage. Cette lettre est d'une famille qui nous a demandé de servir de la glace aux funérailles de leur père car c'était tout ce qu'il pouvait encore manger pendant ses dernières semaines de vie.

Nous parcourons les courriers qui en gros disent tous la même chose : merci.

— Ce n'est pas juste de la glace, conclut-il, déterminé, voire inébranlable.

— Je vois ça, je réponds en rassemblant avec soin les papiers.

Je comprends mieux qu'il ne l'imagine ; moi-même, j'aurais pu écrire l'une de ces lettres.

— Je dois tout à Santo, poursuit-il, la main sur la poitrine. Il m'a accueilli comme son propre fils quand j'avais cinq ans. Maria aussi, alors qu'elle était enceinte de cinq mois de Francesca. J'ai grandi derrière le comptoir. Ma place est ici, déclare-t-il en rangeant les lettres dans le tiroir. Celle de ma fille aussi.

Surprise, je fais un pas en arrière.

— Tu as une fille ?

— Bella, dit-il, et son expression change lorsqu'il prononce le prénom : la fierté se mêle à l'angoisse parentale. Quinze ans, vingt-cinq dans sa tête, convaincue qu'elle sait tout sur le monde.

— Flippant.

Je calcule que Bella ne devait avoir que huit ou neuf ans lorsque sa mère est morte. J'avais beau avoir trente et un ans quand j'ai perdu la mienne, je n'étais pas préparée à cette douleur. Mais moi, je me suis retrouvée seule au monde ; au moins il reste à la fille de Gio le réconfort du clan Belotti qui se serre les coudes. Les choses auraient peut-être été différentes pour moi si j'avais été entourée.

— OK, fais-je en passant prudemment à autre chose. Maintenant dis-moi ce que tu sais sur la recette.

Il se penche en avant, les coudes posés sur la table, les paumes pressées l'une contre l'autre.

— Honnêtement ? En dehors des grandes lignes, presque rien. Santo a pris, enfin *prend* très au sérieux son rôle de détenteur actuel de la recette, il tient à protéger l'héritage de notre famille. Vu de l'extérieur, ça peut sembler absurde et une fois que la situation sera rétablie je mettrai bien évidemment des plans de secours en place, mais tradition et loyauté sont très importantes pour nous. Tu comprendrais si tu connaissais Santo, il a passé sa vie dans cette gelateria, à veiller à ce que nous puissions tous en vivre et prospérer.

— Il a l'air d'être quelqu'un de spécial.

Je me promets de ne jamais, absolument jamais dire à ces gens que Santo a confié leur recette à ma mère. Il est le chef de cette famille et la personnification de l'intégrité Belotti ; ma mère risque de me hanter pour le restant de mes jours si j'entreprends quoi que ce soit qui mette ce statut en péril. Et, pour être honnête, il n'est plus seulement question de ma mère. Je n'ai passé que peu de temps ici, mais je commence à éprouver également une obligation personnelle. Cet endroit, ces gens… j'ignore ce que c'est d'avoir des attaches, de faire partie d'une famille. Ça va encore plus loin chez eux. Ils incarnent les racines d'un chêne ancestral – ou peut-être que l'image d'un vieil olivier italien collerait mieux – qui se déploient en profondeur sous les rues de Little Italy, fières et solides car ils les nourrissent avec soin. La porte à la vitre peinte consciencieusement entretenue. La recette secrète. Les photos de famille sur les murs. Leur force vient de leur unité et l'aperçu que j'en ai eu jusqu'ici suffit à m'attendrir.

— Mais ça ne nous aide pas pour la glace, reprend Gio. L'idée générale, je la connais - du sucre, du lait, de la crème, pas d'œufs, bien sûr –, mais concernant les quantités ou les autres ingrédients, je suis dans le flou.

J'observe le matériel industriel tout en réfléchissant.

— Pour tester des échantillons, nous n'allons pas utiliser les grosses machines, ce serait du gâchis, dis-je. Vous n'avez rien de plus petit ?

Gio fronce les sourcils.

— De plus petit ?

Je me retiens de sourire.

— Tu sais, de l'électroménager domestique. Non ? À en croire ton expression, vous n'avez rien de ce genre, je m'empresse d'ajouter car il paraît légèrement offusqué à l'idée qu'on fasse sa propre glace chez soi plutôt que l'acheter chez *Belotti*. J'ai une petite machine, je l'apporterai demain.

— Je viendrai la chercher si tu veux, ça t'évitera de la trimballer jusqu'ici.

— Ce n'est pas un problème.

Rattrapée par l'instinct de préservation, je préfère décliner son offre.

— Mais tu reviendras demain ? demande-t-il en soutenant mon regard.

— À la même heure, si tu veux bien, je réponds en déglutissant.

— Je serai là, affirme-t-il, comme hier.

Je repense à la ténacité de Santo qu'il m'a décrite et je me demande s'il a conscience de dégager la même chose.

Quand j'attrape ma veste pour repartir, Sophia lève les yeux de son magazine.

— Ça a donné quelque chose ? s'enquiert-elle en posant une pomme à demi mangée.

— Ce n'est que le début.

Elle repousse ses boucles derrière ses oreilles avant de se pencher en avant pour jeter un œil en cuisine et s'assurer que Gio ne l'entend pas.

— Gio est vraiment mon frère. Enfin, pas vraiment, mais ici, oui, murmure-t-elle en se tapotant le cœur, puis elle roule des yeux devant son sentimentalisme. Et s'il te semble terne, crois-moi, il ne l'est pas, il est juste complètement flippé. Il passe trop de temps ici et pas assez là-dehors, conclut-elle avec un geste du menton vers la rue.

Je parcours la salle tranquille du regard.

— Il y a pire endroit où passer son temps.

Je garde pour moi qu'il ne me serait pas venu à l'esprit de qualifier Gio de terne, mais elle n'est pas au courant du fiasco de notre rencontre à la librairie.

— Oh, j'y suis très attachée, précise-t-elle avec la même lueur protectrice dans les yeux que Gio quand elle parle de *Belotti.* Je pense juste que nous pourrions nous mettre un peu à la page. Faire bouger les choses, tu vois ?

Gio réapparaît et lui lance un long regard entendu, puis il m'ouvre la jolie porte.

— À demain, conclut-il.

Je mets mon bonnet à rayures et boutonne ma veste.

— À demain.

6

UNE FOIS RENTRÉE CHEZ MOI, je retire mes bottes et me dirige droit vers ma chambre en me débarrassant de ma veste et de mon bonnet pour aller me blottir dans le lit et tirer la couette au-dessus de ma tête. J'ai tant à digérer après cette matinée que mes entrailles sont sur le point d'exploser comme une cocotte-minute. Je me roule en boule, au chaud, en sécurité, toute seule. Je suppose que c'est l'un des effets secondaires de mon statut d'enfant unique : j'aspire à la solitude quand le monde extérieur devient trop intense et depuis toute petite j'adore me réfugier sous les couvertures.

Gio Belotti est donc le type de la librairie. Celui qui m'a tapé sur les nerfs le jour de la Saint-Valentin. Je ne comprends pas comment je n'ai pas fait le lien sur-le-champ. Certes, ce jour-là, nous étions emmitouflés sous nos bonnets et nos écharpes, sans doute un peu perturbés par toutes ces absurdités de la fête des amoureux et focalisés sur notre roman. Et bien sûr j'ai travaillé dur pour effacer l'incident de ma mémoire. Trop dur, apparemment. J'aurais pourtant dû reconnaître Gio – en toute objectivité, il est très séduisant. Grand, plus d'un mètre quatre-vingts, et élancé, le genre de mecs longilignes qui posent sur les pubs de jeans. Qu'ils soient vrais frère et sœur ou non, c'est bien un regard de sœur que Sophia porte sur lui si elle le trouve terne, car il est canon. Comme je ne l'ai pas encore vu rire, je me demande comment la joie altère ses traits. Par terne, Sophia voulait peut-être dire sérieux ; ça, je le lui accorde, mais bon, il est père. Tout parent ne perd-il pas son grain de folie une fois confronté aux couches, aux nuits sans sommeil, aux exercices d'algèbre, aux bulletins scolaires et aux chasses aux œufs de Pâques ? Non pas que j'aie beaucoup d'expérience en la matière. Ma mère m'a fait la classe à la maison puisque nous avons passé la majeure partie de mon enfance sur la route, là où la menait sa carrière de musicienne. Je ne m'en plains pas, car elle a toujours conféré une touche de magie à nos leçons, même si elles avaient lieu en général à l'arrière de notre vieille Vauxhall Viva.

À l'inverse, Gio semble être du genre à tout faire dans les règles de l'art, à marcher soigneusement dans les pas de Santo et de toute la lignée de Belotti avant lui. En revoyant la douleur peinte sur son visage lorsqu'il a évoqué le décès de sa femme, je remonte les genoux contre ma poitrine et ferme les yeux plus fort, horripilée.

Il est veuf et il se souvient de ce que j'ai dit sur Adam le jour de la Saint-Valentin. Avoir raconté cet horrible mensonge à Gio Belotti, à lui entre tous, m'accable de honte. Je ne le connais pas bien, mais il paraît être l'honnête homme par excellence. Impossible de lui avouer la vérité, la seule idée me donne la chair de poule. Mon Dieu ce que je déteste le fait qu'encore maintenant, presque un an plus tard et à des milliers de kilomètres, Adam garde le pouvoir de me gâcher la vie. Je me force à respirer lentement, en comptant mes inspirations et expirations jusqu'à ce que mon cœur se calme. *Ça va aller, ça va aller. Enfin non.* Je n'ai pas arrêté de mentir Gio. Je suis allée le trouver dans l'intention de l'aider, mais pour l'instant j'ai l'impression de faire tout sauf ça.

— Désolée, Bobby, dis-je lorsqu'il se laisse tomber à côté de moi sur mon canapé après minuit. Pas de glace ce soir, j'ai préparé ma machine pour l'emporter chez Belotti demain.

Il a l'air perplexe.

— Ils n'ont pas de machine ? Pourquoi ils ont besoin de la nôtre ?

Je me blottis contre lui et ferme les yeux, épuisée.

— J'ai vraiment merdé, Bob.

Il passe le bras autour de mes épaules et me serre contre lui.

— Viens là. Raconte tout à tonton Bobby.

Je ris à moitié.

— Tu as conscience que ce que tu viens de dire est un peu flippant ?

Il me presse l'épaule.

— Accouche.

Je ne pourrais avoir cette conversation avec personne d'autre que Bobby, à qui j'ai confié au cours des derniers mois certains détails sordides de mon passé. Il répète que si ce « connard », comme il appelle Adam, s'avise de poser un jour le pied à New York, il invoquerait le Liam Neeson qui sommeille en lui pour le traquer et, eh bien… Je n'irais pas jusqu'à dire qu'il lui ferait la peau mais il a clairement l'intention de me protéger, ce qui me touche profondément.

Mais je ne lui avais pas parlé jusque-là de ce qui s'est passé à la librairie le jour de la Saint-Valentin car je n'avais pas envie de baisser dans son estime. À présent, je reviens sur l'incident en fermant les yeux pour ne pas voir le visage de Bobby. Je l'entends marmonner « si seulement » quand je lui rapporte mon mensonge sur la mort d'Adam et il halète en apprenant que Gio Belotti est le type de la librairie. Lorsque je précise que Gio est, lui, réellement veuf, mon ami se tourne face à moi sur le canapé, les deux mains plaquées sur la bouche, les yeux écarquillés.

— C'est terrible, murmure-t-il.

— Je sais, je marmonne, au comble du désespoir. Qu'est-ce que je vais faire ?

Il secoue la tête lentement sans me quitter des yeux. Ça ne m'aide pas vraiment. J'attends.

— OK, dit-il en posant la main sur mon genou. Soit tu craches le morceau, ce qui provoquera un véritable désastre et vous traumatisera sans doute tous les deux à vie, soit tu la boucles et tu t'en tiens au plan A : tu distilles la recette au compte-gouttes avant de t'éclipser.

— Je me sens si mal d'avoir menti. De toutes les personnes au monde, il fallait que ça tombe sur lui !

Bobby a l'air inquiet par le tremblement incontrôlable de ma voix.

— Iris, ne t'avise même pas… Bon sang, tu sais que ce n'est pas beau à voir, quand tu pleures.

Il me serre aussitôt sous son bras. J'ai l'impression d'être un oisillon à l'abri sous l'aile de sa maman, ce qui me réconforte et me déprime en même temps. Car il n'y a aucun mot pour décrire à quel point j'aimerais que ma mère soit là, elle saurait exactement quoi dire et quoi faire. Mais bon, si elle était là, rien de tout ça ne serait arrivé. Je ne me serais pas retrouvée sous l'emprise d'Adam, puisque je ne me serais pas sentie si vulnérable, seule et désespérée d'être avec quelqu'un. Je vivrais et travaillerais encore à Londres, m'approchant peut-être de mon vieux rêve d'ouvrir mon propre restaurant. Toutefois, je tressaille à l'idée de ne pas avoir rencontré Bobby, mon rayon de soleil. Lorsqu'il plante un baiser sur le haut de mon crâne, je me blottis contre lui et je sens mes épaules se relâcher pour la première fois depuis que je suis sortie de chez *Belotti* ce matin.

— Nous allons trouver une solution, affirme-t-il et, parce qu'il est tard, que je suis éreintée et que c'est Bobby, je m'autorise à le croire.

Si je déplace sans mal ma machine à glace dans ma minuscule cuisine, il s'avère que la traîner à travers le quartier demande plus d'efforts que je ne me l'étais imaginé. J'arrive chez *Belotti* à bout de souffle, les bras chargés de la boîte, à deux doigts de jeter mon sac à main dans la première poubelle venue car il n'arrête pas de glisser sur mon épaule en m'étranglant avec mon écharpe.

Je pousse la porte avec mon dos et titube pour aller poser la boîte sur le comptoir et mon sac sur le tabouret le plus proche, haletant comme une femme enceinte.

— À l'aide ! J'ai besoin d'un café. Et d'un défibrillateur.

Gio arrive, flanqué de Sophia, puis trois autres femmes les suivent l'une après l'autre. Elles s'alignent derrière le comptoir et me sourient ; il ne fait aucun doute que ce sont les filles Belotti, car leur ressemblance est inratable. Et intimidante.

— Francesca, dit celle au bout.

— Elena, poursuit sa voisine.

— Viola, se présente la troisième.

— Sophia.

La plus jeune des sœurs de Gio fait la révérence.

Pour sa part, Gio arbore une mine ombrageuse, la mâchoire raide.

— Contrairement aux apparences, nous ne sommes pas en train d'auditionner pour *La Mélodie du bonheur*, ironise-t-il. Mes sœurs étaient justement sur le point de partir.

— Tu chantes, Iris ? rebondit Sophia. Tu pourrais être notre gouvernante.

Je ris tout en ôtant mon écharpe.

— En effet, j'aime bien chanter.

Je ne sais pas ce qui m'a pris de répondre ça. Ça fait des années que je n'ai pas chanté, du moins pas en public. J'ai hérité de la voix de ma mère tout comme de ses yeux bleus, mais c'était elle, la femme de spectacle.

— Je crains toutefois de faire une piètre gouvernante. Je suis incapable de coudre des vêtements à partir de rideaux ou de fabriquer des pièces de marionnettes. Tout ce que je sais faire, c'est la cuisine.

— Au nom de mes sœurs, je te présente toutes mes excuses, déclare Gio, la main sur le cœur.

— Toujours si ronchon, marmonne Sophia et, à côté d'elle, Viola baisse les yeux pour étouffer son rire.

Francesca, à l'autre bout, intervient.

— Ça suffit, les filles. Iris, je suis navrée si ça ressemble à une embuscade.

— Parce que c'est exactement ce que c'est, cingle Gio.

— Nous sommes juste passées en allant à l'hôpital, explique Francesca et elles acquiescent toutes, les yeux ronds.

— Alors que les visites ne commencent qu'à midi et qu'à cette heure-ci vous devriez toutes être au travail ? souligne Gio, ce qui lui vaut des regards mauvais.

— Moi, je travaille ici, rétorque Sophia en levant la main comme à l'école. Je ne sais pas ce que les autres fichent ici.

— C'est bon Soph, rétorque Elena, au centre. N'essaie pas de te désolidariser après nous avoir envoyé un message disant que Gio fréquentait la copie conforme de Jess dans *New Girl*. Tu sais combien j'adorais cette série.

Sophia lève les mains en riant.

— Mais est-ce que je ne disais pas vrai ?

— Tu dis n'importe quoi, et tu es surtout très lourde, la rembarre Gio.

Les trois femmes haussent les épaules tandis qu'il ouvre la porte.

— Oust ! Toutes autant que vous êtes.

Ses sœurs sortent l'une derrière l'autre, me lançant au passage des « Ravie d'avoir fait ta connaissance » et des « Bon courage pour te le coltiner ».

Il tire Sophia par la capuche au bout de la file.

— Pas toi. Tu travailles ici, tu te souviens ?

— Je croyais que tu préférais que je te laisse les rênes, se défend-elle avec un sourire espiègle.

— Et moi, je pensais que tu préférais les prendre, rétorque-t-il en ôtant son tablier pour le lui tendre. Iris, on y va ? J'ai une idée.

Je jette un coup d'œil incertain à ma chère machine à glace sur le comptoir.

— Tu peux laisser ta petite machine ici, elle ne craint rien.

J'attrape mon sac et mon écharpe.

— Hum, OK. Je te suis.

7

— DÉSOLÉ, mais j'avais besoin de sortir de là, dit-il en me guidant à travers les terrasses des cafés sur le trottoir et les préparatifs du dernier jour du festival. Je te jure, quand elles s'y mettent comme ça toutes ensemble, elles sont...

Il secoue la tête, à la recherche du mot juste.

— Intenses ? je propose.

— Excessives. Beaucoup trop excessives.

Nous marchons en silence, gênés maintenant que nous sommes seuls après le petit numéro de ses sœurs.

— Elles ne faisaient que plaisanter, dis-je pour dissiper le malaise. Oublie-les. C'est ce que je fais. En fait, c'est déjà oublié. Je ne me souviens de rien.

Il me jette un coup d'œil et je vois la tension de son visage refluer.

— Merci. Parce que j'avais peur qu'elles te fassent fuir, alors que je place tous mes espoirs en toi.

Il marque une pause avant de s'empresser d'ajouter :

— Pour la recette, bien entendu, rien d'autre… Oh bon sang.

Je me pince les lèvres en le voyant s'enfoncer de plus en plus. Afin de passer à autre chose, je tends le cou vers l'intérieur d'un magasin très illuminé en feignant de m'y intéresser.

— Tu es sûre ? fait-il en s'immobilisant, sidéré.

Décontenancée, je m'arrête à côté de lui. Par cette matinée pluvieuse d'automne, cette boutique ressemble à une caverne d'Ali Baba de décorations de Noël.

— Ma parole, je lâche par-dessus la voix suave de Mariah Carey. On n'est qu'en septembre.

— Pas ici, ronchonne un vendeur à l'entrée, vêtu d'un T-shirt « Noël à New York ! » et coiffé d'un serre-tête aux loupiotes rouges et vertes.

— Il n'a pas l'air ravi d'être là, je note en m'abreuvant de la profusion de paillettes, de sapins et de têtes de cerf accrochées aux murs.

L'immense magasin regorge d'articles de Noël, comme si on avait atterri par hasard au pôle Nord.

— Je le comprends, bougonne Gio.

Inutile de mentir, j'adore ça. À mille lieues des recettes de glace et des mensonges de la librairie, je fais courir mes doigts sur des rangées à perte de vue de babioles scintillantes – des bouquets de houx, des flamants roses kitsch coiffés de bobs ou encore des anges dorés habillés aux couleurs du drapeau américain. Je m'arrête devant une étagère sur le thème de la cuisine où je repère un petit fouet recouvert de paillettes argentées.

— Si on était en décembre, je l'achèterais tout de suite, dis-je en le reposant à contrecœur.

Bien moins emballé que moi, Gio traîne le pas derrière moi ; mais bon, j'imagine que pour lui ce magasin n'a rien de nouveau, c'est à côté de chez lui.

— Cet endroit me fait tellement penser à ma mère, je commente en contemplant un immense village de Noël en miniature.

J'observe le petit train à vapeur brinquebaler sur les rails autour des maisons illuminées et des boutiques à l'ancienne, en repensant aux Noëls de mon enfance. C'est tout à l'honneur de ma mère que j'en garde de bons souvenirs. Nous n'avions certainement pas les moyens d'acheter de grands cadeaux, mais c'était chaleureux, intime, notre petite bulle festive à toutes les deux. Ma mère était très charismatique, impossible de s'ennuyer avec elle, elle était capable de rendre exceptionnelle n'importe quelle journée, n'importe quelle occasion.

— Elle vit à Londres ? demande Gio.

Je le regarde et cligne des yeux plusieurs fois pour revenir dans le présent.

— Ma mère ? Non. Elle est décédée il y a trois ans. Et je n'ai pas de frères et sœurs. C'est juste moi.

— Je suis désolé, dit-il en posant la main sur mon épaule. Et ton père ?

Charlie Raven surgit dans mon esprit, avec ses cheveux hirsutes, des baguettes de batterie dans une main, une bière dans l'autre.

— Il est mort quand j'étais petite mais, pour être honnête, il n'a jamais vraiment fait partie de ma vie, j'explique en haussant les épaules. Ça arrive.

Gio saisit une boule à neige et la retourne.

— Les familles peuvent être compliquées, hein ? fait-il remarquer en observant les flocons virevolter après avoir reposé l'objet sur l'étagère. Mes sœurs tout à l'heure en sont le parfait exemple.

— Elles m'ont plu. Elles m'ont fait flipper, certes, mais elles m'ont plu.

— Elles prennent parfois beaucoup de place. Fran est née peu de temps après que Santo et Maria m'ont accueilli chez eux. Je suis passé d'un appartement froid à un foyer chaleureux avec des parents dignes de personnages de Disney et une petite sœur. Puis une autre. Et encore une autre.

— Et encore une autre après ça ?

— Une petite dernière particulièrement têtue, répond-il.

— Oui, j'ai cru comprendre que vous n'étiez pas toujours d'accord.

— Ce n'est pas que je manque de vision pour notre affaire, dit-il, exaspéré. Les camions qui sillonnent la ville, c'était mon idée, je ne suis pas réfractaire à la prise de risque. *Belotti* a beaucoup évolué avec le temps, sauf sur le parfum.

Tout en parlant, il recule d'un pas et marche par inadvertance sur le bouton d'un bonhomme de neige grandeur nature et dans sa précipitation pour s'en écarter il trébuche sur deux autres. Les trois automates prennent vie en agitant les bras et en chantant *Last Christmas*, un chœur désynchronisé si ridicule que j'éclate de rire. Mort de honte, Gio les contemple, puis se tourne vers moi et finit par secouer la tête et par s'en amuser à son tour.

Voilà donc à quoi il ressemble quand il rit, me dis-je.

— OK, c'est le signe que je dois sortir d'ici, décrète-t-il.

De retour dans la rue, il secoue les épaules comme pour se débarrasser des dernières paillettes de Noël. Il jette un coup d'œil vers la boutique *Belotti*, puis de l'autre côté.

— Allons essayer quelque chose, décide-t-il en me prenant par le coude pour me guider entre les stands et les générateurs.

Il est connu dans le voisinage : les gens lèvent la main sur son passage en prenant des nouvelles de Santo. Cela démontre à quel point *Belotti* est ancré dans le quartier et je me demande si Gio apprécie le fait d'y avoir sa place. Il constitue une pièce essentielle de la mécanique des Belotti, qui représentent eux-mêmes une institution incontournable de Little Italy. Je ne peux pas en dire autant. Nous avons déménagé trop souvent quand j'étais petite pour que je sois essentielle où que ce soit.

Gio s'arrête.

— C'est ici, annonce-t-il.

Je me penche en arrière pour constater que nous sommes devant un glacier, mais toute ressemblance avec *Belotti* s'arrête là. Cet endroit est immense et ultra moderne, avec une vitrine d'au moins vingt parfums différents de glace, un éventail de couleurs et un trop-plein d'options.

— Wow, je murmure. Comment est-ce qu'on choisit ?

Une femme très maquillée se penche par-dessus le comptoir et fait la bise à Gio en s'attardant une seconde de trop.

— Gio ! Ça fait un moment que je ne t'ai pas vu. Qu'est-ce que je te sers ?

Elle fait courir sa main gracieuse le long de la vitre, un sourire sur les lèvres. Elle me rappelle un peu une charmeuse de serpent.

— Vanille, répond-il. Ce sera tout, merci.

Elle a l'air déçue.

— La myrtille est incroyable.

Comme il garde le silence, elle pousse un soupir.

— Une autre fois, déclare-t-elle en remplissant généreusement un petit pot de glace à la vanille.

Si elle en servait autant à tout le monde, elle fermerait boutique en moins d'une semaine.

— Iris ? demande Gio en se tournant vers moi. Et pour toi ?

Je contemple la palette de goûts et de couleurs devant moi, impressionnée. Pour la cheffe que je suis, c'est plus beau qu'une vitrine de bijoutier. Et puis je relève les yeux vers Gio qui m'étudie et je sais ce que je vais choisir.

— La même chose, s'il vous plaît. Vanille.

J'avise le pot plein à craquer de Gio.

— En fait, pourrais-je simplement avoir une deuxième cuillère ?

Il a l'air content, contrairement à la femme derrière le comptoir qui plonge une deuxième cuillère dans la tour de glace chancelante. J'ai l'impression qu'elle s'est imaginé me la planter dans l'œil.

— Offert par la maison, annonce-t-elle quand Gio cherche son portefeuille. Je passerai chez vous un de ces jours et tu pourras me retourner la faveur.

Nous nous installons l'un en face de l'autre à une table, la glace entre nous.

— C'est de la recherche ?

Il la pousse vers moi.

— Honneur aux dames.

Je me sers une cuillerée.

— Elle est plus jaune que la vôtre, je note en levant la cuillère pour l'étudier.

Sans toucher à sa cuillère, il me regarde goûter. Je détourne le regard tandis que la glace froide descend le long de ma gorge.

— Elle est plus lourde, je dirais ?

Il prend une bouchée à son tour, puis une deuxième.

— Plus de crème et moins de lait, j'ajoute.

Il hoche la tête.

— Le goût de vanille est également plus prononcé.

Il a raison. La glace artisanale de *Belotti* est plus délicate, par rapport à la densité de celle-ci.

— Ça fait plus crème.

— Oui, approuve-t-il en pointant sa cuillère vers moi.

— En aucun cas je ne pourrais manger tout ça, dis-je en désignant le pot rempli à ras bord.

Gio jette un coup d'œil vers le comptoir.

— Je crois que Priscilla a voulu marquer le coup.

— Et moi je crois qu'elle te draguait ouvertement, je réponds en replongeant ma cuillère dans la montagne de glace.

Il fronce les sourcils et s'empourpre en détournant les yeux.

— Elle trouve qu'on ferait de bons partenaires, dit-il après une pause. En affaires.

Je ris dans ma barbe.

— Entre autres choses. Tes sœurs devraient peut-être regarder de l'autre côté de la rue si elles veulent te caser.

Dans un soupir, il pose sa cuillère.

— Je n'ai pas besoin d'être casé.

— De ce que j'ai vu tout à l'heure, elles veulent sans doute juste te voir heureux.

— Je suis suffisamment heureux comme ça, rétorqua-t-il, mais sa mine renfrognée indique le contraire.

— « Suffisamment heureux », ça laisse entendre que tu ne l'es peut-être pas tant que ça, je souligne avant de m'en mordre les doigts.

Priscilla aurait-elle distillé un sérum de vérité dans sa vanille ?

Il reprend sa cuillère et la plonge dans la glace, plus pour faire diversion qu'autre chose.

— Je sais que tu comprends mieux que la plupart des gens, Iris. Perdre Penny… Le monde s'est arrêté de tourner. Tous mes projets, mes espoirs et mes rêves se sont envolés, me confie-t-il avant de planter la cuillère dans la glace comme pour appuyer ses propos. Bella était ma seule raison de me lever le matin. Moi, j'avais perdu ma femme, mais elle, elle avait perdu sa maman, je devais être là pour elle. Dieu sait que nous avons la chance d'être entourés par notre famille, mais quand je fermais la porte de chez nous le soir, il n'y avait plus que nous deux, errant autour d'un trou béant dans notre maison. Impossible de vivre ainsi pour toujours, n'est-ce pas ?

Le visage morne, il secoue la tête.

— Bells et moi... on s'en est sortis ensemble et par miracle on a réussi à reconstruire un plancher solide sous nos pieds.

Il lève les yeux vers moi.

— Elle est incroyable, conclut-il.

— J'imagine, je réponds en me disant que lui aussi, il est incroyable.

— Je ne me sens pas seul, affirme-t-il et je ne sais pas si c'est moi ou lui-même qu'il essaie de convaincre. J'ai Bella, ma famille, la glace. Alors quand je dis que je suis « suffisamment heureux », ça signifie que le monde tourne à nouveau pour moi, ce qui, après avoir connu l'enfer que c'est quand il s'arrête, vaut la peine d'être préservé. Pour Bella encore plus que pour moi. Mes sœurs pensent que l'amour est le but suprême dans la vie parce qu'elles ont de la chance et qu'elles sont naïves. Je le vois d'un œil différent : fragile et incertain, susceptible de créer un vide quand on s'y attend le moins.

À l'entendre, il paraît clair que sa fille est sa priorité.

— Tu as l'air d'être un père génial. Moi qui ai grandi avec un seul parent, je le connais, ce sentiment du « toi et moi face au reste du monde ».

Gio souffle doucement.

— Toi et moi face au reste du monde. Oui, c'est une bonne façon de décrire les choses.

Tandis qu'il répète l'une des formules préférées de ma mère en levant lentement les yeux vers les miens, j'ai l'impression lors d'une brève seconde que c'est à moi qu'il adresse les mots. Nous nous dévisageons pendant ce moment de connexion, brut et vulnérable.

J'ai soudain envie de poser la main sur la sienne, mais je n'en ai pas le courage. À la place, je fourre ma cuillère dans la glace.

— Retournons chez *Belotti*, dis-je. Je vais te montrer ce que ma petite machine a dans le ventre.

Alors qu'il pousse sa chaise en arrière, je note son timide sourire teinté de soulagement et le regard noir de Priscilla derrière nous.

8

— Tu peux me donner les cébettes ? je demande en désignant l'assiette sur le plan de travail à côté de Bobby.

Comme il fronce les sourcils d'un air perplexe, je passe à un vocabulaire plus commun :

— Les oignons verts.

En ce samedi soir, le restaurant est bondé. Nous n'avons une capacité que de dix-huit couverts, vingt au maximum, mais la rotation des tables est élevée et Shen crie les commandes à une cadence qui me donne le tournis. Elle gère la salle d'une main de maître, dirigeant une équipe d'étudiants afin que tout le monde soit placé et servi avec une efficacité que nous envierait Gordon Ramsay. Ce n'est pas le genre de restaurants où l'on s'attarde, plutôt celui où on mange en vitesse, où les clients se succèdent après un coup d'éponge sur les tables en Formica et où la décoration se résume à un calendrier de l'année dernière au mur, une pendule à coucou capricieuse et des lanternes en papier qui ont connu des jours meilleurs. Cependant, on n'a pas l'intention de changer quoi que ce soit, ça convient aux personnes qui viennent manger ici. Pour les rendez-vous galants et les dîners à rallonge, il y a d'autres adresses.

Heureusement, notre carte est limitée. Les gens apprécient nos spécialités de nouilles asiatiques, des plats prêts en quelques minutes du moment que tout est bien préparé à l'avance. J'adore l'énergie débordante de cette cuisine, la fébrilité d'enchaîner les bols fumants, la concentration intense pour garder le rythme lors des coups de feu.

Ce soir, puisque notre commis est malade et que Robin est toujours en déplacement, Bobby est venu m'« aider », ce qui dans les faits signifie que je suis livrée à moi-même. Ce n'est pas vraiment la faute de Bobby ; il aime la bonne chère mais je doute que son four fonctionne beaucoup, si ce n'est quand c'est Robin qui cuisine. Sa toque en papier est de travers sur sa tête et les manches de son T-shirt sont roulées sur ses épaules comme s'il travaillait sans relâche depuis vingt heures alors qu'il nous donne un coup de main depuis seulement deux heures. Il se plaît à crier « Service ! » à Shen à travers le passe-plat dès qu'il y dépose des assiettes puis il se retourne vers moi en hurlant « Trois crevettes, deux canards ! » ou n'importe quelles autres prochaines commandes sur la liste. Il y a quelques minutes, lorsqu'il s'est éclipsé pour prendre un appel, Shen a passé une tête afin de me demander de le tuer ou alors elle allait s'en charger.

Je jette un coup d'œil à l'horloge : il est presque 22 heures. Plus qu'une demi-heure avant qu'on ferme et que je puisse m'affaler sur mon canapé. Peu importe qu'il soit défoncé. J'ai juste envie de regarder la télé et de dormir du sommeil du juste.

— Je donnerais tout pour un peu de ta glace, gémit Bobby en appuyant la joue contre le métal du réfrigérateur. C'est une vraie fournaise ici.

J'ouvre le frigo et il pivote avec la porte.

— Tiens, de l'eau fraîche, je lui offre en pressant la bouteille sur son autre joue. Tu n'es pas fait pour la chaleur des cuisines.

— Et pourtant je tiens le record non officiel du temps passé dans un sauna russe. Va savoir.

Je lâche une poignée de nouilles dans le wok crépitant.

— Du poulet, au fond à gauche dans l'autre frigo.

Il grogne en s'écartant de la porte pour aller me le chercher.

— Ce que tu peux être autoritaire quand tu cuisines, râle-t-il. Tu es comme ça chez *Belotti* ?

Ces derniers jours, j'ai passé toutes mes matinées chez le glacier italien pour tester différentes combinaisons d'ingrédients avec Gio. Ce n'est pas facile de trouver l'équilibre entre en dire assez mais pas trop, ni trop tôt, afin d'éviter tout soupçon. Heureusement qu'il fait froid et que la demande est faible, ainsi nous avons du temps devant nous ; la pression serait bien plus forte si ce pépin leur était arrivé au plus fort de la saison estivale.

— Non, car Gio m'écoute.

Bobby retire le couvercle du récipient et me tend le poulet.

— Invite-le ici. J'ai envie de le rencontrer.

— Gio ? Pourquoi ?

— Parce que ça fait neuf mois que tu sors à peine de cet immeuble, et tout à coup tu vas et viens plus que ce coucou dans son pendule.

Le coucou en question pointe le bout de son nez quand bon lui chante, dans un cri proche d'un hoquet ivre qui fait sursauter les clients à chaque fois. Nous avons tenté de le retirer mais en voyant la marque sur le mur en dessous, nous avons préféré le remettre plutôt que devoir repeindre. Offusquée par sa comparaison, je me tourne pour lancer un regard mauvais à Bobby, une main sur la hanche, tout en touillant les nouilles de l'autre. Ça ne m'étonnerait pas que je reproduise ce mouvement même dans mon sommeil.

— Tu sais pourquoi je fais ça, je souligne.

— Parce qu'il a de belles mains ?

— Parce que je le leur dois.

Je fais sauter les nouilles au-dessus de la poêle, avant de les servir en spirale dans des bols.

— Moi, en revanche, je ne leur dois rien et ta glace me manque. Est-ce que ta machine va bientôt rentrer ?

— Arrête de pleurnicher, je riposte en lui tendant les plats. C'est quoi la suite ?

— Je ne sais pas. Tu me quittes pour la famille des glaces et tu ne reviens jamais ?

Il pose les bols sur le passe-plat, glisse la tête dans l'ouverture et crie :

— Service !

Quand il se retourne, je pose mes ustensiles de cuisine et l'étreins.

— C'est en quel honneur ?

— Pour te remercier de te soucier de moi, je réponds en reculant, les mains posées sur ses épaules. Je reviendrai toujours.

Il se pince les lèvres, au bord des larmes.

— C'est surtout pour ta machine à glace que je m'inquiète, élude-t-il et je le prends à nouveau dans mes bras en riant.

Je retourne préparer les derniers plats de la soirée, heureuse comme jamais d'avoir Bobby à mon côté. Il vient de me rappeler que même si je ne constitue pas encore une pièce essentielle nulle part, j'ai un chez-moi et un ami exceptionnel, et c'est plus que je n'ai eu depuis longtemps. De sa façon détournée bien à lui, il me dit de faire attention, de garder une distance saine avec les Belotti pour ne pas me brûler les ailes. C'est un bon conseil. Je commence à me sentir dangereusement bien en compagnie de Gio ; à vrai dire je préfère occulter mes mensonges sur Adam, parce que repenser aux deux dernières années à Londres me renvoie une image de moi-même que je ne supporte plus. Je sens mes épaules se voûter, ma tête fléchir, prête à encaisser l'impact. Je n'arrive pas à respirer ni à réfléchir correctement, la panique m'envahit et joue avec moi comme un chat avec une souris. Je ne suis plus la souris. Certainement pas.

Le lundi arrive, froid mais ensoleillé, une éclaircie bienvenue après le déluge pluvieux du week-end. J'ai passé la journée d'hier à concocter un repas en trois services pour fêter le retour de Robin de Chicago. Je ne me suis pas jointe à eux. Ils me l'ont proposé, bien sûr, mais il s'agissait davantage pour moi du plaisir de préparer le dîner que de le manger. Et puis je n'avais pas envie de tenir la chandelle, d'autant plus qu'ils avaient du temps à rattraper. Pour être honnête, j'ai été ravie d'avoir la journée pour moi toute seule ; pas de Belotti, juste moi, mon livre de recettes et les trombes d'eau de l'autre côté de mes vitres. Attiré par les odeurs, Smirnoff est venu me regarder mobilier mes talents rouillés de cuisinière, tout en espérant obtenir quelques miettes.

Sans l'agitation du festival, Mulberry Street est beaucoup plus calme, vibrant au rythme agréable des travailleurs du matin, avec plus d'espace sur le trottoir. Je m'arrête devant chez *Belotti* pour laisser sortir deux femmes en tailleur et baskets, les mains chargées de tasses de café et de sacs en papier à rayures vertes. Quand j'entre, je suis surprise d'entendre du piano.

Je souris à Sophia derrière le comptoir puis me tourne vers le piano, où une jeune fille en jean s'interrompt au milieu d'une note pour me regarder.

— Bella, continue, l'encourage Gio, qui apparaît avec un gros sac de grains de café entre les mains ; il me voit lorsqu'il le pose par terre. Oh Iris, bonjour.

La pianiste se lève et vient rejoindre Sophia, sa queue-de-cheval sombre se balançant derrière elle. Toute menue, elle flotte dans son sweat couleur moutarde et ne me quitte pas des yeux tandis que je me juche sur l'un des tabourets en cuir.

— Bells, je te présente Iris, dit Sophia, le bras passé autour de ses épaules.

Je croise le regard de la fille de Gio et souris, consciente de sa curiosité à mon égard. J'espère que Sophia ne lui a pas envoyé le même message qu'à ses sœurs la semaine dernière.

— C'est un joli morceau, dis-je avec un geste de la tête vers le piano.

Elle me lance un sourire timide.

— Vous en jouez ?

Ma mère a certes parfois eu du mal à me faire l'école, surtout quand il s'agissait d'aborder des sujets pointus en maths ou en sciences, mais son enseignement de la musique a été génial.

— Oui. Enfin, j'en jouais. Ça fait des siècles que je n'ai pas touché à un piano, mais j'adorais ça.

Gio me sert un café.

— Je l'ignorais.

— Elle chante aussi, intervient Sophia, se souvenant de notre conversation à propos de Von Trapp.

— Moi aussi, dit Bella dont le sourire s'élargit et je retrouve Gio en elle, elle a ses yeux. Je m'exerçais juste au piano.

— Elle a une évaluation demain, explique Gio. Elle ferait donc mieux de reposer ses fesses sur ce tabouret et de reprendre du début.

Son commentaire lui vaut un soupir exagéré, mais elle s'exécute. Je sirote mon café tandis qu'elle démarre, s'arrête, puis recommence.

— Vous me rendez nerveuse, à tous me regarder comme ça, grommelle-t-elle en rougissant.

Je prends mon café et Gio me fait signe de le suivre en cuisine. Je jette un dernier regard à Bella qui a la tête penchée de concentration, et je me revois à son âge assise à côté de ma mère au piano. J'avais de la chance de l'avoir.

— Je crois qu'on n'a jamais été aussi proches, déclare Gio après avoir goûté l'essai de ce matin.

Nous avons suivi la recette d'un vieux livre de cuisine qu'il a déniché dans une librairie d'occasion ce week-end, et le résultat est probant.

— Trop sucré, juge Sophia quand on lui en amène une cuillerée.

Je me tourne vers Bella, qui semble plus intéressée par la glace que par le piano. Au cours des deux dernières heures, elle s'est entraînée par intermittence. Je me suis surprise à suivre ses progrès d'une oreille.

— Allez viens, tu mérites une pause, lui lance Gio et elle nous rejoint.

Elle prend une bouchée puis délibère, le nez plissé.

— Ce n'est pas comme celle de Nonno, décrète-t-elle en regardant son père, mais c'est quand même bon. Je peux la finir ?

— Tu répéteras encore un peu si je dis oui ?

Elle sourit, sachant qu'elle a gagné, et s'empare du pot de glace pour y ajouter des garnitures. *Belotti* ne propose qu'un parfum, mais ils ont un choix impressionnant de garnitures dans des jarres en verre derrière le comptoir. Vermicelles en sucre, pépites de chocolat, fruits, dés de caramel, pistaches et biscuits amaretti sont alignés à côté des pâtes à tartiner au chocolat et des coulis de fruits. Bella retire le couvercle en plastique d'une grosse boîte au motif bleu et blanc qu'elle porte à son nez pour en humer l'odeur.

— Cerises amarena, m'indique Gio.

— Un vrai délice, ajoute Sophia en prenant à son tour le récipient.

Alors que Bella ajoute une montagne de chocolat et de crème chantilly au-dessus de sa généreuse dose de cerises, je remarque qu'elle lance de temps en temps une œillade à Gio sous ses cils noirs pour voir s'il va intervenir.

— Après tout ça, je ne tolérerai plus la moindre fausse note, commente-t-il et elle se contente de hocher la tête, les yeux rivés sur son trophée.

— Mon petit cousin sera tellement heureux quand il pourra manger un sundae comme celui-là, marmonne-t-elle en attrapant une longue cuillère.

C'est déconcertant de voir Gio dans son rôle de père. Je suis habituée à le côtoyer comme fils et comme frère, pilier de sa famille qui s'appuie sur lui autant qu'elle le charrie. En tant que père, il est légèrement différent. Sa fille le cherche en permanence du regard et en retour il reste attentif envers elle, tous les deux reliés par des fils d'amour invisibles à l'œil nu. J'imagine que c'est dû à leur situation monoparentale – bien qu'entourés par le clan Belotti, ils se sont rapprochés, comme j'en ai moi-même fait l'expérience. Ça doit être difficile pour un parent de tout être pour son enfant, sans personne sur qui se reposer, et moi-même en grandissant j'ai parfois ressenti ce poids sur ma mère, exacerbé par mon statut d'enfant unique.

Je m'assieds au comptoir pendant que frère et sœur s'occupent de commandes à emporter, Gio à la machine à café, Sophia se chargeant de glisser des viennoiseries dans un sac en papier Belotti à rayures vertes. Je sais qu'elle prépare elle-même beaucoup des gâteaux vendus ; au cours des matinées que j'ai passées ici, nous avons souvent discuté de recettes autour d'un café. Elle a appris la pâtisserie toute seule – ou plus exactement au côté de Maria – et elle regorge d'idées et de projets. Je la sens frémir chaque fois que Bella joue une fausse note, toujours au même endroit, et au bout d'un moment elle prend un *cannoli* de la vitrine et me le tend avec un clin d'œil, faisant scintiller le piercing dans son nez.

— Voici un pot-de-vin tout à fait assumé, murmure-t-elle. Par hasard, tu ne pourrais pas aider Bella ? Je l'adore mais si je dois écouter ça une fois de plus...

Ses yeux finissent la phrase et je me tourne vers Gio, mais il a disparu en cuisines. J'accepte, sceptique.

— Je peux toujours essayer...

Je n'ai plus eu trop envie de jouer depuis le décès de ma mère mais je me lève tout de même.

Je me sens bizarrement nerveuse lorsque je m'accoude sur le haut du piano.

— Tu sais, j'ai déjà remarqué que jouer quelque chose de complètement différent pouvait m'aider quand je me retrouvais bloquée dans un morceau.

Bella me regarde d'un air accablé.

— Je vais rater l'évaluation.

Je me mords l'intérieur de la joue en réfléchissant.

— Quel est l'air que tu préfères jouer ?

Elle hausse les épaules.

— Et si je te montrais le mien ?

Elle s'étire les doigts, certainement douloureux à cause de la tension, puis elle se décale sur le tabouret en hochant timidement la tête. Je contourne le piano et m'installe à côté d'elle en m'efforçant de ne pas céder à la panique à la vue des touches blanches et noires devant moi.

— Ça fait un moment, je dois être rouillée, dis-je en toussotant alors que je pose les doigts à leur place, tablant sur la mémoire musculaire.

J'espère qu'elle connaît le morceau ; c'est un grand classique en Angleterre donc il y a des chances. J'entame les premières notes de *The Entertainer* et jette un regard à Bella, qui fronce très légèrement les sourcils d'un air entendu. Encouragée, je continue de jouer, d'abord hésitante, puis de moins en moins, l'exaltation se propageant du bout de mes doigts à mes bras puis dans mes épaules jusqu'à mon cœur tandis que mon corps se rappelle cette sensation, ce plaisir. J'ai toujours joué du piano, en duo avec ma mère dont, petite, j'observais les longs doigts ornés de bagues dorées, et cette mélodie rythmée a toujours été une de nos préférées.

Je vois Bella sourire et je lui fais signe de m'accompagner. Elle se mord la lèvre, soulève les paumes pendant une seconde puis trouve sa place dans le morceau.

J'observe ses mains élancées, l'empan de ses doigts graciles qu'elle tend pour atteindre les notes, et je me demande si ma mère faisait pareil avec moi toutes ces fois où je me suis jointe à elle sur le tabouret quand j'étais adolescente. Je sens presque encore l'odeur de tabac froid des centres communautaires et des pubs de seconde zone où nous jouions – n'importe quel piano faisait l'affaire. Il lui arrivait aussi de chanter pour une poignée de clients en plein après-midi, arrivés trop tôt pour assister à son concert du soir. Des souvenirs puissants m'envahissent tandis que Bella et moi arrivons à la fin du morceau, de plus en plus vite, nos mains courant sur le clavier. Sophia se met à applaudir tandis que Bella éclate de rire et la joie explose dans ma poitrine comme si la porte d'une cage remplie de passereaux venait de s'ouvrir. J'avais oublié cette merveilleuse sensation, le pouvoir magique et sauvage de la musique. Je suis grisée, je suis libre, je suis au sommet du monde.

— Qu'est-ce qu'il se passe ? aboie Gio d'un ton acerbe que je ne lui connais pas, en apparaissant au-dessus du piano.

Sophia cesse de battre des mains, Bella ne joue plus que des fausses notes et mes doigts ralentissent jusqu'à s'arrêter quand je croise le regard noir insondable de Gio.

— On déconnait juste, rien de plus, se défend Bella.

— C'est ma faute, j'interviens aussitôt, même si je ne suis pas sûre de comprendre ce que j'ai fait de mal. Je pensais que ça aiderait Bella de se détendre un peu, de s'amuser avec un autre morceau.

— Elle a déjà un excellent professeur, assène-t-il.

— Papa, tu me fous la honte, marmonne Bella en tirant ses manches sur ses mains.

— Ça suffit pour aujourd'hui, tonne-t-il avant de se tourner tandis que la clochette au-dessus de la porte carillonne. Les gens ne viennent pas ici pour entendre ça.

— Mais je m'exerce toujours ici et tu ne… commence Bella avant de se raviser, sans doute à cause du regard d'avertissement que lui lance Gio.

Je me retrouve dans le même embarras qu'à la librairie il y a quelques mois ; je dois partir d'ici. Je me lève d'un bond et je pose brièvement la main sur l'épaule de Bella.

— Bonne chance pour demain. Détends-toi et tout ira bien.

Consciente de mes joues en feu, je suis incapable de regarder Gio tandis que je récupère mon sac et mon manteau en m'efforçant de ravaler mes émotions. Colère, trouble, humiliation. Je refuse de pleurer ici. Son changement abrupt de comportement me perturbe, il me replonge dans cet horrible appartement de Londres avec Adam et je n'ai qu'une envie, celle de m'enfuir. Après un rapide salut de la tête vers Sophia, je relève le menton et sors à grands pas.

9

Je n'y retournerai pas. Ni ce matin, ni demain, ni jamais. J'ai passé la journée d'hier à me rejouer la scène, à me repasser la brève conversation pour comprendre où les choses ont dérapé, pourquoi ça a été si rude, pourquoi j'ai réagi de manière si extrême. Ça fait des mois que je ne me suis pas sentie aussi mal que ces dernières vingt-quatre heures, une affliction me rappelant ma vic prćcćdcntc, mĉmc si bicn sûr jc sais quc Gio n'est pas Adam, qu'il ne lui ressemble en rien, Dieu merci. C'est à moi de gérer ces émotions. C'est juste qu'il est la première personne en dehors d'*Aux Bonnes Nouilles* dont je me suis autorisée à me rapprocher à New York et j'imagine que j'ai occulté le fait que Gio et tous les membres de la famille Belotti ont eux aussi leur bagage émotionnel. Je les ai définis par ce qu'ils représentent pour moi, par leur rôle dans l'histoire de ma mère, et l'incident d'hier m'a rappelé qu'ils sont des êtres à part entière. Ce n'est pas la famille Von Trapp où tout le monde chante et danse, ils sont bien réels. Et même s'ils n'en sont que plus incroyables, ça implique aussi que je prenne un peu de recul.

Je me sens en sécurité au restaurant de nouilles. C'est comme les coulisses du théâtre de ma vie, où je peux me réfugier auprès de Bobby et des autres, ma troupe bien rodée. Même Smirnoff connaît son rôle. La réalité se déroule sur le devant de la scène et Gio et sa famille sont les premiers à qui j'ai permis d'empiéter sur mon espace personnel. J'ai peint leur porte vitrée dans mon décor, j'y ai inclus Mulberry Street. Je comprends désormais qu'il ne s'agit pas d'une pièce en un seul acte. Mon décor a besoin d'autres immeubles, d'être plus grand, plus fourni et plus dense, c'est pourquoi je me force à sortir ce matin, même si ce n'est pas pour aller chez le glacier. Avant de voir cette porte vitrée, je me retranchais dans mes coulisses, mais à présent je suis prête à affronter le monde. New York m'attend, dans toute sa splendeur, son tumulte et son énergie débordante ; je m'aventure au-dehors pour ajouter de nouvelles couleurs à mon décor.

Aussi cliché que ça puisse paraître, j'ai décidé de commencer par aller au *Katz's Deli.* Pas parce que Meg Ryan y a simulé un orgasme, mais parce que j'ai d'excellents souvenirs d'avoir vu ce film avec ma mère. Donc peut-être qu'en fin de compte j'y vais bel et bien pour Meg Ryan, mais pas directement. À mon arrivée à New York, je m'y étais arrêtée pour en repartir aussitôt, car cet endroit vibrait d'une ardeur qui m'avait dépassée. Le restaurant n'a sans doute pas changé entre-temps, mais moi, si. Je n'ai pas raconté à Bobby ce qu'il s'était passé chez *Belotti* hier, donc je ne peux pas lui demander de m'accompagner, mais ce n'est pas grave. Étoffer mon décor implique aussi d'avoir suffisamment confiance en moi pour faire les choses toute seule, sinon il sera toujours influencé par d'autres personnes, or il faut que ça vienne de moi.

C'est l'une de ces journées de grand ciel bleu, où de la fenêtre on a l'impression qu'il fait chaud et une fois dehors on se rend compte qu'on a besoin d'une grosse veste. Et d'une écharpe. Je porte les deux lorsque je m'engage dans la rue en essayant d'arborer l'assurance new-yorkaise, les mains dans les poches et la tête haute. Ce n'est pas loin, juste une vingtaine de minutes à pied sur de grandes artères bouillonnantes, où je m'imprègne des bribes de conversation, des coups de klaxon, des œuvres de street art et des gamins en skate qui slaloment autour d'une vieille femme tirant un chariot de courses. C'est vivant, une marche en avant qui fait naître en moi une excitation nerveuse. Je songe à passer un appel vidéo à Bobby juste pour lui montrer où je suis, mais je change d'avis. Je lui raconterai plus tard. Lorsque je vois l'enseigne de *Katz's Deli* apparaître au loin, je triture instinctivement la chevalière dorée en forme de cœur à mon annulaire. Ma mère me l'a offerte pour mes seize ans. Elle avait un côté pie, collectionnant toute sorte de bijoux les plus bohèmes possible, mais la bague n'a jamais quitté sa main jusqu'au jour où elle me l'a transmise. Tous les anneaux de ma mère occupent une place spéciale dans mon cœur, mais celui-ci encore plus.

— Allez, maman, je murmure. Entrons.

Lors de ma première venue, je m'étais rangée dans la queue, mais dès que le type à la porte m'avait remis un ticket j'avais perdu mes moyens et fait demi-tour. Aujourd'hui, je souris comme si je savais ce que je faisais. Ce n'est pas le cas, mais je me suis assez renseignée sur le lieu pour anticiper que ça va être frénétique et je me cramponne à mon ticket comme s'il était en or pur. À l'intérieur, je me fige car c'est assez intimidant. Au moins, j'ai eu la bonne idée de venir tôt : il n'est même pas 10 heures du matin et c'est un peu plus calme que la dernière fois. La salle est comme on se l'imagine, sans fioritures, avec des néons et une déco d'un autre temps, remplie de clients répartis en plusieurs queues, dans une impression de chaos et d'ordre allant de pair. Je suis l'homme qui m'indique une file devant un comptoir de viande. Ça ne me dérange pas d'attendre. L'odeur qui flotte est alléchante ; si un homme des cavernes se retrouvait décongelé en plein New York, cet endroit l'attirerait à coup sûr. J'écoute le type devant moi débiter sa commande à toute allure et je parcours rapidement le menu ; s'il y a une chose qui est appréciée ici, c'est de savoir ce qu'on veut quand son tour arrive. Je fais à nouveau tourner la chevalière à mon doigt en répétant « un demi-sandwich au pastrami » jusqu'à ce que ce soit à moi et que je prononce les mots haut et fort, ce qui me vaut un hochement de tête satisfait de la femme qui manie le couteau. La viande est coupée devant moi et glissée dans le pain et – oh Seigneur – il y en a beaucoup. L'employée me tend une lamelle pour une dégustation pendant qu'elle me prépare mon sandwich, maniant les ingrédients de mains expertes. Le pastrami dans ma bouche est incroyable, il fond en une explosion de saveur. Une fois que c'est prêt, je me décale sur le côté, plateau en main, avant d'aller m'installer à une table.

Je n'étais pas vraiment venue ici pour la nourriture, mais maintenant que ce sandwich géant trône devant moi, il m'intrigue. Je travaille en cuisine depuis des années, mais jamais je n'ai eu l'occasion de servir un sandwich dans de telles proportions. Je ne peux pas m'empêcher de le prendre en photo pour ma collection de plats enregistrés dans mon téléphone, puis je compte les couches de viande : huit, je crois, voire une neuvième cachée. Je doute que ma mère soit venue ici et elle n'aurait certainement rien avalé de cette ampleur. Pendant toute mon enfance, je l'ai vue pieds nus, à carburer aux Marlboro Lights et à manger de temps en temps, souvent assise à côté de moi à picorer dans mon assiette plutôt que s'en servir une. Avec le recul d'adulte, je me rends compte combien notre budget était serré et qu'elle sautait sans doute parfois des repas afin que moi, je ne doive pas le faire.

Une femme est assise seule à la table qui apparaît dans *Quand Harry rencontre Sally* et je me demande si elle s'est mise là en connaissance de cause. Elle tourne les pages de son livre tout en mangeant, absorbée par sa lecture, et je me mets à espérer qu'elle sait exactement à quelle table elle est et qu'elle s'en fiche royalement. Je prends mon sandwich et observe les gens autour de moi, m'imprégnant du bruit et de l'agitation. Sans surprise, le sandwich est aussi incroyable en goût qu'en taille et je profite de cet instant de solitude pour dresser un bilan personnel. Il y a un an j'étais désespérée, enfermée dans une relation toxique, et si je remonte encore plus loin dans le passé, j'étais coincée dans un étau de chagrin. Adam m'y a trouvée et m'a tendu la main, à laquelle je me suis agrippée car être avec quelqu'un, n'importe qui, me semblait préférable que d'être seule. Je ne me suis pas rendu compte à quel point j'avais tort jusqu'à ce que je sois complètement dépassée par les événements et que je ne sache plus comment m'en sortir.

Le fracas d'une bouteille de soda vide qui tombe par terre non loin me tire de ces souvenirs intempestifs. Je prends plusieurs profondes inspirations pour me calmer et m'ancre à nouveau dans l'instant présent.

Je suis à New York, assise au légendaire *Katz's Deli*, en train de manger huit ou neuf couches d'un excellent pastrami rocambolesque, et je suis libre de peindre mon décor comme je l'entends. Je ferme les yeux et y ajoute mentalement une touche de rouge et de beige caractéristiques de ce restaurant. Au fond, ce qui a suscité ma colère d'hier, c'est que l'incident m'a rappelé l'effet que ça fait de croire que vous avez fait quelque chose de mal bien que ce ne soit pas le cas, et ce juste pour occulter ses propres erreurs. C'est une leçon que j'ai apprise à mes dépens. Gio ne le sait pas, et bien sûr je comprends que ce n'était pas volontaire de sa part, qu'il a lui-même ses faiblesses, mais il aura toujours sa famille et Bella vers qui se tourner si besoin. Moi, je n'ai pas ce genre de filet de sécurité, il faut donc que je garde la tête froide.

Mercredi matin, en découvrant à mon réveil la pluie battante à mes fenêtres, je n'ai aucune envie de quitter le sanctuaire de mon lit, privée de toute motivation. Je n'ai aucune nouvelle de Gio, je ne l'ai pas non plus contacté. Il ne connaît pas mon adresse, mais Sophia a mon numéro de portable si l'un ou l'autre voulait me joindre. Je ne suis pas surprise par leur silence ; après tout, c'est moi qui ai fui. Les derniers temps ont été intenses, de véritables montagnes russes émotionnelles. J'ai l'impression d'effectuer en permanence un numéro d'équilibriste pour faire plus de bien que de mal à la famille Belotti. C'est difficile de cacher la vérité au sujet de la recette, mais au bout du compte c'est envers ma mère que je reste loyale. Je me raccroche au fait que j'essaie d'honorer sa mémoire en aidant la famille de Santo sans compromettre un secret gardé depuis plus de trente ans. Et dans l'ensemble, ça tient la route. J'ai mis

Gio sur la voie de la recette, mais plus je passe de temps avec lui, plus je me sens personnellement impliquée.

Je déteste, je *déteste* le mensonge à propos de la mort d'Adam. J'aimerais de tout mon cœur pouvoir remonter le temps et rejouer la scène de notre rencontre à la librairie – je ravalerais aussitôt ces mots. Certes, il m'arrive, en privé, de me répéter que mon ex est mort. C'est moche de le faire, même en silence, et je m'en mords les doigts. Pas parce que c'est mal de souhaiter du mal à Adam – franchement, il le mérite. C'est plutôt l'effet néfaste sur ma santé mentale qui me gêne, le fait que le seul moyen de continuer à mettre un pied devant l'autre chaque jour est de me mentir à moi-même et aux autres à son sujet. Comment Gio pourrait-il comprendre ? Il n'y a aucun cas de figure dans lequel je parviens à rétablir la vérité et à m'en sortir avec ne serait-ce qu'une once de dignité et d'amour-propre. Quand il le découvrira – ou plutôt s'il le découvre –, Gio me détestera forcément, et à juste titre. La vie lui a distribué des cartes très différentes et il jouera son coup suivant en conséquence. Je me répète que je suis quelqu'un de bien, qui essaie de faire les choses correctement, puis j'enfonce la tête dans mon oreiller et rejette le monde extérieur pendant un instant.

10

L'UN DES ATOUTS DE CHRYSTIE STREET est le parc qui s'étend tout le long de la rue, une bande verdoyante qui la sépare de Forsyth Street. À en croire Bobby, ça n'a pas toujours été l'endroit le plus sûr du coin, mais aujourd'hui c'est un refuge ombragé lors des grandes chaleurs et une oasis n'importe quel jour de l'année. Les enfants viennent s'amuser sur l'aire de jeux et sur le terrain de basket, les habitants du quartier qui ont la main verte y entretiennent les jardins communautaires. Après mon numéro d'auto-apitoiement d'hier, j'ai résolu de me comporter en adulte et même si je n'ai pas trop envie de sortir, je me traîne dehors pour faire un tour. Je m'inspire des couleurs de saison pour enrichir mon décor : des tons brun-roux, orangés, vert sapin et pourpre, ainsi que les odeurs terreuses de l'automne. Je me sens... Je ne sais pas. En paix ? J'ignore toujours quoi faire vis-à-vis des Belotti, mais après mon intense matinée d'hier je m'accorde un peu de répit. J'ai un appartement, des amis, un job. Ce que j'avais avant de voir cette porte n'a pas changé. Tous les progrès accomplis depuis que j'ai quitté Londres restent acquis.

Je perçois des bribes de musique et je suis la mélodie jusqu'à une chanteuse derrière un synthétiseur posé sur un tréteau bancal. Elle est jeune, plus jeune que moi, et ce qu'elle joue sur ce petit clavier démontre de sacrés talents. Je reconnais tout de suite les premières mesures de *Don't Get Me Wrong*, car les Pretenders étaient une grande influence dans le style musical de ma mère. Même dans ses dernières années, elle portait une frange à la Chrissie Hynde et se maquillait les yeux de gros traits d'eye-liner. D'autres badauds s'arrêtent pour écouter la jeune fille et je compatis car elle a une superbe voix mais elle souffre clairement d'une angine. Pas étonnant, par ce froid. Lorsque quelqu'un lâche quelques pièces dans son chapeau retourné, elle hoche la tête d'un air reconnaissant. Elle me touche profondément, car elle me rappelle ma mère, qui vendait son âme en chantant dehors. La musique a toujours été fondamentale dans ma vie, c'est pourquoi je m'assieds, pour témoigner de mon admiration à cette fille qui se sent sans doute au bout du rouleau.

Quand elle entonne le début de *I'll Stand By You*, j'ai l'impression d'entendre ma mère ; c'était l'une de ses chansons préférées de son répertoire. Je trouve un billet et m'approche pour le glisser dans son chapeau, en le coinçant sur le côté pour qu'il ne s'envole pas avec les feuilles mortes. Je chantonne avec elle en me redressant, par solidarité quand sa voix se brise. Je lis la reconnaissance dans ses yeux vert clair, à quoi je réponds par un sourire, mais alors que je fais mine de m'éloigner elle m'attrape par la manche avec un signe de tête vers le micro. Je tressaille ; même si elle continue du mieux qu'elle peut, il est clair qu'elle ne va pas réussir à aller au bout et qu'elle est assez désespérée pour réclamer de l'aide à une inconnue. Moi. Puis-je venir à sa rescousse ? Sur le moment, je suis paralysée ; j'ai envie de l'aider mais je ne m'en sens pas capable. Elle soutient mon regard, ses doigts toujours agrippés à la manche de ma veste. Ma mère n'aurait pas hésité. Est-elle venue dans ce parc ? Il est même possible qu'elle ait chanté ici. Je déglutis, rassemblant les bribes de courage qu'il me reste et puis, pour la femme que je suis aujourd'hui et pour ma mère à l'époque, je fais un pas en avant vers cette fille qui a besoin de moi.

— OK, je murmure en retirant mon bonnet et en repoussant mes cheveux derrière mes oreilles.

Elle ferme les yeux de soulagement avant de me tendre le micro et je sens une vague de curiosité parmi les gens autour de nous. Je serais aussi intriguée, à leur place. Je me demanderais si cette passante allait pouvoir sortir une note ou bien casser les oreilles de tout le quartier. *Prions pour que ce soit la première option*, me dis-je. Ces temps-ci, je ne chante guère ailleurs que sous la douche et Smirnoff est un juge peu fiable de mes talents. Les épaules relâchées, je m'éclaircis la voix et écoute la musique. Je connais cette chanson sur le bout des doigts.

— *I'll stand by you...*, je commence, en entonnant le refrain, tournée vers la chanteuse qui me regarde avec un mélange d'espoir et de peur.

Elle baisse à peine les yeux sur les touches alors qu'elle joue par cœur et j'entends ma voix résonner dans le parc. Le soulagement dissout la peur dans son regard et un lent sourire s'étire sur son visage. Le plaisir se répand dans ma poitrine et je me perds dans la musique et les paroles mélancoliques. Comme au piano chez *Belotti* l'autre jour, je sens la musique abreuver mon âme.

À la fin de la chanson, les gens applaudissent et j'ai du mal à croire que je viens de chanter en public et que ça m'a fait autant de bien.

La musicienne hausse les épaules en riant quand je me tourne vers elle.

— Une autre ? me lance-t-elle.

J'en ai envie. J'ai envie de chanter ici pour toujours. Elle me passe son classeur que je feuillette jusqu'à m'arrêter sur un morceau de Pat Benatar.

— Celle-ci, et peut-être ça ?

Elle repose les doigts sur son clavier et quand elle joue les premiers accords de *Hit Me With Your Best Shot* je me retrouve catapultée dans la vieille Vauxhall Viva avec ma mère, à taper en rythme et à chanter à tue-tête lors de chaudes journées d'été. C'est un hymne à l'émancipation des femmes et j'y mets tout mon cœur, tel un doigt d'honneur brandi à quiconque oserait m'arrêter. J'ai l'impression de m'adresser directement à Adam ; j'aimerais tant que celle que j'étais à l'époque me voie en ce moment. Je plaque la main sur ma poitrine et chante pour elle. Les mots explosent de ma bouche, forts et fiers, et j'essuie des larmes de joie sur mes joues. Le public s'est agrandi et quand ma nouvelle amie joue le rythme d'introduction de *I Love Rock'n'Roll* de Joan Jett, un type à l'avant fait semblant de jouer de la guitare et les autres se mettent à taper des mains en cadence. Nous jouons tous ensemble, un groupe d'une trentaine de personnes, et c'est complètement électrique. Je chante, la foule m'accompagne, et lorsque j'arrive au refrain je me croirais sur la scène du Madison Square Garden. Les spectateurs en redemandent, ils remplissent à ras bord le chapeau de la chanteuse et c'est comme boire du champagne directement à la bouteille.

Oh maman, c'est donc ça ? C'est ça qu'on ressent ? Je n'avais jamais eu le cran de chanter devant un public et c'est comme si j'avais figé le temps dans ce coin de parc new-yorkais, dans un instant de magie pure. Vous voyez ces scènes au cinéma où tout le monde se lève à la cantine de l'école, où les gamins montent sur les tables, où les gens déferlent dans les rues et dansent sur les toits des taxis jaunes ? C'est ce que j'ai ressenti au cours de cette dernière demi-heure qui m'a métamorphosée pour toujours.

Je serre la chanteuse dans mes bras, si fort que je manque de lui briser les côtes, et je m'en fiche si j'attrape son virus car elle vient de me rendre quelque chose que l'argent ne peut pas acheter : ma confiance en moi. Je refuse en riant l'argent qu'elle me propose puis je m'éloigne en sautillant presque. Bonjour, New York, je suis là et je veux passer encore quelques heures à sillonner ce quartier dingue, palpitant et inspirant qui est désormais le mien.

Juste après minuit, Bobby frappe à ma porte.

— Tu peux entrer mais il n'y a pas de glace, je crie sans me lever du canapé.

Ça a été une grosse soirée au restaurant et je ne compte plus bouger à moins qu'il y ait le feu.

Il ouvre grand la porte et se tient dans le cadre en brandissant son téléphone. J'ai besoin de quelques secondes pour comprendre que la vidéo sur son écran a été prise au parc ce matin et que la voix qui s'en échappe est la mienne, dans une interprétation tout à fait honorable des Pretenders.

— Pour l'amour du Ciel, Iris !

Je grogne et me cache le visage dans les mains en me recroquevillant dans le coin du canapé. L'expérience de ce matin n'a été que pure spontanéité et plaisir, et qu'elle soit filmée ne faisait pas partie du deal.

— Où est-ce que tu as trouvé ça ?

— Pardon ? Et toi, d'où vient cette voix ? rétorque-t-il en claquant la porte avant de venir s'affaler sur le canapé à côté de moi. Tu es plus Chrissie Hynde que Chrissie Hynde elle-même.

Je me redresse et pousse un profond soupir.

— C'était la chanteuse préférée de ma mère.

— Et tu es sa copie conforme, dit-il en secouant la tête. Comment j'ai pu rater ça ?

— C'est arrivé comme ça, ce n'était pas prévu, j'explique en tendant le bras pour interrompre la vidéo. Qui a filmé ?

Il hausse les épaules.

— Le vendeur de café du coin de la rue l'a publiée sur la page des musiciens de rue de New York en taguant le parc, un truc du genre. C'est apparu sur un fil d'actualité du quartier, Robin est tombé dessus. Ça pourrait bien devenir viral.

Il m'attrape le bras.

— Si ça se trouve, Oprah va bientôt t'inviter sur son plateau.

Je lève les yeux au ciel et soupire.

— Iris, tout le monde veut savoir qui est cette fille super talentueuse et en redemande.

Je secoue la tête.

— Je crains que ce ne soit pas possible.

— Enfin, de toute évidence, on va la revoir *Aux Bonnes Nouilles*, la nouvelle salle de concert de New York, déclare-t-il, le doigt pointé vers le bas, avec une ardeur que je préfère calmer au plus vite.

— Hors de question, Bob. Ni ici, ni nulle part, dis-je avec un geste vers la fenêtre et le parc plus loin. C'était juste pour cette fois.

Il se laisse tomber en arrière.

— Pourquoi je savais d'avance que tu dirais ça ?

— Parce que tu me connais mieux que personne dans cette ville, voire dans le monde entier ?

— Peut-être, soupire-t-il. Du moins je le pensais jusqu'à ce que Robin m'envoie cette vidéo et que je sois genre, *OK, tiens-moi mon verre, je dois rentrer illico parce que Mariah vit dans mon immeuble.* Tu te rends compte que j'ai sauté le dessert ?

Je lui caresse la main.

— Et je n'ai même pas de glace pour toi.

— On dirait vraiment que tu m'en veux, lâche-t-il.

— Tu sais que je t'adore.

— Tu acceptes de chanter pour moi ?

Je ne peux pas lui donner ma recette, mais lui chanter une chanson, oui.

— Qu'est-ce que tu aimerais entendre ?

Il pose la tête sur mon épaule.

— Surprends-moi.

Je lui presse la main puis, après un moment de réflexion, j'entonne doucement *Golden Slumbers* car c'était la berceuse de prédilection de ma mère quand j'étais petite. Je sens la tête de Bobby de plus en plus lourde et quand j'ai fini la chanson je tire la couverture sur nous et ferme les yeux à mon tour.

11

Chère Iris,
Je suis désolé, j'ai été con, reviens s'il te plaît.
Tu nous manques, tu me manques.
G

Le SMS arrive pendant que je me brosse les dents avant d'aller au lit. Je le relis au moins vingt fois. « Chère Iris » : on dirait le début d'un e-mail, non ? C'est typique de Gio, d'être si formel. D'habitude, je reçois essentiellement des messages de Bobby ou de Robin, qui entrent tout de suite dans le vif du sujet. « Chère Iris » est symptomatique de quelqu'un qui écrit peu de textos. Quant au reste du message, je suis touchée par sa simplicité, par ses excuses qui n'essaient pas d'invoquer des circonstances atténuantes. « Tu nous manques, tu me manques. » Je lis la phrase à voix haute, comprenant très bien ce qu'il veut dire car je ressens la même chose. Ils me manquent de manière générale, la boutique, Sophia, les tests de recette… Passer les matinées là-bas est vite devenu mon meilleur moment de la journée. Et puis il y a Gio lui-même, un roc imperturbable attaché à la tradition et à la famille, aussi inhérent à cet endroit que les machines industrielles dans la cuisine. On a parfois l'impression qu'il a perdu de vue qui il est au sein de cette institution, mais lorsque nous nous retrouvons seuls tous les deux, j'ai des aperçus de l'homme qui se cache en dessous. À force de redoubler de vigilance à propos de la recette, je ne me suis pas rendu compte que ces petits moments d'intimité sont précieux.

Objectivement, bien sûr, je sais qu'il est très séduisant – c'est indéniable – mais pas dans le genre minet. Proche de la quarantaine, il dégage cet air de... comment dire, de quelqu'un qui sait un tas de choses. Il semble capable de me fabriquer une bibliothèque et de réparer ma voiture avec ses mains robustes, ce type d'homme qu'il est utile de connaître en cas de pépin. Mais ce n'est qu'un aspect de son charme. Il y a aussi les petits détails. La touche vert d'eau dans ses prunelles ambrées que j'ai remarquée quand il me regarde droit dans les yeux, un tatouage qui dépasse quand il retrousse ses manches blanches à la cuisine. Sa force de caractère et son courage, un cœur en or assorti d'une poigne de fer. Sa vulnérabilité quand il parle des gens qu'il aime, de la femme qu'il a perdue, de la fille pour laquelle il s'inquiète. C'est un homme complexe, ancré dans une vie complexe, et je mentirais si je prétendais qu'il ne m'a pas manqué au cours des derniers jours. J'ai délibérément bridé ma vie à New York, mais cette après-midi au festival avec Bobby, en apparence si anodine, a ouvert un nouveau champ des possibles. Mon monde s'élargit. Je chante des tubes de Joan Jett devant des inconnus, bon sang ! Et finalement, j'aime bien ce nouveau moi. C'est un équilibre fragile : je veux retourner chez *Belotti* parce que Gio me manque, qu'ils me manquent tous, mais je ne veux pas que les secrets que je dois garder me donnent l'impression d'être une mauvaise personne. Je me contemple dans le miroir de la salle de bains, la brosse à dents dans la main, et je décide de lui répondre. C'est un risque qui vaut la peine d'être pris et je promets à mon reflet de surveiller ses arrières.

Quand je pousse la porte du glacier, Gio est seul. Il se tourne en entendant la clochette et je me fige sur le seuil, aussi nerveuse que le premier jour où je suis venue ici. Il pose son chiffon sur le comptoir et ne bouge pas non plus, et nous nous observons un moment avant qu'un lent sourire se dessine au coin de ses lèvres.

— Tu es revenue, dit-il, comme ce matin-là il y a quelques semaines.

— Je ne pouvais pas laisser ma machine ici, je réponds en souriant à mon tour pour montrer que je plaisante.

Il lâche un petit rire et baisse le regard.

— C'est bien ce que je me disais. Café ?

Il fait vraiment froid ce matin et j'ai le bout du nez et des doigts congelés.

— Volontiers, j'accepte en retirant ma veste et mon écharpe. Des litres, même.

Il s'active à la machine puis il pose un mug devant moi.

— Un peu moins que ça, commente-t-il.

Jusqu'à présent, comme à tous les clients, il m'a servi une petite tasse sur une soucoupe. Mais ce matin, c'est un mug vert sapin et lorsque je tends la main pour le soulever je vois mon prénom imprimé dessus en lettres dorées.

— Oh, fais-je, très touchée, car je sais que Gio et Sophia ont les mêmes, j'ai repéré une rangée de mugs aux prénoms de la famille dans la cuisine. Je l'adore !

L'air content, il pose le torchon sur son épaule dans un petit haussement.

— J'en commandais des nouveaux, alors…

C'est à mon tour de baisser le regard et de me sentir comme une ado au bal du lycée. Notre échange de textos, bref mais marquant, semble avoir perturbé nos rapports. J'ai l'impression qu'il me revient de corriger le tir.

— Je suis désolé, me devance-t-il. Ma réaction de la semaine dernière était totalement déplacée.

OK, peut-être que la balle n'est pas dans mon camp, finalement. Je m'attendais à ce que Gio évite le sujet, mais non.

— Ce n'est pas grave, je réponds sur un ton neutre. Je n'avais pas l'intention de dépasser les bornes avec Bella.

Il pousse un soupir et secoue la tête tout en nettoyant le comptoir déjà propre.

— Tu n'as rien fait de mal, Iris, vraiment. J'ai été pris au dépourvu, c'est tout, et ça m'a rappelé ce qu'elle a perdu, explique-t-il avant de s'illuminer. Elle a réussi son évaluation de piano, d'ailleurs.

— C'est vrai ? J'en suis ravie, je déclare en me mordant la lèvre alors que je réfléchis à ce qu'il vient de dire. Sa mère faisait de la musique ?

Il s'immobilise.

— Penny ? Non, répond-il en riant. Elle était brillante dans bien des domaines, mais elle n'avait pas du tout l'oreille musicale.

Je passe les mains autour de mon mug et le tire vers moi.

— Bella a du talent. D'où le tient-elle ?

— Les Belotti aiment bien faire le show. Toutes mes sœurs chantent et jouent d'un instrument.

— Et toi ?

Il fronce les sourcils.

— Quand j'étais un ado ténébreux, je jouais un peu de guitare. Mais plus maintenant.

Je me demande soudain s'il a vu la vidéo de moi en train de chanter au parc et je m'empresse de changer de sujet, gênée.

— Alors, la glace. Ça avance ?

— J'ai essayé de dompter ta petite machine…

Son geste suggère qu'elle ressemble à un dé à coudre, malgré sa capacité de deux litres tout à fait honorable.

— Et ?

— Je crois qu'elle te préfère, toi.

Je congratule mentalement ma bonne vieille machine.

— C'est un coup de main à prendre.

La clochette au-dessus de la porte tinte.

— Oh mon Dieu ce que ça pèle ce matin !

Sophia se réfugie à l'intérieur et s'illumine quand elle me voit au comptoir. Elle me serre dans ses bras, ses joues froides plaquées contre les miennes.

— Je me colle à toi pour m'imprégner de ta chaleur, dit-elle en s'attardant ainsi.

— Peut-être que si tu mettais un manteau…

Gio vient d'exprimer tout haut le fond de ma pensée.

Elle roule des yeux.

— Oui, OK, *papa*.

— Commence pas, une ado ronchonne, ça me suffit, rétorque-t-il en tendant son tablier à Sophia avant de retourner en cuisine.

Elle lui lance une grimace dans son dos puis se penche vers moi.

— J'ai vu la vidéo où tu chantes, murmure-t-elle avec une étincelle dans les yeux. J'étais genre « Eh mais je la connais ! » mais personne ne m'a crue.

J'ignore pourquoi, mais je n'ai pas envie que Gio la voie.

— Oh mon Dieu, Sophia, on peut parler d'autre chose ? je chuchote à mon tour. C'est arrivé comme ça, je ne savais pas que quelqu'un filmait.

— C'est ce qui rend le truc si cool, répond-elle en me prenant le bras. C'est évident que tu n'avais pas l'intention de chanter, et puis tu as époustouflé tout le monde.

Elle mime le geste de lâcher le micro.

— Ne la montre pas à Gio, s'il te plaît.

Elle plisse les yeux avant de hausser les épaules.

— D'accord. Mais ne sois pas surprise si quelqu'un d'autre le fait.

Par « quelqu'un d'autre », je suppose qu'elle sous-entend Bella. Je ne peux que croiser les doigts qu'une trentenaire anglaise en train de chanter des tubes des années 1980 dans un parc ne l'intéressera pas plus que ça.

Gio passe la tête par la porte de la cuisine.

— Tu viens ?

Je lance un rapide « Merci » à Sophia en prenant mon mug personnalisé avant de le suivre.

J'amène Gio plus près de la recette que je ne l'ai osé jusque-là, même si la demande en glace est à son plus faible niveau maintenant que les températures dégringolent. Il fait inhabituellement froid pour l'époque à New York cette semaine et le trottoir était recouvert du premier givre de la saison quand je suis sortie de chez moi ce matin. Pourtant, je ne peux pas trop tirer sur la corde : les mariages de décembre et les commandes d'entreprise pour les fêtes de fin d'année seront mis en péril s'ils ne peuvent pas reprendre la production.

Nous nous tenons au bout du plan de travail en bois, devant le bac de glace, lorsqu'il me passe l'une des deux cuillères.

— J'ai un bon pressentiment, affirme-t-il.
— À toi l'honneur, dis-je en déglutissant.
— J'ai peur d'avoir oublié le goût exact, reconnaît-il doucement, le regard fixé sur la glace italienne devant lui.
— Quand ce sera la bonne, tu le sauras. J'en suis sûre.
Il hoche la tête puis il goûte, sans me regarder. Il en reprend une bouchée puis repose la cuillère.
— Elle est plus proche que la plupart des précédentes. C'est peut-être notre meilleure, mais ce n'est pas encore tout à fait ça.
Nous avons pris l'habitude de noter chaque essai en consignant la recette dans un carnet en cuir bleu que Gio range dans l'un des tiroirs sur le mur du fond. Je le feuillette.
— Jusqu'à présent, notre score le plus haut est sept virgule huit, dis-je en mordillant le bout de mon stylo. Combien donnerais-tu à celle-ci ?
Il reprend sa cuillère et la plonge dans la glace.
— La couleur et la consistance sont excellentes. Le goût est bon.
Après en avoir repris une bouchée, il est sur le point de prononcer son verdict quand la porte de la cuisine s'ouvre.
— Mamma.
Un grand sourire aux lèvres, il change totalement de posture, les bras ouverts et accueillants.
— Viens, viens, dit-il en lui faisant signe de nous rejoindre alors qu'elle hésite sur le seuil. Iris, voici ma mère, Maria.
Je me lève, soudain nerveuse. Maria est tout simplement superbe, une version plus âgée et plus ronde de Sophia, avec des cheveux noir de jais striés d'une seule mèche grise. Une odeur de parfum haut de gamme

émane d'elle et des bijoux scintillent à ses doigts et à ses oreilles. Elle semble de maintien impeccable, mais l'accolade qu'elle me donne est chaleureuse et sa main sur ma joue bizarrement affectueuse. Même si, dans le fond, Maria a épousé l'homme que ma mère considérait comme potentiellement l'amour de sa vie, je suis tout de suite séduite par son aura et son charisme.

— J'ai entendu parler de vous, Iris, dit-elle en se détachant de moi, son accent chantant en totale adéquation avec son allure.

— Moi aussi, je réponds en souriant. Tout le monde ici parle sans arrêt de vous et de Santo, je suis heureuse de vous rencontrer.

Elle regarde Gio.

— Il est transféré, annonce-t-elle. Au centre de rééducation.

Il fronce les sourcils.

— C'est une bonne nouvelle ?

Maria hoche légèrement la tête en s'appuyant sur le tabouret derrière moi.

— C'est un premier pas vers son potentiel retour à la maison. Là-bas, ils peuvent davantage travailler sa motricité, c'est plus spécialisé.

— Et sa mémoire ? s'enquiert Gio.

Maria hausse les épaules en secouant la tête.

— Je ne sais pas, Gio. Et les médecins ne se prononcent pas non plus.

Gio pousse un soupir et ils échangent un regard inquiet.

— Voudriez-vous goûter notre dernier essai de glace ?

Je désigne du menton le bac devant nous, car peut-être que changer de sujet leur remontera un peu le moral.

Elle hoche la tête et Gio lui donne une cuillerée. Il la regarde en retenant sa respiration pendant qu'elle mange.

Nous savons tous les deux que ce n'est pas tout à fait ça, mais le verdict de Maria est tout de même important.

Elle prend son temps, analysant la glace sur la cuillère puis dans sa bouche avant de se tourner vers Gio, puis vers moi.

— Vous vous donnez beaucoup de mal, tous les deux, dit-elle en me pressant la main. Santo apprécie vos efforts, et moi aussi. C'est une excellente glace, mais ce n'est pas celle de *Belotti*.

— Je sais, répond Gio, résigné, avant de me regarder. Donnons-lui huit virgule un.

Je griffonne la note à côté de la recette puis referme le carnet.

— Il faut que j'y aille, conclus-je. Je vais vous laisser.

Maria regarde Gio.

— Tu as proposé à Iris de venir pour Ognissanti ?

— Je..., balbutie-t-il avant de détourner le regard, les joues en feu.

— Oh pour l'amour du Ciel, Gio, le sermonne-t-elle avec un geste de reproche. Iris, j'organise un dîner de famille dimanche soir, venez s'il vous plaît.

C'est à mon tour de tressaillir et je consulte Gio du regard. Son visage est indéchiffrable, ce qui ne m'aide pas. Je ne veux pas troubler à nouveau le fragile équilibre entre nous en disant oui, mais Maria est une force de la nature et je me vois mal refuser son invitation. Et puis... est-ce qu'être éblouie par cette femme me rend déloyale envers ma mère ? J'ignore si elles se sont rencontrées, mais mon instinct me souffle que non. Les yeux plantés dans ceux de Gio, je tente de communiquer par télépathie : *Aide-moi s'il te plaît, j'ai besoin d'être aiguillée.*

— Mamma a raison, tu devrais venir, déclare-t-il finalement. Je sais que Bella serait ravie de te revoir.

— Eh bien, dans ce cas, comment dire non ?

Le fait qu'il n'ait pas parlé en son propre nom me fait me demander s'il se sent embrigadé là-dedans malgré lui. Si Maria note l'omission, elle ne la relève pas et la voilà qui frappe dans ses mains, les bracelets dorés à ses poignets carillonnant tandis qu'elle m'attire à nouveau contre elle.

— Elle est très tactile, commente Gio en secouant la tête alors qu'il croise mon regard par-dessus l'épaule de Maria.

À voir son expression, il est clair qu'il l'adore et qu'elle le rend fou en même temps. Je rends son étreinte à Maria et je me surprends à savourer ce geste maternel. Je pense à ma mère, si différente de cette femme, et pourtant aussi spontanée dans ses émotions, toujours prête à se jeter au cou des gens et à leur donner l'impression qu'ils sont spéciaux : la fille du cinéma qui nous a surclassées pour des fauteuils inclinables lors d'une diffusion exceptionnelle de *Pretty Woman* l'année avant sa mort, le type du marché qui m'a offert une énorme pêche gorgée de soleil de son étal quand j'avais cinq ou six ans, un policier de service sur Trafalgar Square lors d'une nuit fraîche et dégagée de Nouvel An pendant que les gens dansaient et déambulaient autour de lui. Assaillie par les souvenirs, je sens presque son parfum ; je salue les Belotti puis je rejoins la rue, soulagée de sentir le vent froid sur mon visage balayer les réminiscences. Ce n'est pas facile de jongler entre le passé et le présent, d'essayer de faire le bien en toute bonne conscience. Quand je suis chez *Belotti*, je n'ose pas trop penser à ma mère car cela fait remonter le passé à la surface. Je baisse la tête contre le vent mordant et rentre à grands pas chez moi, impatiente de me retrouver seule.

12

QUAND ARRIVE LE DIMANCHE, je suis légèrement nerveuse. Pour la plupart des New-Yorkais, ce soir c'est Halloween, mais je ne regrette pas de rater les fantômes et les vampires. Quand je vivais en Angleterre, je n'ai jamais trop aimé Halloween, peut-être parce que ça fait partie de ces événements qui ne sont amusants qu'entre vieux amis ou bons voisins. À la place, je vais donc fêter Ognissanti, que j'ai cherché sur Google pour ne pas apparaître totalement ignare. Je sais que c'est un jour férié en Italie, une occasion pour les familles de se rassembler et que, Dieu merci, je n'ai pas besoin d'un chapeau de sorcière pour y aller.

Maria et Santo vivent à Brooklyn Heights, de l'autre côté du pont de Brooklyn, à peine à quelques kilomètres à vol d'oiseau, mais qui implique tout de même de sortir de Manhattan. Je n'ai quitté l'île que de rares fois depuis que je suis aux États-Unis, ce qui pourrait sembler ahurissant, mais jusque-là ça ne m'a pas dérangée. Gio a proposé de passer me prendre, puisque Bella et lui vivent dans l'appartement au-dessus de leur boutique et que ça ne leur ferait pas faire de détour, mais lorsque je monte dans mon taxi je suis ravie d'avoir insisté pour y aller par mes propres moyens. Au moins ce ne sera pas bizarre au moment de rentrer chez moi.

J'ai hésité sur ma tenue. Mon jean délavé préféré semblait trop décontracté, mais ma seule robe noire de soirée me paraissait trop courte et trop formelle. J'ai fini par faire le tour des boutiques du coin et j'ai trouvé une chemise en velours vert qui est sans doute trop tendance pour moi, mais je l'aime bien. Avec un jean noir skinny et des chaussures à talons, j'espère que l'ensemble suggère « Je suis restée sobre mais j'ai fait un effort » et que le gros bouquet de fleurs dans mes bras dit « Merci de m'avoir invitée ».

J'observe la ville de nuit alors que nous traversons le pont de Brooklyn. Bien que londonienne de cœur, je suis époustouflée par la grandeur et la beauté des gratte-ciel, surtout depuis le pont illuminé qui enjambe l'East River. Éblouie, j'évacue le stress en m'abreuvant de la vue, le seul bruit dans le véhicule étant la voix de la conductrice qui discute tout bas avec quelqu'un à travers son kit main libre. Mais la nervosité se réveille dès que le taxi s'arrête au milieu d'une rue d'élégantes maisons en pierre brune, desservies par des escaliers à la balustrade en fer forgé noir. Chez Maria et Santo, des petits pots de fleurs hivernales ornent les marches qui mènent à une grande double porte en bois surmontée d'une arche en pierre taillée. C'est splendide. Intimidant, à vrai dire. À tel point que j'en perds presque tous mes moyens, jusqu'au moment où l'un des battants s'ouvre et que Sophia me tire à l'intérieur.

— Je t'ai vue de la fenêtre, dit-elle en suspendant mon manteau à un crochet dans le couloir lambrissé. Ça va ?

— Tu es sûre que je ne m'incruste pas à une réunion de famille ? je demande en me mordant la lèvre alors que j'admire le parquet lustré, l'escalier circulaire et le grand chandelier.

— Mamma se réjouit de te compter parmi nous, elle veut t'impressionner avec sa cuisine, répond-elle dans un grand rire en m'indiquant les toilettes avant de me guider vers le salon.

Je reste bouche bée devant le faste d'un autre temps : les plafonds hauts, d'immenses miroirs encadrés et une magnifique cheminée sculptée. De gros canapés se font face de part et d'autre de la table basse et plusieurs lampes diffusent un éclairage chaleureux dans la pièce. Malgré tout ça, ce n'est pas du tout austère et la famille qui remplit l'espace ne fait pas de manières. Les sœurs Belotti sont installées sur les sofas et des enfants nous sautent dessus, curieux de venir inspecter la nouvelle venue parmi eux.

— Tu connais déjà la plupart d'entre nous, dit Sophia en me débarrassant des fleurs tandis que ses sœurs viennent m'étreindre.

Ça fait beaucoup : tous ces gens pour autant d'accolades, plus de prénoms d'enfants et de conjoints que je ne suis capable d'en retenir.

— Iris.

Maria apparaît dans une nuée de fragrance et de sophistication ; je suis frappée de constater que sa maison reflète parfaitement son style.

— Les fleurs sont ravissantes, merci, dit-elle en déposant une bise sur ma joue. Gio est en route, il a téléphoné pour prévenir qu'ils étaient coincés dans les embouteillages.

Elle baisse les yeux vers un enfant à quatre pattes qui s'agrippe à sa jambe et elle se penche pour le soulever.

— Qu'est-ce qu'il y a, Leo ? Tu veux aussi dire bonjour à Iris ?

Avec ses jambes dodues et ses joues roses, le petit garçon est franchement adorable et je suis prise au dépourvu quand il tend les bras vers moi.

— C'est un vrai tombeur, commente Maria en me le passant sans hésiter.

Je sombre aussitôt dans la panique car je n'ai aucune expérience avec les enfants en bas âge. Pas de nièce ni de neveu, pas d'amis qui m'ont demandé d'être la marraine de leur bébé ni de faire du baby-sitting. Je m'efforce d'avoir l'air de savoir ce que je fais avec Leo, imitant Maria en balançant sur ma hanche ce petit corps robuste alors qu'il se penche en arrière pour mieux me regarder. Quand il se met à sourire, dévoilant deux dents de lait qui viennent de percer la gencive du bas, je fonds. Le plaisir inattendu de porter cet enfant me surprend, comme si un instinct ancestral se réveillait au contact d'un bébé dans mes bras. Je ris tandis que Leo attrape une grosse mèche de mes cheveux et quand je relève les yeux, Gio est appuyé au cadre de la porte, en train de m'observer. Il soutient mon regard jusqu'à ce que je me détourne, gênée. Bella apparaît derrière lui et sautille vers moi pour prendre son cousin qu'elle couvre de bisous en m'adressant un sourire timide.

— J'ai entendu dire que tu as passé le test de piano avec brio, je lui lance.

— Une future concertiste, commente Maria, le bras passé autour des épaules de sa petite-fille.

— Iris m'a aidée, déclare Bella en se penchant pour reposer Leo par terre.

Il se rue vers le canapé à quatre pattes à une vitesse impressionnante, talonné par un petit chien hirsute. Personne ne sourcille lorsqu'il renifle les pieds du bébé, qui se retourne pour se retrouver nez à nez avec l'animal.

— Bruno, mon pauvre vieux, murmure Maria alors que l'une des sœurs de Gio tend le bras au-dessus de l'accoudoir du canapé pour caresser les oreilles du toutou avant de soulever Leo.

Les Belotti discutent et rient autour de moi, trois générations très liées, et au milieu d'eux je me sens comme… je ne sais pas, revigorée ? J'ai toujours un peu l'impression d'être une gamine à l'écart, le nez collé à la fenêtre d'autres familles. Ma mère a tout fait pour que mon enfance soit heureuse et je savais que j'étais aimée, mais il n'y avait pas d'échappatoire au fait que nous n'étions que toutes les deux. Perdre un proche est toujours dévastateur, mais on doit trouver un certain réconfort à partager des souvenirs et des moments avec son entourage. Moi, je ne peux pas le faire. Nul autre que moi ne se rappelle mon enfance, et si jamais il m'arrivait quelque chose, ou plutôt le jour où il m'arrivera quelque chose, il n'y aura plus personne pour perpétuer les histoires de ma mère.

— Tu veux boire un truc ? me propose Gio en venant à côté de moi.

Je me rends compte que c'est la première fois que je le vois sans sa tenue noire et blanche de travail. Le dernier bouton de sa chemise foncée est ouvert et la note épicée de son eau de Cologne me fait penser à des balades en forêt et à du bourbon en fin de soirée. Je jette un coup d'œil aux verres des autres, soucieuse de faire comme tout le monde.

— Du vin, peut-être ? dis-je.

Le devançant, Sophia arrive de l'autre côté et me tend un verre de rouge.

— Mamma nous a bien éduqués. Tu ne passeras jamais plus de cinq minutes ici sans un verre en main, déclare-t-elle.

— Et attends de voir quand tu voudras partir, renchérit Gio. Elle va insister pour que tu emmènes la moitié du contenu de son frigo.

À l'autre bout de la pièce, Maria tape des mains dans un scintillement de bijoux et un tintement de bracelets.

— Maintenant que tout le monde est là, à table ! annonce-t-elle et tout le monde se lève pour la suivre à la salle à manger.

Gio sourit et pose la main dans le bas de mon dos.

— Après toi.

Je me retrouve assise entre Gio et Sophia à une longue table élégante et, même si de prime abord, elle a l'air assez formelle, les convives la rendent tout sauf ça. Lorsqu'elles sont réunies, les sœurs de Gio sont de sacrées énergumènes, s'exacerbant les unes les autres et prenant toutes un malin plaisir à titiller Gio. Impossible de deviner qu'il n'est pas leur frère biologique. Je les compte en silence : avec les conjoints et les enfants, ils sont seize, plus moi. Difficile de s'imaginer ce que c'est d'être un Belotti, de passer les bons comme les mauvais moments au sein d'une famille telle que celle-ci. Est-ce que ça a un côté claustrophobe ? Le bruit autour de la table ne faiblit jamais, les conversations se superposent aux vieilles blagues et aux traditions de famille, aux rires et aux cris des enfants. Maria parle souvent en italien, les autres aussi de temps en temps. La langue a des accents passionnés et lyriques à mes oreilles, leurs phrases ponctuées de gestes de la main et des bras. Ils s'expriment avec le corps autant que par la parole, y compris Gio, que je n'ai jamais vu aussi animé que ce soir. C'est la vie, mais pas telle que je la connais. Je me demande comment c'était autour de cette table il y a dix ans, il y a vingt ans, à quel point les visages et les habitudes ont changé bien que les gens soient restés les mêmes. La pièce n'a sans doute pas non plus beaucoup bougé : des rangées de livres reliés en cuir sur les étagères qui couvrent un mur et une autre cheminée, celle-ci remplie de fleurs fraîches. Un long chandelier pend au-dessus de la table, orné de délicates gouttes en verre qui réfléchissent la lumière tout autour. Cette pièce semble avoir toujours été comme ça, un décor inaltérable où les Belotti s'aiment et s'épanouissent. Et aujourd'hui Santo est absent de ce tableau, même si un couvert a été dressé pour lui au bout de la table, avec un verre plein, et que le toast que Gio a porté en lui souhaitant une rémission rapide a été le moment le plus touchant de la soirée. Aurai-je un jour l'occasion de le rencontrer ? Je ne sais pas si c'est une bonne idée. Je me rappelle alors que ma place à cette table n'est que temporaire, avant de repousser cette idée intempestive dans un coin de mon esprit.

Le repas de Maria est un véritable festin de spécialités napolitaines qu'elle tient de sa mère, m'explique-t-elle. Elle me relate des anecdotes sur la cité à l'ombre du Vésuve avec le talent d'une grande narratrice, me décrivant l'éclat et les couleurs de la vieille ville, les ruelles pavées sinueuses, la grande maison en pierre ocre dans laquelle elle a grandi en tant que cadette d'une famille de sept enfants. Elle me parle la langue de l'art culinaire, des épices et des herbes, des pâtisseries sucrées et du café amer, me menant volontairement sur mon terrain de prédilection.

— C'est l'heure du limoncello, il me semble, annonce Francesca en se levant.

L'aînée des sœurs de Gio ressemble beaucoup à sa mère, tant au niveau physique que du style, élégante et toujours souriante. Elle brandit une bouteille de liqueur fermée d'un bouchon en verre.

— C'est Pascal qui l'a fait cette année, je m'excuse donc à l'avance pour les migraines demain matin.

Tout le monde grogne et son mari français se contente de hausser les épaules à côté d'elle en levant son verre de vin, Leo sur ses genoux. Maria pousse tout le monde dans le salon et je me retrouve à côté de Gio dans le gros canapé devant le feu. Étourdie par mes trois verres de vin, je préfère y aller mollo sur le limoncello.

— Bruno ! appelle Gio en soulevant le petit chien.

C'est une sorte de terrier, je crois, une petite boule de poils aux yeux doux qui tourne sur elle-même plusieurs fois avant de se recroqueviller sur les genoux de Gio.

— Il a quatorze ans, dit-il. Papa lui manque terriblement.

— J'ai toujours voulu un chien, je commente en grattant les oreilles de Bruno.

— Tu n'en as jamais eu ?

Je secoue la tête.

— Ce n'était jamais le bon moment.

Je n'ajoute pas que notre vie était toujours trop fluctuante et nos finances trop instables pour nous encombrer d'une troisième bouche à nourrir.

Francesca revient chargée d'un plateau de petits verres en cristal qu'elle pose avec précaution sur la table basse. Elle me tend le premier, puisque je suis leur invitée, et je le hume tandis que tous les autres se penchent pour se servir. Quand Bella fait mine de s'approcher du plateau, Gio lui lance un regard d'avertissement et elle lève les yeux au ciel avant de se rasseoir par terre près du feu. Je prétends ne rien voir quand Maria autorise sa petite-fille à prendre une gorgée du sien et je suis presque sûre que Gio ferme aussi les yeux.

— *Cazzo,* murmure Viola en crachant dans son verre.

— Viola ! s'insurge Maria.

Je jette un coup d'œil à Gio pour qu'il m'éclaire.

— Ça veut dire putain.

— Gio ! s'exclame sa mère.

— Désolée, mais c'est vraiment fort, s'excuse Viola en y retournant même si elle a les yeux humides.

Je suis d'accord avec elle : ce limoncello ressemble à du kérosène.

Sophia est assise dans un profond fauteuil en cuir vert, les jambes repliées sous ses fesses.

— Qu'est-ce que tu en penses, Iris ?

C'est comme si on venait d'allumer un projecteur sur moi, car tous les regards pivotent dans ma direction.

— C'est, hum..., je bredouille en désignant ma gorge. Comme boire du feu de citron.

Tout le monde éclate de rire et Pascal hausse à nouveau les épaules, comme s'il ne pouvait pas être tenu responsable.

— Tu sais ce qu'on devrait montrer à Iris, Mamma ? lance Sophia en adressant un clin d'œil discret à Bella. Des photos très embarrassantes de Gio quand il était petit. Tu sais, celles où il porte la salopette rose de Fran après avoir fait pipi dans sa culotte au parc ?

— Gio était un enfant si mignon, dit Maria en ignorant la référence. Comme vous tous. Bella, passe-moi l'album.

Je remarque le regard noir que Gio adresse à Sophia, qui lui renvoie un air de triomphe absolu je-m'en-foutiste.

Maria pose le gros album photo sur ses genoux et commence à tourner les pages, une main sur le cœur. Après un moment, elle le tend à Gio, visiblement émue.

— Montre à Iris.

L'album est ouvert sur une série de photos d'anniversaire : les sept ans de Gio, devant un gâteau planté de bougies et avec un badge sur son T-shirt Garfield affichant son âge. C'est un anniversaire parmi d'autres fêtes de famille, témoignant des années 1980 à travers les vêtements et les coupes de cheveux. Bella vient se percher sur l'accoudoir du canapé pour regarder par-dessus l'épaule de son père.

— On dirait une fille, commente-t-elle en riant devant les boucles de Gio.

— Je n'arrivais pas à me résoudre à les couper, répond Maria.

— Tu te souviens de la fois où tu m'as laissé te faire des couettes ? demande Francesca.

— Je ne t'ai pas laissé faire, j'ai perdu un pari, rectifie Gio. Tu sais que j'ai toujours été un homme de parole.

Il tourne les pages : des sorties de famille à Coney Island, des sapins de Noël dans le coin de cette même pièce, d'innombrables photos des enfants derrière le comptoir de glace, certains même trop petits pour voir par-dessus. C'est la première fois que je vois d'autres photos de Santo, outre celle de ma mère. Pour moi, il reste ce type cool figé dans les années 1980, mais ici je vois sa vie défiler. Les rides qui commencent à se creuser autour de sa bouche, les cheveux qui s'éclaircissent, la famille qu'il a construite.

Gio continue de feuilleter l'album et une sensation très étrange m'engourdit soudain, qui n'a rien à voir avec le vin ni le limoncello.

— Ça, c'est mon père, Felipe, explique Gio, le doigt pointé sur une photo en noir en blanc. Avec Papa.

Felipe se tient à côté de Santo, le bras passé au-dessus de ses épaules, une pinte à demi pleine chacun dans la main, riant devant l'objectif. Une guitare électrique en travers de son corps svelte, Felipe reluit d'un film de sueur pour avoir été sous les spots de la scène.

Plusieurs électrochocs m'assaillent en même temps. Tout d'abord, le père biologique de Gio, je l'ai déjà vu en photo : il était dans le groupe de ma mère. Mais ce n'est pas tout. La photo sous mes yeux a été prise dans un club et à l'arrière-plan, de profil, se trouve ma mère.

— Il était dans un groupe ? je parviens à articuler.

Heureusement que tout le monde a bu quelques verres, car je lutte pour digérer tout ça et je sais que ma voix est tendue. Dans ma tête, les pièces du puzzle commencent à s'assembler. Voilà comment ma mère est liée aux Belotti. Voilà comment elle a rencontré Santo.

— Il a toujours été musicien mais il a souvent changé de groupe, répond Gio. Encore aujourd'hui.

— Il n'a jamais vraiment grandi, commente Maria.

Son ton est dénué de reproches, il est clair qu'elle ne regrette absolument pas d'avoir accueilli Gio comme le fils qu'elle n'aurait sinon pas eu.

J'ai soudain trop chaud à cause du feu, du repas copieux et du vin, et je suis beaucoup trop chamboulée pour pouvoir rester ici une seconde de plus.

— Je dois aller au petit coin, dis-je en me levant tant bien que mal.

— Au bout du couloir, me rappelle Sophia.

Une fois aux toilettes et la porte verrouillée, je me laisse tomber sur la lunette rabattue et je me prends la tête entre les mains. Je tremble. Quel choc de voir ma mère dans l'album de la famille Belotti ! Heureusement qu'elle avait le visage tourné, sinon notre ressemblance aurait sauté aux yeux de tout le monde.

Je regrette d'avoir bu ce limoncello, je n'ai pas les idées claires. Ma mère ne m'a pratiquement rien dit sur Santo, et certainement pas que son frère était le guitariste de son groupe. Bon Dieu. Elle est dans leur album. Ma mère figure dans l'album photo de la famille de Gio. Je me sens tel un imposteur, le loup dans la bergerie, et je veux rentrer chez moi. Je n'aurais jamais dû accepter de venir ici. Je reste aux toilettes aussi longtemps que possible sans que ça paraisse bizarre, en répétant les exercices de respiration auxquels j'ai souvent eu recours depuis que j'ai quitté Adam, ce qui m'aide à me calmer. Si seulement je pouvais attraper mon manteau et m'éclipser en douce… mais comme ce serait non seulement incorrect mais aussi ridicule je me passe de l'eau fraîche sur le visage et je me contemple dans le miroir. Les yeux bleus de ma mère. *Oh maman. Tu me manques tellement, mais tu m'as mise dans de beaux draps !* En redressant le menton, je retourne dans le salon.

En mon absence, on a sorti des jeux de société ; Bella installe un Monopoly et Pascal a des cartes dans la main.

J'hésite une seconde, me sentant intruse, lorsque Gio croise mon regard.

— Je vais y aller, dis-je, un pied maladroitement passé derrière mon autre cheville. J'ai eu mal à la tête toute la journée, je ferais mieux de rentrer me coucher.

Ça sonne bête et je suis certaine qu'ils savent tous que je mens.

— Mais j'allais te laisser avoir le chapeau haut-de-forme, proteste Bella en tendant la petite pièce argentée dans sa paume ouverte.

— Elle veut toujours avoir le chapeau, précise Gio. C'est un honneur qu'elle te fait.

Je souris.

— J'ai toujours pris la botte.

Gio ouvre sa main.

— C'est mon pion.

— Que veux-tu ? Nous ne pourrons jamais jouer au Monopoly ensemble, je plaisante en sortant mon téléphone de la poche arrière de mon jean. Je suis vraiment désolée, Bella. Une autre fois, promis.

Gio se met debout.

— Allez, Bells, on part aussi. On va dans la même direction, on va raccompagner Iris.

En voyant le visage de sa fille se décomposer, je me sens très mal.

— Laisse Bella rester, intervient Sophia en disposant l'argent de la banque sur la table. Il est temps que je la batte à ce jeu. En plus, si tu pars, je peux récupérer la botte.

Bella se rassied et pousse la botte argentée vers Sophia, avant de relever la tête vers Gio.

— C'est d'accord, papa ? S'il te plaît ?

Les sourcils froncés, il la scrute, indécis.

— Reste, toi aussi, dis-je. Je peux tout à fait rentrer toute seule. Je vais appeler un taxi, il sera là en un tournemain.

Maria rit en posant les mains sur les épaules de Bella.

— En un tournemain ! Ça me plaît. Allez Gio, raccompagne Iris chez elle et je me réjouis de servir des pancakes à cette demoiselle demain matin.

Bella s'appuie contre sa grand-mère.

— Avec des cerises ?

Gio me regarde et hausse les épaules.

— C'est donc réglé, conclut-il. Je vais chercher nos manteaux.

13

Il y a une certaine intimité à l'arrière d'un taxi la nuit, surtout avec de l'alcool dans le sang et le ballet des lumières de la ville aux fenêtres. Chez *Belotti*, nous avons des rôles. Ici, nous sommes libres de tout carcan. Jusque-là nous nous sommes évertués à ignorer l'étincelle pour nous concentrer sur notre objectif. Je ne suis pas sûre de savoir ce qu'est cette étincelle. Gio fait naître des sensations en moi, c'est indéniable. De la colère lors de notre rencontre à la librairie, en l'occurrence, mais depuis, passer du temps avec lui a été comme se prélasser au soleil dans un transat. Je savoure sa compagnie. Je l'aime beaucoup. Au cours du dîner, lorsqu'il a ri à l'une de mes plaisanteries, j'ai eu l'impression qu'il me passait une médaille d'or autour du cou. Et maintenant que nous sommes assis l'un à côté de l'autre sur la banquette arrière du taxi sombre, je n'ai aucune idée de quoi dire. Faire la conversation n'a jamais été mon fort.

— Merci d'être venue ce soir, dit-il m'épargnant de déblatérer des idioties. J'appréhendais le fait que Papa ne serait pas à notre table, mais ta présence nous a aidés à ne pas nous focaliser dessus.

Si seulement je pouvais faire un commentaire sur le contexte effarant que son père biologique et ma mère faisaient partie du même groupe pour que nous puissions nous exclamer ensemble : que le monde est petit ! Mais bien sûr, la vérité, c'est que ce n'est pas une coïncidence. J'ai déformé la réalité. Non pas que j'aie jamais eu l'intention de tant m'impliquer avec les Belotti.

— J'ai passé une excellente soirée, ta famille est géniale.

Il se tourne vers la fenêtre.

— Je suis désolé qu'ils donnent l'impression de surinterpréter notre amitié.

— C'est ce qu'ils font ?

Il se passe la main sur la mâchoire.

— C'est juste qu'il n'y a eu personne depuis Penny, tu comprends ?

— Personne du tout ? je demande en repensant à la belle femme au regard perçant de chez le glacier concurrent.

Gio secoue la tête.

— Quelques déjeuners gênés, une sortie au cinéma. Rien qui a vraiment compté, parce que je ne voulais pas rouvrir mon cœur. Alors maintenant qu'elles nous voient passer du temps ensemble, elles tirent toutes sortes de conclusions complètement farfelues.

— Farfelues, je répète, en songeant que ça ne l'est peut-être pas tant que ça parce que je sens quelque chose entre nous, même si je n'arrive pas à mettre de mot dessus.

Je suis en train de me demander si j'aurais le courage de poser la main sur son bras quand le chauffeur capte le regard de Gio dans le rétroviseur.

— Désolé, dit-il. Chrystie Street est barrée à cause d'une rupture de canalisation. Je peux faire le tour mais ça va prendre un moment.

— On n'a qu'à faire le reste à pied ? je propose.

— Tu es sûre ? me demande Gio en me scrutant, comme pour déceler si je fais juste preuve de politesse en cette soirée glaciale de Halloween.

C'est exactement ce qu'espérait le conducteur qui se range déjà au bord de la route et valide la fin de la course sur son téléphone.

Quand nous nous engageons dans la rue, il fait un tel froid que notre souffle se découpe dans l'air et que du givre fait scintiller le trottoir.

— Je regrette de ne pas porter mes Converse, dis-je en tendant la main pour garder l'équilibre alors que mes chaussures à talon dérapent.

Gio m'attire vers lui en glissant mon bras sous le sien.

— Voilà, tiens-toi à moi.

Impossible de décrire la sensation que c'est, de marcher bras dessus bras dessous au milieu de la nuit avec Gio Belotti.

— Tu penses toujours rester à New York ?

— Oui, confirme-t-il, sans la moindre hésitation. Tant que Bella est ici, c'est certain, et la gelateria *Belotti,* c'est toute ma vie. Santo et Maria ont besoin de moi.

— Ça t'embête ? L'obligation, je veux dire ?

— Je leur dois tout. Ils m'ont donné un foyer et leur amour, j'ai eu de la veine d'être tombé chez eux. Jamais je ne prendrai cette chance pour acquise, tu vois ?

— Je comprends.

— Et puis après Penny… eh bien, c'est grâce à eux qu'on a tenu le coup, Bella et moi.

Je suis heureuse qu'il ait été entouré par l'amour de sa famille au pire moment de sa vie. Mon existence a été si différente de la sienne. Je n'ai jamais eu que ma mère. Quand je l'ai perdue, je me suis sentie comme un pissenlit dont les graines avaient été emportées par le vent et disséminées un peu partout. Adam les a attrapées au vol et les a fourrées dans sa poche en les broyant dans sa paume. Non. Je ne vais pas laisser ressurgir ces souvenirs ce soir, ils n'ont rien à faire là. Je suis allée de l'avant, j'ai déployé trop d'efforts pour permettre à cet homme de m'affecter plus longtemps.

Je glisse sur une plaque de verglas et Gio me rattrape par la taille.

— Bon Dieu, je suis comme Bambi, je marmonne en dérapant presque à nouveau.

— Je peux te porter, si tu veux.

— J'en doute, dis-je en riant. Je suis plus lourde que j'en ai l'air.

— C'est vrai que tu avais un bon coup de fourchette ce soir !

— Quel rustre !

Je halète en lui assénant une petite tape sur le bras.

— Je faisais juste honneur à la cuisine de Maria.

Il rit en haussant les épaules.

— Désolé. Je suppose que je n'ai plus l'habitude de parler aux femmes.

— Conseil d'amie : ne leur dis pas qu'elles mangent trop, je déclare en feignant d'être blessée.

— Qu'est-ce que je dois dire alors ?

— Tu es en train de me demander des conseils en matière de flirt ?

— Je n'ai pas dragué depuis vingt ans, répond-il avant de souffler. Bon sang, ça me fait paraître vieux.

Je lui lance un regard en coin.

— Tu es beaucoup trop jeune pour dire ce genre de truc.

Il me contemple.

— Ça, c'est du flirt, non ?

— Je te rappelle juste comment on fait.

Je ris doucement tout en me concentrant pour rester sur mes pieds.

— Pigé, répond-il en souriant dans le col de sa veste. Tu sais, Bella m'a montré la vidéo de toi en train de chanter.

— Oh, je fais, soulagée que mes joues soient déjà rosies par le froid.

À part Sophia, je pensais avoir évité que la famille voie cette vidéo.

— La musicienne avait juste besoin d'un coup de main et j'étais là.

— Tu m'as épaté. Tu es totalement différente quand tu chantes.

— C'est ce qu'on disait à ma mère, je commente au souvenir de la façon dont les gens se redressaient sur leur siège chaque fois qu'elle prenait le micro.

— Tu lui ressembles beaucoup ?

— Par certains aspects, dis-je en nous revoyant blotties l'une contre l'autre sur le canapé devant *Nuits blanches à Seattle* en mangeant du pop-corn. Physiquement, oui, et ma voix rappelle beaucoup la sienne, mais elle était plus… plus débordante, tu vois ? Toujours la première sur la piste de danse, le genre à vivre à fond, qui captait naturellement l'attention des autres.

— Et tu ne te vois pas de cette façon ?

J'évite une autre plaque verglacée.

— Il n'y a de la place que pour un drôle d'oiseau dans une famille, je réponds car je n'ai pas envie d'expliquer que j'ai peut-être été comme ça un jour, avant que la vie ne m'écrase.

— Je ne sais pas, ma famille est bourrée de personnages hauts en couleur, souligne-t-il. Je vois ton éclat,

Iris. Je veux dire, regarde-moi : le type coincé derrière son comptoir de glace, à en croire mes sœurs, mais me voilà ce soir, en train de te raccompagner chez toi comme un adolescent nerveux.

— Je te rends nerveux, Belotti ?

— Arrête de chercher les éloges ou tu risques d'en récolter, et où est-ce que ça va nous mener ?

— À la gêne.

— Exactement.

Je suis convaincue que chacun d'entre nous a droit à quelques grands moments dans la vie tels qu'on en voit dans les films. Certains diront que c'est leur mariage ou la naissance de leur enfant, mais pour la plupart ce sont des moments inattendus qui deviendront les meilleurs souvenirs. Je suis en train de vivre l'un de ces moments. Aux yeux de n'importe quel passant, nous ne sommes qu'un homme et une femme blottis l'un contre l'autre, elle instable sur ses talons, lui le bras passé autour de sa taille. Les fils argentés de l'écharpe rouge de la femme scintillent sous la lumière des lampadaires alors qu'ils marchent lentement sur le trottoir givré, leur conversation ponctuée de rires étouffés chaque fois qu'elle glisse et qu'il stoppe sa chute. Ils ressemblent à un couple.

Je ralentis le pas tandis que nous approchons du restaurant de nouilles. J'ai laissé une lampe allumée à l'étage et il y a une lueur orangée chez Bobby et Robin.

— C'est ici. Merci de m'avoir évité de me casser la jambe.

— C'est le minimum qu'on puisse attendre d'un rendez-vous, non ?

— De ne pas finir à l'hôpital. Un rendez-vous ? C'est ce que c'était ?

Il détourne le regard avant de le reposer sur moi.

— La soirée n'a pas commencé comme tel, mais là, ça m'en a tout l'air.

— Pas mal, ton flirt, je murmure et il rit.

— Alors, si c'est bien un rendez-vous, qu'est-ce qu'il se passe maintenant ?

— Je ne sais pas, Gio.

Et c'est vrai, je ne le sais pas. Quelque chose a changé entre nous ce soir, mais la route devant nous est jonchée d'obstacles qu'il ne voit pas. Moi, je les connais, et j'ai conscience que plus nous nous rapprochons plus je risque de le blesser, et moi aussi par la même occasion.

— La soirée a été longue, dis-je doucement. Je ferais mieux de rentrer.

Je vois sa gorge tressaillir tandis qu'il déglutit.

— OK.

Il pose la main sur ma joue pendant un instant, les yeux remplis de doutes.

— Bonne nuit, Iris.

Je souris contre sa paume chaude.

— Bonne nuit.

Il soutient mon regard puis il hoche la tête et s'éloigne. Mais au bout de quelques pas il fait demi-tour. Mon ventre se noue. Il prend mon visage entre ses mains et baisse la tête, son souffle chaud sur ma bouche, et soudain ses lèvres tremblantes sont sur les miennes. Son corps tout entier est raide, il a les épaules crispées, les yeux fermés. J'aimerais pouvoir lui dire que je sais ce que ça représente pour lui, le courage que ça lui demande, les émotions complexes dans lesquelles il patauge. Je suis chamboulée par son ardeur, par le désir profond qu'il éveille en moi alors que je l'attire plus près. C'est le paroxysme de notre scène de cinéma, ce merveilleux baiser douloureusement sensuel, lent et électrique, un moment de pure féerie. Lorsque sa langue caresse la mienne, je passe les doigts dans le col de son manteau et je sens son pouls frénétique alors qu'il glisse la main dans mes cheveux. En cet instant, plus rien ne compte. Je ne sens plus le poids des secrets, ni la méfiance et la peur qui me hantent. C'est le meilleur premier baiser de ma vie. Le meilleur de toute l'histoire du monde.

— Et ça, c'est du flirt ? murmure-t-il avant de lâcher un rire tremblant.

— Du flirt de première classe, je souffle contre ses lèvres.

Il appuie son front contre le mien.

— Je n'ai pas complètement perdu la main, dit-il avant de m'attirer entre les pans de son manteau, sa bouche pressée contre mes cheveux.

— Pas mal, dis-je, en déployant de gros efforts pour ne pas le tirer dans l'escalier de secours jusqu'à mon lit.

— On se voit demain matin ? demande-t-il avant de me mordiller la lèvre, sa main chaude à plat dans le creux de mon dos.

— Oui.

Je glisse mon visage dans son cou, savourant la caresse de son pouce sur ma colonne vertébrale. Il sent bon la nuit fraîche et des endroits plus chauds, plus sensuels, et je m'imagine partager son lit, sa vie. C'est une perspective si séduisante. Comme j'aimerais pouvoir déplacer tous les obstacles sur une autre route et nous laisser la voie libre, car je sais qu'il existe un univers parallèle où nous pourrions nous rendre heureux. Je soupire et presse mes lèvres sur son pouls à la base de sa gorge, humain et vital, primal et brut. Si ça ne peut pas durer pour toujours, je compte bien profiter de chaque seconde de l'instant présent. Je ne sais pas combien de temps nous restons figés ainsi, aucun de nous prêt à partir.

— Iris, est-ce que tu as un chat ?

Perplexe, j'ouvre les yeux.

— Plus ou moins. Pourquoi ?

— Il est derrière toi et il me fusille du regard.

Je lâche un rire et jette un coup d'œil par-dessus mon épaule vers Smirnoff, assis sur la marche devant ma petite porte rouge, les yeux rivés sur nous. S'il avait une montre et la capacité de la tapoter, il le ferait.

— Je crois qu'il attend son dîner, dis-je.

Gio s'écarte et l'air froid m'assaille. Ça me demande une force mentale herculéenne de ne pas me blottir à nouveau contre son corps chaud.

— Vas-y, dit-il. Je veux te savoir bien rentrée.

— Il ne risque pas de m'arriver quoi que ce soit jusqu'à la porte, je souligne avec un geste du menton.

— Qui sait, avec ces talons.

— Ils sont redoutables, je réponds avant de marcher avec une prudence exagérée jusqu'à Smirnoff.

Le chat me jette un coup d'œil indifférent.

— Absolument, dit Gio, son regard rivé au mien.

Nous sommes au bord d'un précipice : s'il me demandait de monter je dirais oui, si je lui proposais un café il me suivrait. Mais je n'en fais rien, et lui non plus. Il se retourne et s'en va, et cette fois il ne revient pas m'embrasser.

14

QUAND J'ARRIVE À l'étage, il y a un mot accroché à ma porte :

Monte, on vient de vous voir dehors en train de vous EMBRASSER *!*

Nous n'étions absolument pas en train de t'épier, au cas où tu allais poser la question, j'ai seulement cru entendre le chat. La cafetière chauffe, débrief complet exigé illico !

Ce que j'ai vraiment envie de faire, c'est de rentrer chez moi et de me réfugier dans mon lit, car j'ai besoin de me repasser la soirée étape par étape. Mais il est inutile de lutter : si je ne monte pas, ils descendront, alors autant débriefer dans le luxe et épargner à Robin la vision d'horreur de mon canapé défoncé. Il est adorable mais il vient d'un milieu aisé ; il a la nausée chaque fois que ses pantalons hors de prix sont au contact de fibres synthétiques. Il a accepté de vivre ici par amour pour Bobby et à la condition d'avoir carte blanche pour décorer leur appartement.

Smirnoff me lance un regard implorant. S'il pouvait parler, il me dirait d'une voix grave et menaçante d'ouvrir cette foutue porte et de lui donner du thon avant qu'il ne casse tout.

— Désolé mon grand, on va chez Bobby.

Je sais pertinemment qu'il va me suivre à l'étage, où il n'est pas autorisé à monter sur le canapé. Ni sur le lit. Il n'est toutefois pas à plaindre : Robin lui a acheté un panier de chat super chic pour le rebord de la fenêtre d'où il peut surveiller son royaume dans le plus grand confort. En plus, comme chez moi il fait tout ce qu'il veut, c'est bien que quelqu'un essaie de lui inculquer les bonnes manières.

La porte s'ouvre avant que je n'aie eu le temps de frapper et en voyant l'expression espiègle de Bobby qui dit « je t'ai vue fricoter », je m'apprête à repartir sur-le-champ. Il m'attrape par la manche et me tire à l'intérieur, faisant également entrer Smirnoff du bout du pied avant de refermer la porte.

Robin apparaît dans le cadre de la porte de la cuisine.

— Café ou gin tonic ?

J'ai déjà bu assez d'alcool.

— Café. Je suis frigorifiée.

Bobby me débarrasse de mon manteau et je m'affale au bout de leur immense canapé en cuir, sentant mes muscles se détendre enfin. Bobby pose une grosse couverture en laine sur mes jambes et Robin me tend un café qui sent bizarrement le rhum, puis ils prennent place et me fixent, dans l'expectative.

— Alors..., fait Bobby comme je ne dis rien.

— Du rhum s'est renversé dans ton café, avoue Robin en se grattant la joue. De l'étagère du haut. C'était inopiné.

— Ça arrive, les accidents, je réponds sans rouspéter car la boisson est chaude et relaxante.

Nous nous taisons, il n'y a aucun bruit si ce n'est le tapotement de Bobby sur l'accoudoir de son fauteuil. Ils savent tous les deux que le silence gênant va me faire cracher le morceau plus vite.

— OK, je cède. Donc, le dîner a été assez intense. Ils forment une grande famille volubile, tout le monde parle à la fois. Le repas était excellent. La maison est digne des annonces de sites immobiliers de luxe. Des chandeliers monumentaux, dis-je en écartant grand les bras. Des enfants mignons et un chien maigrichon.

— On dirait un film avec Sandra Bullock, commente Robin.

— Cette chère Sandy B, murmure Bobby.

Je hoche la tête. *Speed* avait une place spéciale sur la liste des films préférés de ma mère ; il ne s'inscrivait pas tout à fait dans la ligne des comédies romantiques, mais Sandra et Keanu ? Une alchimie exceptionnelle.

Bobby fait des gestes impatients qui veulent dire « Et ensuite ? », car il sait qu'il y a des détails plus croustillants à venir que des chandeliers et des bébés.

— Et puis…

Je m'arrête car j'ai l'impression de trahir Gio si j'en dis davantage.

— Oh, *allez*, râle Bobby en roulant des yeux. On t'a vue par la fenêtre avec ta langue dans sa gorge, ce n'est pas comme si c'était un secret.

Je soupire, toujours sur mon petit nuage après ce baiser.

— Il n'y a pas grand-chose de plus à raconter. Nous sommes rentrés ensemble en taxi, mais nous avons dû finir à pied à cause de travaux sur la route et puis nous… eh bien, vous avez vu le reste.

Bobby secoue la tête.

— Oh non. Non, non. Tu ne vas pas t'en sortir comme ça.

Il se tourne vers Robin.

— Je t'avais prévenu qu'elle essayerait d'esquiver. C'est pas vrai que j'avais prédit qu'elle jouerait les timorées ?

Je regarde Robin qui termine son rhum avant de se lever pour aller mettre une bûche dans le feu.

— Laisse-moi en dehors de ça.

Il rit en prenant le verre vide de Bobby et se dirige vers la cuisine en me tapotant le haut de la tête au passage.

— Tout ce que j'ai besoin de savoir se lit sur ton visage, dit-il en me souriant. Je vais me coucher, annonce-t-il en fronçant les sourcils devant sa montre. Réveil dans cinq heures.

— Je te raconterai tout demain, dit Bobby en venant s'asseoir par terre à côté de mon canapé.

Robin soupire.

— Oh, je sais.

Bobby le regarde quitter la pièce et je secoue la tête, amusée par leur petit numéro.

— Je ne demande pas les détails, enfin sauf si tu as envie de me faire un compte rendu complet, dit-il en retournant son attention vers moi. Donne-moi juste tes impressions.

Avec un clin d'œil, il mime un cœur avec ses doigts pour me faire rire.

Je finis mon café et pose le mug vide sur la table basse.

— C'était… Gio était…, je commence, cherchant les bons mots. Il était différent, ce soir. D'humeur légère. Drôle. Sa famille l'aime tellement, et réciproquement.

Bobby caresse la couverture au-dessus de mes jambes et attend que j'exprime les émotions qui fusent dans ma tête.

— J'ai peur, Bob. On a parlé, on a fait les cons, mais ce baiser a été le plus intense, le plus hallucinant de toute ma vie. Qu'est-ce que je suis censée faire maintenant ?

Il lève les sourcils.

— L'embrasser à nouveau demain ?

Je me frotte le visage, éreintée.

— Peut-être. J'en ai envie. J'aimerais vraiment y croire, même si c'est inattendu. Franchement, après Adam, je ne pensais plus pouvoir éprouver de tels sentiments.

Certaines nuits, je m'imagine barrer son nom de mon passé au marqueur noir, comme dans un dossier de police classé. Ce serait un tel soulagement.

— Tous les hommes ne sont pas des salopards, affirme Bobby en posant la tête sur mes jambes.

— Dieu merci.

Je frissonne alors que le visage d'Adam surgit dans mon esprit tel un diable à ressort. Ça me demande un gros effort de le repousser au fond de sa boîte.

— Je sais, Robin et toi, vous me le prouvez chaque jour.

— De tous les restaurants à nouilles, dans le monde entier…

— Je suis ravie d'être entrée dans le tien, je complète.

C'est un mantra que nous nous répétons souvent, et j'observe le feu tandis que je cherche les mots pour formuler le fond de ma pensée.

— Nous savons tous les deux que je ne devrais pas fréquenter Gio Belotti. Je lui ai dit qu'Adam était mort, bon sang ! je m'exclame avant de changer de position pour être face à la cheminée, la tête posée sur l'un des merveilleux coussins en fourrure de Robin. Et je continue de lui mentir jour après jour à propos de la recette et de ma mère, qui se trouve avoir été dans le même fichu groupe que mon père, Charlie, et que celui de Gio, Felipe. C'est sûrement comme ça qu'elle a rencontré Santo.

Un air perplexe s'affiche sur le visage de Bobby et je lui parle de la photo de ma mère dans l'album des Belotti.

— Pour ce que ça vaut, je suis fier de toi, déclare-t-il. Je sais combien c'est difficile pour toi de te frotter au monde. Ne réfléchis pas trop, advienne que pourra.

Je lui caresse les cheveux.

— Ça vaut beaucoup à mes yeux.

Au bout de quelques minutes, il se remet debout.

— Tu veux dormir ici ?

Ça fait longtemps que je ne me suis pas sentie aussi bien que ce soir. Réchauffée par le rhum et par le feu.

— Mais Robin doit se lever tôt, je souligne.

— Tu ne le dérangeras pas, il se lève et part tout de suite. En plus, il a ajouté une bûche pour te garder au chaud, c'était déjà prévu. Sérieusement, même Smirnoff trouve que c'est une bonne idée.

Je considère mon appartement froid et ne trouve aucune raison de bouger d'un pouce.

— Vous êtes vraiment les meilleurs frères que j'aie jamais eus, dis-je en parlant de Bobby et de Robin, même si le chat prend ça pour une invitation à me rejoindre sur le canapé.

— Je te laisse voir ça avec lui, commente Bobby en éteignant la lampe, puis il tire la couverture jusqu'à mes épaules. Dors, maintenant.

Je m'allonge et observe le feu, le chat blotti derrière mes genoux. *Ne réfléchis pas trop, advienne que pourra.* C'est le seul conseil dont j'ai besoin pour l'instant.

15

Je traîne les pieds en approchant des auvents verts et blancs de *Belotti.* La nuit dernière, j'ai dormi comme un bébé sur le canapé de Bobby, mais désormais j'ai l'impression qu'une balle de tennis rebondit dans mon ventre et je suis sur le point de rebrousser chemin. Il est encore temps. Personne ne m'a vue.

— Salut !

Sophia sort en trombe de la boutique, ses boucles sombres oscillant au-dessus de ses épaules, un tablier qui dépasse sous sa doudoune.

— La livraison de lait n'est pas arrivée ce matin. Je vais m'en procurer, sinon on risque d'en manquer.

Prendre la tangente n'est donc plus une option. Tant pis. Ce n'est pas mon genre, de toute façon. Je m'efforce de ne pas trop réfléchir, balle de tennis ou pas.

À travers la vitre, j'observe Gio, qui remplit le présentoir de gâteaux. Une femme sirote son café à une table, un homme lit le journal à une autre. Lorsque je pousse enfin la porte, Gio lève les yeux, et à voir la série de micro-expressions qui se succèdent sur son visage, il n'a pas non plus l'air très à l'aise.

— Bonjour, dis-je en lâchant mon sac sur l'un des tabourets.

— Salut toi, répond-il.

Ces deux mots me donnent l'impression d'être l'intello de la classe qui a fricoté avec le mec cool au bal de l'école. Si on était au lycée, je ferais tomber par inadvertance mon sac et il viendrait m'aider à ramasser mes livres. Mais on n'est pas au lycée. La trentaine passée, nous en savons assez long sur les relations pour comprendre que nous avançons en terrain miné et qu'il est plus sage de bien tenir son sac pour éviter qu'il ne se déverse par terre.

— Iris, je voulais…

Il s'interrompt lorsque la porte s'ouvre sur deux femmes qui s'approchent du comptoir.

— Allez-y, je n'ai pas encore choisi, dis-je en leur cédant la place.

— Est-ce qu'on peut prendre tout ce qu'il y a ici ? demande la première en désignant la vitrine qu'elle parcourt des yeux. Et…, ajoute-t-elle avant de marquer une pause pour compter sur ses doigts, quinze Americanos à emporter, s'il vous plaît.

À côté d'elle, son amie soupire.

— C'est pour une réunion de personnel, notre traiteur nous a fait faux bond.

— Bien sûr, dit Gio en me jetant un coup d'œil.

— Tu as besoin d'un coup de main ? je propose.

Il me tend un tablier et pendant les minutes suivantes nous travaillons en équipe : je m'occupe des gâteaux, lui du café, une collaboration en harmonie, et la tension due à la veille s'estompe alors que je noue un ruban autour des boîtes à rayures vertes et blanches.

La cliente lit la note d'information affichée sur la vitrine avant de me regarder.

— Y aura-t-il bientôt à nouveau de la glace ? Ça me manque.

Gio revient de la machine à café, des gobelets à emporter dans les mains.

— Nous espérons, répond-il. Un contretemps passager.

La femme hoche la tête, passant déjà à un autre sujet avec sa collègue.

Un contretemps passager. Ses mots résonnent dans ma tête alors que nous terminons de préparer la commande. Ça nous résume bien, nous sommes un contretemps passager dans nos vies respectives.

Quand elles repartent, la salle est curieusement calme. L'autre femme assise est aussi sortie, il ne reste plus que l'homme derrière son journal près de la fenêtre.

— Je crois que nous devrions..., je hasarde avant de m'interrompre, car Sophia revient, les bras chargés de briques de lait.

— J'ai réussi à piquer ça à Priscilla, fanfaronne-t-elle en s'appuyant au comptoir pour les poser toutes en même temps. Elle a dit que tu n'auras qu'à la rembourser en l'invitant à déjeuner un de ces jours.

Priscilla surgit dans mon esprit, la femme du glacier de l'autre côté de la rue, et je ravale une pointe de jalousie injustifiée. Gio peut déjeuner avec qui il veut. Et moi aussi, d'ailleurs. Je range le lait dans le réfrigérateur sous le comptoir pendant que Gio réapprovisionne le présentoir et que Sophia accroche son manteau.

— J'ai réfléchi, dit-elle. À propos de la glace.

— Bienvenue au club, ironise Gio.

Elle redresse les épaules.

— Vous m'écoutez ? Je sais que vous travaillez sur la recette et j'ai toute foi en vous deux, vraiment. Mais nos machines restent inactives alors qu'elles pourraient nous ramener de l'argent, vous voyez ? Et si on sortait des parfums éphémères, en créant l'événement, avec plein de pub à l'appui ?

— C'est reparti, grommelle Gio, l'air blasé. *Vanille pour…*

— *Toujours*, je sais, le coupe-t-elle. Mais en ce moment on n'a rien du tout pour toujours et à mon avis, c'est l'occasion rêvée de faire preuve de créativité.

— Nous allons trouver la recette, nous n'avons jamais été si proches du but, affirme-t-il avec obstination.

Je fais profil bas et m'affaire à réorganiser les briques de lait afin de rester en dehors de la conversation, car je comprends les deux points de vue. Gio tient à garder les choses exactement telles qu'elles sont et Sophia déborde d'énergie, d'idées et d'ambition pour les faire évoluer. Toutes les deux, nous avons beaucoup parlé de saveurs et de recettes de pâtisserie, car en tant que cuisinière autodidacte elle adore expérimenter et elle propose régulièrement aux clients de *Belotti* de nouvelles variantes aux gâteaux classiques. Et elle est douée. *Très* douée. Je trouve son idée intéressante.

— Tu peux au moins y réfléchir ? revient-elle à la charge. Ce seraient de petites quantités, des goûts inhabituels, en disant qu'on a égaré notre recette et que, d'ici à ce qu'on remette la main dessus, pourquoi ne pas venir essayer nos nouveautés éphémères ?

Elle finit son topo les bras écartés et un large sourire sur les lèvres.

— Tu veux donc annoncer à nos concurrents que nous avons perdu notre recette de famille, avouer à tout le monde que Papa ne s'en souvient plus ? Tu as réfléchi une seconde à l'effet que ça aurait sur lui ?

Gio laisse tomber ses mains de chaque côté de ses hanches et fixe sa sœur.

— Eh bien contentons-nous de laisser New York oublier que nous existons, alors, riposte Sophia en abattant les paumes sur le comptoir. Quel effet ça aurait sur Papa, ça, à ton avis ?

Ils se toisent, confrontés à une impasse, et le client referme son journal et me lance un regard compatissant en sortant.

C'est Gio qui craque en premier, il pivote sur ses talons en soufflant et disparaît dans la cuisine.

— Tu veux bien lui parler ? Il t'écoutera peut-être, toi, dit Sophia en levant les yeux au ciel. Il est tellement arrêté dans ses opinions.

Je repense au commentaire de Gio d'hier soir, sur le fait que ses sœurs le considèrent comme bloqué derrière son comptoir, et je comprends qu'ils trouvent un certain réconfort à chacun jouer le rôle qui leur a été attribué.

— Je peux toujours essayer, dis-je de façon évasive.

— Je ne pige pas pourquoi il se braque autant, râle-t-elle et je me demande si elle se rend compte qu'elle est exactement pareille. Je l'adore, bien entendu, mais sa rigidité me rend parfois dingue.

— Ça pourrait être pire, je souligne en essayant de désamorcer la situation.

— Tu crois ? Parce que ce n'est pas l'impression que j'ai en ce moment.

— Fais-moi confiance sur ce coup-là. Je suppose qu'il a pris le pli de gérer les choses tout seul, or les habitudes ont la vie dure.

L'expression de Sophia se radoucit.

— Je sais, soupire-t-elle. Mais il n'est pas tout seul. Il n'a jamais été tout seul, même quand Pen est morte. Nous avons toujours été à ses côtés.

— Et c'est une chance incroyable pour lui. Mais on peut avoir tout le soutien du monde et se sentir quand même seul quand on éteint la lumière le soir et qu'il faut trouver la force d'affronter le lendemain.

— Oh mon Dieu, je suis désolée, Iris. J'ai à nouveau parlé sans réfléchir, s'excuse Sophia, le regard soucieux alors qu'elle passe le bras autour de mes épaules.

Je suis prise de court par cet élan de tendresse, une inclinaison naturelle chez elle qui ne m'est pas familière.

— Tu peux me dire de la fermer si tu préfères, mais je suis là si tu as besoin de parler. À propos de ton mari, je veux dire. Gio m'a raconté.

Interloquée, je déglutis.

— Parce qu'après la mort de Penny je me suis documentée sur le deuil, sur l'importance de parler du défunt, sur les bénéfices de savoir que d'autres personnes se souviennent aussi de lui, dit-elle dans un débit de paroles encore plus rapide que d'ordinaire. Et je sais que toi, tu n'as pas ce genre de soutien ici, des gens qui le connaissaient, alors si tu veux parler de lui, tu peux compter sur moi, d'accord ?

Je hoche la tête alors que mes yeux se brouillent de larmes devant sa gentillesse. Elle fait bien sûr référence à Adam mais ses propos résonnent en moi au sujet de la perte de ma mère.

— Il était comment ?

Je me fige.

— Il… C'était… Notre relation était compliquée. Il… il m'effrayait, parfois.

Les mots sortent malgré moi, car le bras de Sophia sur mes épaules m'a fait baisser la garde.

Elle me scrute, les sourcils froncés.

— Merde, est-ce qu'il t'a fait du mal ?

Je ferme les yeux et me détourne. Si seulement je pouvais tout déballer.

— Pas physiquement, je réponds et elle me presse l'épaule d'un geste réconfortant. Mais il m'a fait découvrir qu'on pouvait blesser autrui de bien des façons.

— Bon sang, lâche-t-elle dans un souffle.

Je me passe le dos de la main sur les yeux.

— Ouais. Comme je l'ai dit, c'est compliqué.

— L'obstination n'est en effet pas le pire des défauts, après tout, dit-elle après un moment et je m'appuie contre elle en riant doucement, car elle a réussi à briser la tension.

— Carrément pas. Je peux te laisser ici pendant que je vais voir Gio ?

Elle contemple la salle vide.

— Je crois que ça va aller.

Je trouve Gio en train de préparer des ingrédients sur le plan de travail de la cuisine, ses gestes brusques et sa mâchoire raide trahissant sa colère.

— Ça va ? je demande en essayant de capter son regard.

— Ça va merveilleusement bien, répond-il en se tournant pour chercher quelque chose dans un tiroir derrière lui.

Ça ne va donc pas du tout. J'attends qu'il arrête de s'affairer en tous sens et qu'il me regarde.

— On s'y met ? lance-t-il, en rogne.

C'est affreux. Rien à voir avec les matinées précédentes, et j'ignore si c'est à cause de ce qu'il s'est passé entre nous hier soir ou avec Sophia à l'instant. Dans un cas comme dans l'autre, ce n'est pas ce à quoi je m'attendais et je marche sur des œufs.

— Est-ce qu'on peut d'abord parler ?

Il pose ses paumes à plat sur la table et expire lentement.

— La scène de tout à l'heure a pourtant montré que parler n'était pas mon fort.

Je m'assieds sur l'un des tabourets hauts à côté du plan de travail et après un instant il suit mon exemple, son genou frôlant le mien.

— Je ne sais pas. Tu étais plutôt bavard, hier soir, je souligne en repensant à notre conversation décousue sur le trajet à pied.

Il hoche lentement la tête, le regard rivé par terre, près de mes bottes.

— À propos d'hier soir…, commence-t-il en poussant un profond soupir.

— Tu regrettes, dis-je en essayant de le décrypter.

Il lève enfin les yeux vers moi.

— Oui. Et non. Non, parce que comment regretter un baiser qui m'a fait vibrer comme quand j'étais ado ? Il m'a rappelé que mon cœur battait encore, Iris, que je ne suis pas qu'un fils, un père et un vendeur de glace. Et à la fois oui, parce qu'être un fils, un père et un vendeur de glace, c'est ce qui me définit aujourd'hui. Et ça me suffit.

— Gio, je comprends. J'ai fait en sorte de remplir ma vie pour ne pas laisser de place à des baisers dignes de comédies romantiques, à des grands dîners de famille ni à des chansons improvisées dans le parc, sauf que je t'ai rencontré et que tout ça m'arrive quand même et honnêtement, ça me flanque une sacrée trouille.

C'est comme si je venais de faire tomber mon sac à ses pieds et que maintenant j'attendais de voir s'il va ramasser les livres ou se comporter en goujat et me laisser trimer par terre. C'est l'heure de vérité, même s'il ne s'en rend pas compte.

Il pose ses mains sur mes genoux.

— Digne d'une comédie romantique, hein ?

— Très Mark Darcy de ta part quand tu m'as serrée dans ton manteau, je réponds tandis que mes doigts rencontrent les siens.

— Je vais prétendre ne pas savoir de quoi tu parles, plaisante-t-il en passant le pouce sur mes phalanges.

Je lui attrape les deux mains dans la mienne et son regard passe de la colère à un air si sexy que j'en ai la respiration coupée.

— On pourrait ne pas trop réfléchir et juste voir ce qui advient ? je propose d'une petite voix dans l'immense cuisine.

Il scrute mon visage.

— Ma famille peut être intense. Et Bella est à un âge particulier, elle prend tout à cœur. Je ne peux pas la laisser trop s'impliquer dans quelque chose qui pourrait ne mener à rien, tu comprends ?

— Es-tu en train de me demander d'être ta maîtresse cachée ? je le titille.

— Non, répond-il avec un rire grave. Ou alors si ?

— J'ai l'impression que nous venons de passer des comédies romantiques à la chaîne pour adulte.

Il me regarde fixement.

— Je ne peux te faire aucune promesse, déclare-t-il.

— Moi non plus.

Mes genoux sont désormais entre les siens, nos corps de plus en plus proches.

J'ai envie de l'embrasser et en décidant de ne pas trop réfléchir et de laisser les choses advenir, je me penche vers lui, les yeux fermés. Sa bouche rencontre la mienne, douce et avide, et mes doigts se cramponnent aux siens alors que le désir monte en moi. Bon Dieu, je ne sais vraiment pas comment nous avons fait pour travailler ensemble ces dernières semaines sans arracher nos vêtements, car cet instant est sensuel au plus haut point, du genre « prends-moi là, tout de suite ». Finalement, il recule et nous nous dévisageons, tels deux ivrognes qui viennent de s'enfiler une bouteille de vodka.

— C'était…

Je n'arrive même pas à finir ma phrase et je sais que j'ai les joues en feu.

— Il vaut mieux ne pas recommencer ici, marmonne-t-il en jetant un coup d'œil vers la porte, le souffle saccadé.

— Mais on le refera, n'est-ce pas ? dis-je car l'envie est soudain si forte au fond de moi que je risque de mourir s'il répond non.

Il me tient le menton et passe le pouce sur mes lèvres.

— La raison me souffle d'y aller doucement mais tout le reste a très envie de t'emmener à l'étage dans mon lit, Iris, donc oui, je crois que nous devrions le refaire.

— Gio, je murmure en riant, les yeux écarquillés, la main sur le cœur. J'ai l'impression d'avoir pris de la drogue.

— Je vais avoir besoin d'au moins cinq minutes avant de pouvoir me lever.

Nous nous contemplons prudemment, quand soudain je ris à nouveau car c'est totalement fou.

— Tu as vu *Éclair de lune* ?

Il secoue la tête. Je ne suis pas étonnée.

— Cher joue une comptable guindée et Nicolas Cage le frère de son fiancé, mais il y a une alchimie explosive entre eux, et à un moment donné il crie : « Loretta, tu vas monter avec moi et te mettre dans mon lit ! »

Je prononce la réplique sur le même ton rauque, délirant et urgent que Nicolas Cage et Gio se met à rire, légèrement inquiet.

— Tu viens de me faire penser à ce film, dis-je.

— Et elle obéit ?

Je ne cille pas.

— Oui.

— Je le regarderai un jour.

— Je pourrai le regarder avec toi ?

— Mais tu l'as déjà vu, souligne-t-il.

— Pas avec toi.

— Très bien, soupire-t-il. On pourra le regarder ensemble.

— Je travaille tous les soirs à part le lundi.

— Je travaille tous les jours de la semaine.

— Lundi soir, alors ?

— C'est ce soir, Iris.

— Entendu. J'apporte du pop-corn.

16

JE PASSE ACHETER DU POP-CORN et du vin rouge dans une épicerie de Mulberry Street avant de me mettre en route vers chez *Belotti.* J'ai profité de mon après-midi seule pour boire du thé et réfléchir. Comment quelque chose peut-il sembler à la fois si bien et si mal ? Affalée sur mon canapé, j'ai envisagé d'annuler, mais mes doigts ont refusé de taper le message. J'ai plongé la tête sous l'eau dans mon bain pour me laisser dériver vers une autre vie, une vie plus facile, mais j'ai ressenti un immense soulagement quand je suis remontée à la surface et que j'ai vu le chat assis sur le lavabo en train de m'observer dans ma minuscule salle de bains. J'ai feuilleté l'album de ma mère à la table de ma petite cuisine en me demandant quel conseil elle m'aurait donné. Ça m'a profondément attristée de ne pas pouvoir invoquer sa voix dans ma tête. M'en remettant donc aux encouragements de Bobby, je me dirige vers le glacier *Belotti* fermé à cette heure-ci pour aller boire du vin avec Gio Belotti et laisser advenir que pourra.

— J'ai pris ceux au beurre et au cheddar.

En brandissant les sachets de pop-corn, je comprends soudain ce que ressent Bébé dans *Dirty Dancing* quand elle dit qu'elle a ramené une pastèque.

Les yeux de Gio oscillent entre le pop-corn et moi puis il hoche la tête avant de me guider jusqu'à la porte au fond de la cuisine, sur laquelle est écrit « PRIVÉ ». C'est la première fois que je vais chez Gio et ça fait un drôle d'effet après tous ces matins passés autour du plan de travail. Je jette un coup d'œil par-dessus mon épaule vers ma machine à glace qui gît tristement dans l'obscurité, puis je le suis dans l'escalier.

— Tu as toujours vécu ici ?

En le voyant se décomposer, je regrette de ne pas pouvoir ravaler la question.

— Non. Bella et moi nous sommes installés ici après la mort de Penny. Il y avait trop de souvenirs dans notre ancien appartement.

J'acquiesce, préférant ne pas répondre. J'ai changé de continent pour m'éloigner de tout ce qui me rappelait Adam.

— Tu es jolie, commente-t-il en prenant mon manteau.

J'ai fait ce grand classique tout à l'heure, j'ai mis ma garde-robe sens dessus dessous avant d'opter pour un jean et le pull noir que Bobby et Robin m'ont offert pour mon anniversaire. Un vêtement cher, bien coupé, qui glisse sur mes épaules. Je n'avais pas encore eu l'occasion de le porter avant ce soir, car ce n'est pas le genre de pull adapté pour cuisiner des nouilles.

Gio a l'air inhabituellement nerveux.

— Je n'étais pas sûr de savoir si je devais préparer à manger ?

— Oh. Non, j'ai déjà dîné, je mens car j'étais trop stressée pour avaler quoi que ce soit avant de venir. Bella est là ?

Il secoue la tête.

— Mamma la chouchoute tellement qu'elle n'a pas du tout envie de rentrer. À vue de nez, elle va rester là-bas au moins trois jours. Peut-être même une semaine.

— Les pancakes étaient alléchants.

Il fouille un placard de la cuisine à la recherche d'un récipient pour le pop-corn.

— Tout le monde y trouve son compte : Mamma a quelqu'un à nourrir pendant que Papa n'est pas là et Bella est plus que ravie d'être traitée aux petits oignons.

— Ça paraît équitable.

On se comporte comme si de rien n'était. Mais même si en général je déteste les banalités, ça me convient pour l'instant, car des pulsions irrationnelles naissent dans mon esprit et dans mon corps chaque fois qu'il me touche.

— C'est sympa chez toi, je commente en regardant autour de moi.

J'ignore à quoi je m'attendais. Certainement à un intérieur dans la veine de la boutique en bas. Classique, traditionnel, une copie miniature de la maison de Maria et Santo à Brooklyn. Mais ce n'est pas ça du tout. Le logement de Gio serait probablement décrit sur les sites immobiliers comme étant de style champêtre chic, avec des murs en briques et des poutres apparentes, du plancher en bois massif et des meubles bruts adoucis par des canapés en cuir usé et des tapis aux teintes chaudes. Le tout est accueillant et sans prétention, avec des signes qu'il s'agit d'un foyer familial : les baskets de Bella près de la porte, les manuels scolaires sur la table basse, des photos collées sur le frigo. L'appartement de Gio est à son image. Celle d'un type installé, bien dans ses pompes. Dans le jean usé et le T-shirt délavé au logo d'un groupe qu'il porte ce soir, je découvre encore une nouvelle version de lui, en plus de celle du vendeur de glace et de l'homme du dîner de famille. J'imagine que celle-ci est la plus fidèle à ce qu'il est réellement.

— Un éternel chantier, soupire-t-il. Enfin, ça m'occupe. Moins de temps pour cogiter quand tu ponces le sol ou abats des murs.

L'image de Gio en salopette surgit dans mon esprit et je m'empresse de la balayer.

— Alors ce film, enchaîne-t-il en attrapant deux verres de vin sur une étagère. Dis-moi à quoi je dois m'attendre.

Je secoue la tête.

— Uh-uh. Tout le plaisir réside dans le fait de ne rien savoir. En plus, je ne lui rendrais pas justice.

Il débouche la bouteille.

— Tu as pourtant très bien imité Nicolas Cage tout à l'heure.

— Tu décideras si c'était bien une fois que tu l'auras vu !

Je le suis jusqu'au canapé et m'assieds tout au bout en acceptant le verre de vin qu'il me tend. Il prend l'autre, pose le pop-corn entre nous, puis appuie sur la télécommande.

— Il est déjà prêt, je note alors que l'écran d'accueil du film apparaît à l'écran. Impressionnant.

— Tu croyais que je me défilerais ?

— Du film ou de…

Je laisse la phrase en suspens, ne sachant si on peut appeler ça un rendez-vous.

— Du film. Pas de ça, ajoute-t-il en pointant le doigt entre nous. Tu veux du pop-corn ?

— J'ai une règle : pas de pop-corn avant le premier dialogue.

C'était la règle de ma mère et il m'est impossible de la transgresser, encore aujourd'hui.

Il sourcille sans rien dire en appuyant sur « play », puis il tamise l'éclairage. Lui non plus ne mange pas de pop-corn, ce que j'apprécie. Le film est tellement génial que même si je le connais par cœur je suis aussitôt happée par l'histoire, et des coups d'œil discrets vers Gio me confirment qu'il est lui aussi captivé. C'est un scénario dense, fougueux et plein d'esprit qu'il faut suivre avec concentration et je me détends devant les visages familiers à l'écran tout en buvant mon vin. Gio se lève pour aller chercher la bouteille et quand il revient il s'assied un peu plus près de moi. Quelques minutes plus tard, je vais aux toilettes et à mon retour je me rapproche moi aussi, me collant presque à lui, comme si nous étions au cinéma. Je prends une gorgée de vin, sachant que la scène de la fameuse réplique de Nicolas Cage va bientôt arriver. Ma main heurte la sienne quand nous voulons prendre du pop-corn au même moment.

— Vas-y, dit-il.

— Non, toi.

À l'écran, Nicolas Cage dit à Loretta qu'il la veut dans son lit et quand j'essaie de jeter un coup d'œil discret à Gio je le vois tourné vers moi, en train de m'observer.

— Tu vas rater le meilleur passage !

— C'est toi, le meilleur passage, rétorque-t-il puis il se penche et presse sa bouche contre la mienne, le genre de baiser posé et attendu qui survient pendant un slow ou lors d'une soirée de vacances.

Je me tourne vers lui et lorsqu'il passe le bras autour de mes épaules, vient ce moment de vérité où on découvre si on va bien s'emboîter ou si on va se heurter aux angles et aux courbes du corps de l'autre. On ne se heurte pas. On s'assemble parfaitement.

— Pour information, c'était une réplique assez ringarde, dis-je.

— Je suis vieux.

— Tu as trente-neuf ans.

— Regarde la fin du film, répond-il, les doigts posés sur ma nuque. Ensuite j'aimerais te montrer quelque chose.

Je lui lance une œillade.

— Ce n'est pas aussi suggestif que ça le semble, si ?

Il reprend du pop-corn.

— Je crois que ça va te plaire.

Heureusement que j'ai déjà vu le film, car aussi génial soit-il, je n'arrive pas à me concentrer sur les dialogues alors que Gio décrit des cercles sur mon cou du bout des doigts, un geste si sensuel que j'en ressens des palpitations jusqu'en dans le bas de mon ventre.

Pour l'amour du ciel, Cher, mets-toi dans le lit de Nic, tu veux ? Gio Belotti a quelque chose à me montrer et j'ai vraiment hâte de découvrir ce que c'est.

— Par ici.

Quand il ouvre la porte en haut de l'escalier étroit, je comprends pourquoi Gio m'a donné une couverture.

— Tu as un toit terrasse ?

Il hausse les épaules.

— Plus ou moins. C'est au moins un toit.

L'air froid de la nuit me frappe lorsque je sors mais je suis trop émerveillée pour m'en soucier. L'espace est tout juste assez grand pour un canapé de jardin sur un tapis d'extérieur élimé, entouré de quelques grands pots de fleurs qui ajoutent une touche chaleureuse. Le plus impressionnant, toutefois, est la vue à couper le souffle.

— Viens par ici.

Gio me guide vers le parapet qui s'élève à hauteur de poitrine. Je pose les coudes sur les briques et m'abreuve de la ville : les halos rouges des feux arrière des véhicules, le scintillement du pont de Brooklyn enjambant l'East River, le majestueux Empire State Building dominant les autres immeubles illuminés. Et puis, bien sûr, il y a le croissant de lune, accroché dans le ciel comme le personnage principal de la scène, bouffi d'orgueil.

— Je n'avais jamais vu la ville d'en haut comme ça, dis-je. Il y a tant de vie.

Il pose la couverture sur mes épaules puis pointe le doigt vers Brooklyn.

— Cranberry Street est là-bas, à environ cinq kilomètres.

Je lui adresse un regard interrogateur.

— Toi qui adores ce film, tu n'as même pas relevé la référence à Cranberry Street ? Honte à toi, Iris.

Je souris et suis son doigt. Je pénètre dans l'univers de tous les films préférés de ma mère ; après *Katz's Deli*, me voilà à quelques pâtés de maison de chez Loretta.

— Ma mère serait aux anges.

Il passe le bras autour de mes épaules.

— Elle te manque beaucoup, hein ?

— Chaque jour. C'était quelqu'un de très spécial. Les gens disaient qu'elle était addictive.

— Telle mère telle fille, répond-il en me tournant dans ses bras.

— Tu t'en sors de mieux en mieux en matière de flirt, je plaisante.

— Je me suis entraîné devant le miroir.

— Ce n'est pas vrai.

— Non, ce n'est pas vrai, dit-il en éclatant de rire, puis il s'arrête pour me regarder d'un air sérieux, les lèvres légèrement écartées, avant de se pencher vers moi.

— Attends, je l'interromps en levant la main, puis je nous fais pivoter de quatre-vingt-dix degrés.

— On danse ?

— Non, je veux la vue derrière toi quand tu m'embrasses.

— Madame est exigeante ! s'exclame-t-il avec un léger sourire tandis qu'il s'approche de mon visage.

Son baiser est si sensuel qu'il me coupe le souffle. Je me tiens sur la pointe des pieds pour que le panorama de la ville encadre Gio et j'ajoute de nouvelles couleurs à mon décor : des touches dorées, des auréoles rouges, une traînée bleu nuit.

Il me mordille la lèvre puis il lève la tête, la main sur ma nuque.

— Iris, tu vas descendre le putain d'escalier et te mettre dans mon lit.

J'éclate de rire.

— Gio, c'était complètement raté. Réessaie sans jurer.

— OK, dit-il avant de m'embrasser le cou. Donne-moi une minute.

Je me presse contre lui alors qu'il glisse les doigts dans le col de mon pull, savourant leur chaleur sur ma colonne vertébrale.

— Iris, murmure-t-il d'une voix grave et charbonneuse, veux-tu venir au lit avec moi ?

Gio me tire par la main jusqu'à sa chambre, me caressant le poignet.

— Je suis nerveuse, je souffle et il se tourne vers moi à la faible lumière de la lampe.

Sa chambre est dans le même style que le salon – minimaliste, avec des briques apparentes et un immense lit en bois sculpté à la parure blanche au centre de la pièce.

— Je peux te dire un truc ? répond-il en s'asseyant au bord du lit. Moi aussi je suis nerveux. Et même plus que ça.

Je prends place à côté de lui et il me prend la main pour jouer avec mes doigts.

— Il n'y a eu personne depuis Pen. En vérité, je n'ai pas cherché, je partais du principe que cet aspect de ma vie était terminé.

Il ne me regarde pas, les yeux fixés sur nos mains.

— Et puis… tu es apparue. Tu dégages un truc qui me fait l'effet d'un rayon de soleil, putain.

Ses mots me touchent.

— Je crois que c'est la plus belle chose qu'on m'ait jamais dite.

Je contemple Gio et la vulnérabilité et le désir que je décèle dans ses yeux m'enhardissent. Je me lève devant lui et retire mon pull, puis je m'assieds à califourchon sur ses genoux. Ses bras m'enveloppent.

— Et si nous retirions nos vêtements et profitions de ce rayon de soleil, je murmure et il se colle contre moi en effleurant ma poitrine du bout des lèvres.

— C'est vrai qu'il fait chaud ici, tout à coup.

Je dégrafe mon soutien-gorge et il fait glisser les bretelles le long de mes bras.

— Je n'arrive presque pas à te regarder. Tu es trop belle, bordel.

— J'aime bien quand tu pousses ces jurons sexy, dis-je en bougeant sur ses genoux de façon à le titiller.

Sa bouche est sur moi, ses mains sur mes fesses et sur mon corps dont il suit les courbes, et il grogne doucement. Je halète lorsqu'il glisse la main entre mes cuisses, me demandant si je peux avoir un orgasme malgré les deux couches de vêtements.

— Arrête, dis-je, songeant que je devrais attendre qu'il me rattrape, avant d'ajouter : Bon Dieu, n'arrête pas.

Il rit et me mordille l'épaule, redoublant ses caresses entre mes jambes jusqu'à ce que j'enfouisse ma tête dans son cou et me mette à trembler.

— Dans une autre vie, voilà qui serait gênant, je marmonne ensuite.

— Dans celle-ci, c'était super excitant, répond-il avant de me basculer sur le dos en dessous de lui, puis il m'embrasse lentement, intensément. Et ce n'est que le début.

Quand il retire son T-shirt, je perds tous mes moyens, il y a juste trop de peau et de muscles, et le contact de son corps contre le mien me donne envie de sauter les préliminaires et de me mettre nue. Je faufile ma main vers son pantalon et ouvre les boutons l'un après l'autre, tandis qu'il me regarde droit dans les yeux en se mordant la lèvre.

— Je suis peut-être un peu rouillé, dit-il.

— Crois-moi, tu ne l'es pas du tout. Enlève ton jean.

Il se soulève juste assez pour retirer ses vêtements, puis il défait mon pantalon et recule pour l'ôter. Il me laisse ma culotte en dentelle noire et je me couvre le visage des deux mains lorsqu'il glisse ses doigts en dessous d'un geste délicat en baissant la tête.

Je sais que c'est beaucoup demander d'avoir deux orgasmes avant qu'il n'en ait eu rien qu'un seul, mais il pose une main sur ma cuisse et prend son temps, tout en murmurant mon prénom comme si c'était une prière quand soudain une puissante onde me parcourt. Il en a conscience et continue, son autre main à plat sur mon ventre. Je ne pense pas pouvoir à nouveau ressentir un jour quelque chose de si violemment sexy, à deux doigts de me briser les os.

Il remonte, ses genoux entre les miens, et j'enroule mes jambes autour de sa taille.

— Je m'étais pourtant promis d'y aller doucement ce soir.

— La prochaine fois, je réponds en soulevant les hanches. Préservatif ?

Il acquiesce avec un sourire et tend la main vers sa table de chevet.

Lorsqu'il revient vers moi, je contemple son visage et je vois qu'il essaie de ne pas perdre le contrôle trop vite.

— Laisse-toi aller, Gio, je souffle, ma main sur sa mâchoire. C'est bon, tu peux te laisser aller.

C'est alors qu'il lâche prise. Il se perd en moi et nous nous enveloppons l'un dans l'autre, serrés, haletants, lents, puis plus rapides. Sa respiration s'accélère et il murmure ce qui me semble être des jurons italiens, me donnant l'impression d'être dans le lit de mon amant torride lors d'une nuit chaude à Rome. C'est sulfureux et intime et tout à coup le tremblement de son corps est si sensuel que je m'agrippe fort à lui. Et puis nous redevenons tendres. La caresse de sa bouche sur mes paupières, les gestes lents de ma main sur ses cheveux. Nous restons ainsi un long moment, le temps de reprendre nos esprits. C'est d'une telle beauté, pure et primitive, que j'en ai presque les larmes aux yeux.

— Pas du tout rouillé, dis-je.

— Plus lentement, la prochaine fois.

— Tant qu'il y a une prochaine fois.

Il redresse un peu la tête pour jeter un coup d'œil au réveil sur la table de nuit.

— Donne-moi une heure.

Je ris contre son épaule.

— Trois orgasmes. Je crois que tu as mérité un peu de sommeil.

— J'ai mis la barre trop haut.

— Et tous ces trucs en italien, je soupire. Super sexy.

Je sens plutôt que je n'entends son rire.

— Qu'est-ce que tu as dit ? je demande.

Il secoue la tête.

— Je ne sais plus. Je n'avais pas tout à fait les idées claires.

— C'était magique à mes oreilles. Et si on faisait ça tous les lundis ?

— Se retrouver au lit tous les lundis soir ? C'est une proposition ?

J'acquiesce.

— On continue comme d'habitude le matin pour que personne ne suspecte rien et puis le lundi soir – boum, dis-je en mimant des feux d'artifice. Tu me susurres des trucs salaces en italien et j'ai trois orgasmes.

— Je ne sais pas si je vais réussir à ne pas te toucher pendant toute une semaine. Tu as réveillé en moi quelque chose que je pensais mort depuis longtemps et maintenant je ne peux plus penser à rien d'autre.

Je garde le silence un moment, car sa phrase ne semble pas tout à fait naturelle.

— Est-ce que tu essaies de parler comme dans *Éclair de lune* ?

— Oui, confirme-t-il en se tournant vers moi pour m'écarter les cheveux du visage.

— C'était très convaincant, je commente en roulant sur mon dos. Tout ça, ça ne ressemble pas à ma vie.

Il s'allonge aussi sur le dos.

— À la mienne non plus. Je suis le type trop enraciné dans ses habitudes pour vivre ce genre de choses.

— Et moi la cheffe d'un restaurant de nouilles qui a peur de sa propre ombre.

Gio se redresse sur un bras, la tête posée sur sa main alors qu'il me regarde.

— Pourquoi as-tu peur ?

J'en ai trop dit. J'aimerais tant lui avouer la vérité, le fait que je ne pensais jamais pouvoir me sentir à nouveau en sécurité avec quelqu'un, que ma présence ici est la preuve du bien indéniable qui irradie de tout son être. Je soupire et secoue la tête, car je ne veux pas faire éclater notre bulle.

— Je ne sais pas. Il arrive que la vie nous matraque, non ?

Sans insister, il passe simplement le bras autour de mes épaules et tire la couverture sur nous. Il se colle derrière moi, mon dos contre sa poitrine, ses genoux derrière les miens, son bras au-dessus de moi.

— *Cucchiaino*, dit-il.

— Qu'est-ce que ça veut dire ?

Il frotte son pouce à la naissance de mon sein.

— Petite cuillère.

— Et comment on dit grande cuillère ?

— *Grande cucchiaio.*

Je souris.

— Ça sonne mieux en italien.

— Tout sonne mieux en italien.

Je sens son souffle dans mon cou, sa paume ouverte sur ma cage thoracique alors que je ferme les yeux.

— Comment on dit bonheur ?

— *Beatitudine.*

— Tellement de syllabes, je soupire en pressant mon dos contre lui.

Et nous restons ainsi jusqu'à nous endormir. *Beatitudine.*

17

— Ne t'énerve pas, mais j'aimerais te faire goûter quelque chose.

Lorsque Sophia arrive le lendemain matin, nous sommes en bas depuis environ une heure, occupés en cuisine comme d'habitude pour ne pas trahir le fait que j'ai passé la nuit ici. Mais Sophia est si obnubilée par le Thermos argenté dans ses mains, de ceux conçus pour la soupe, qu'elle n'aurait probablement même pas tiqué si elle nous avait surpris en train de nous embrasser.

Elle s'assied au comptoir et ouvre le récipient puis le pousse vers nous en me lançant un regard d'appel à l'aide. Ma curiosité de cheffe prend le dessus et je me penche pour jeter un œil à l'intérieur.

— Superbe couleur, je commente. De la mûre ?

— Mûre et orange sanguine, annonce-t-elle, incapable de contenir l'enthousiasme de ses yeux ni de sa voix.

Elle attrape deux cuillères en plastique qu'elle nous passe.

Comme Gio ne réagit pas, j'ouvre le bal et aussitôt mes papilles gustatives explosent sous les baies noires et l'agrume.

— Wow, c'est puissant ! je m'exclame avant d'y retourner.

Comme je sais que mon avis compte pour elle, je ne prends pas ça à la légère ; j'avale une troisième cuillerée et analyse mentalement le goût.

— C'est déjà délicieux tel quel, mais je me demande si une touche plus sucrée en arrière-plan, comme du miel, ou alors une pointe d'amande, ne rehausserait pas le tout.

Elle prend une cuillerée à son tour, les yeux plissés alors qu'elle réfléchit à ma suggestion.

— Oh mon Dieu, oui, tu as raison, approuve-t-elle, une lueur d'excitation dans les yeux que je ne connais que trop bien, cette envie de trouver le petit plus qui parachèvera un plat. De l'amande, ce serait intéressant. Je vais faire un autre essai.

Puisque Gio n'a toujours pas prononcé un mot, nous nous tournons toutes les deux vers lui. Pendant un instant, je crains qu'il refuse le simple fait de goûter et je lis dans son regard qu'il l'envisage sérieusement. Puis il relâche les épaules et attrape la cuillère. Sophia écarquille les yeux une fraction de seconde et elle se mord la lèvre, nerveuse, elle qui est d'ordinaire si enjouée. Je stresse pour elle tandis que Gio étudie la glace mauve foncé sur la cuillère. Le silence tendu se prolonge lorsqu'il la met dans sa bouche et soudain je dois me détourner parce que je ne peux m'empêcher de repenser aux endroits de mon corps où s'est aventurée cette même bouche la nuit dernière. Il repose délicatement la cuillère et baisse le regard, la courbe de ses cils sombres dissimulant ses yeux pendant qu'il réfléchit à son verdict. Sophia me lance un coup d'œil anxieux auquel je réponds par un petit haussement d'épaules.

— Très bien, dit Gio.

Sophia se penche un peu.

— Très bien, tu aimes bien, très bien, tu détestes, ou… ?

— Très bien, on va essayer. Tu peux proposer tes parfums éphémères, étant entendu que nous nous concentrerons à nouveau sur la vanille une fois que nous aurons retrouvé la recette.

C'est presque drôle de voir Sophia passer par tout un éventail d'émotions, la bravade qui vire à l'incrédulité pour finalement aboutir à une euphorie sans bornes.

— Oh mon Dieu, Gio ! Je te promets que tu ne vas pas le regretter, j'ai tellement d'idées de parfums, s'exclame-t-elle en parlant à toute vitesse alors qu'elle ouvre son sac pour en sortir un carnet.

— Mais Sophia, en aucun cas on n'admet publiquement qu'on a perdu la recette, déclare-t-il, la mine grave. Pour le bien de Papa.

— *Sì, sì*, confirme-t-elle en faisant mine de se sceller les lèvres. Motus et bouche cousue.

Il hoche la tête puis tourne les talons et disparaît dans la cuisine. Sophia s'assure que la porte est bien fermée puis elle s'y adosse en éclatant de rire, au comble du bonheur.

— Je n'arrive pas à croire qu'il ait accepté, murmure-t-elle. Tu l'as aussi entendu, hein ? Je n'ai pas rêvé ?

— C'est vraiment de l'excellente glace.

Elle sourit en levant les épaules.

— Tu trouves ?

Elle ouvre son carnet et me fait part d'autres saveurs auxquelles elle a pensé tout en notant mes commentaires pendant que nous discutons entre deux clients.

Ça fait longtemps que je n'ai pas passé une demi-heure si agréable, à échanger des idées, en déterrant mes connaissances culinaires. Il fut un temps où élaborer des menus constituait l'un de mes plus grands plaisirs : sélectionner les meilleurs ingrédients de saison pour créer de nouvelles combinaisons, expérimenter, ajuster, perfectionner les plats en me fiant à l'instinct jusqu'à ce qu'ils soient dignes de figurer sur la carte.

— Ça te manque de préparer de bons petits plats ? demande-t-elle.

Je ris.

— Crois-moi, je cuisine de très bons bols de nouilles.

— Oh, je n'en doute pas. Mais à te voir en ce moment, il paraît assez évident que tu adores donner libre cours à ta créativité. Et que tu ne manques pas de ressources.

Pendant quelques secondes, je me souviens de la femme ambitieuse que j'étais avant Adam, avant la maladie de ma mère, celle qui se taillait sa place dans des cuisines d'hôtel bruyantes et bourrées d'énergie, qui carburait à la pression, qui vivait pour la satisfaction de préparer des plats susceptibles d'en mettre plein la vue aux clients. Aujourd'hui je suis aux antipodes de cette femme, mais je me plais à penser qu'elle sommeille toujours en moi.

— Ça me manque parfois, en effet, j'admets, moi-même surprise. J'ai dû prendre un peu de recul quand ma mère est tombée malade et puis, après son décès..., j'hésite en haussant les épaules. Je ne sais pas, c'est un milieu difficile.

Je ne mentionne pas Adam et je suis contente que Sophia n'insiste pas.

— New York est la ville idéale pour se remettre en selle. Si tu en as envie, bien sûr.

— Peut-être un jour. Pour l'instant, je suis heureuse là où je suis.

Sophia referme son carnet.

— Mais tu vas m'aider à peaufiner mes parfums ?

J'acquiesce. Ça, je peux le faire.

— Je ferais mieux d'y aller, dis-je avec un coup d'œil vers la porte de la cuisine.

— Ne retrouve pas trop vite cette recette à la vanille, déclare-t-elle avant de plisser le nez. Je plaisante, bien entendu. C'est juste que… tu sais. C'est excitant.

— Je comprends, je confirme avant de rejoindre Gio en cuisine.

— Sophia aimerait savoir si des extraterrestres ont pris possession de ton corps, dis-je en me plantant à côté de Gio qui se tient devant le plan de travail.

— Tu lui as dit que oui ?

Ses yeux s'attardent sur moi et il me frôle la main du dos de la sienne.

— C'est la bonne décision, j'affirme. Ça va créer du buzz.

— J'espère. Sophia travaille dur, elle mérite de la reconnaissance pour son rôle ici.

— Et tes autres sœurs, elles viennent parfois travailler ici ?

— On a tous bossé ici les étés quand on était gosses et pour gagner de l'argent de poche une fois ados. Mais depuis qu'elles sont adultes, non.

Il hausse les épaules.

— Ce n'est pas pour tout le monde. Fran et Pascal tiennent une épicerie à Brooklyn et Elena enseigne les maths dans le lycée de Bella. Viola vient de passer associée dans un cabinet vétérinaire du Queens – elle a disséqué à peu près tous les ours en peluche qu'elle a reçus. En revanche, Sophia et moi… notre place a toujours été ici.

— Vous formez une chouette équipe, quand vous ne vous étripez pas.

— Nous sommes italiens, c'est comme ça que nous aimons.

Il brandit les mains en l'air et se met à rire.

Sans vouloir me jeter des fleurs, j'ai l'impression que Gio rit davantage qu'au début de notre rencontre. Ou alors il garde sa bonne humeur pour les gens qu'il connaît bien et ça a pris du temps pour faire partie de son cercle de proches.

— Plus je passe de temps ici et plus je m'y sens bien, dis-je.

Avant la nuit dernière, jamais je n'aurais osé avouer une chose pareille, mais les barrières entre nous sont tombées.

— Tu parles de moi ou de ma famille ?

Il passe le bras autour de mes épaules et pose la main sur mon omoplate.

— Oh, j'apprécie beaucoup ta famille, je réponds, savourant son massage sur mes muscles courbaturés. Mais toi en particulier.

— Moi aussi je t'apprécie, toi en particulier. J'ai envie de t'embrasser.

— Pas ici, j'objecte, soudain émoustillée par ses paroles et par le contact de sa main. On s'est mis d'accord, tu te souviens ?

— Oh je m'en souviens. Mais ça ne change rien au fait que j'ai envie de le faire. Ou de te le dire.

— Je ne suis pas sûre d'avoir les idées claires, ce matin. Il va peut-être falloir remettre cette glace à plus tard.

— Ne pars pas, *cucchiaino*, murmure-t-il.

— Comment arrives-tu à rendre une petite cuillère si sexy ?

Il rit contre mes cheveux.

— Rentre chez toi avant que je fasse quelque chose que je risque de regretter.

Au moment où je m'apprête à sortir, prétextant une migraine à Sophia, Bella entre chez *Belotti.*

— Iris, j'espérais te trouver ici.

— J'allais partir, dis-je même si c'est évident, à voir mon manteau et mon écharpe.

— J'ai quelque chose à te demander, annonce-t-elle en posant son sac à dos.

Elle a les joues roses à cause du froid et avec ses deux tresses elle a un air plus studieux que la dernière fois que je l'ai vue chez Maria.

— Est-ce que tu accepterais de m'accompagner au chant au concert de Thanksgiving de l'école ? S'il te plaît ? Nous devons tous participer, et je déteste avoir tous les yeux braqués sur moi. Mais si je joue au piano pendant que toi tu chantes, tout le monde sera tellement subjugué par ta voix qu'on ne me regardera même pas.

Ma première réaction est la peur et je consulte Gio du regard.

— Bells, Iris est très occupée, intervient-il. Je ne sais pas si elle a le temps de…

— S'il te plaît ?

Bella joint les mains en signe de prière, et me lance un regard suppliant.

— S'il te plaît, dis oui, Iris, s'il te plaît ? Je promets que ça ne t'accaparera pas. On pourra choisir une chanson que tu connais déjà pour que tu n'aies pas besoin de trop répéter et mon école n'est pas loin. Ellen Connelly n'arrête pas de se vanter d'être la grande star du concert et elle aura trop les boules si je te ramène comme invitée surprise après ta vidéo virale dans le parc.

— Surveille ton langage, Bella, marmonne Gio.

— C'est vrai qu'Ellen Connelly est super chiante, renchérit Sophia. Je connais sa grande sœur, elle était pareille, à se la raconter pour que tout le monde la regarde.

Je réfléchis. Ce n'est qu'une chanson à un spectacle d'école, après tout. Au fond de moi, j'ai un mauvais pressentiment, mais devant le visage implorant de Bella je ne vois pas comment refuser sans passer pour une vache – ni sans me sentir vache, d'ailleurs –, et donc je craque et j'accepte. Bella se jette dans mes bras et par-dessus son épaule je rencontre le regard de Gio et hausse les épaules. Ça ne peut pas faire de mal, si ?

Sur le trajet de retour vers Chrystie Street, je ne croise que des gens en bottes fourrées et un bonnet enfoncé sur la tête, mais je me sens immunisée contre le froid en repensant à la nuit dernière. Mes émotions ressemblent à une pelote de laine emberlificotée. Ma mission initiale était pourtant simple. Linéaire, même. Aider les Belotti au nom de ma mère et par reconnaissance personnelle pour tout ce que leur glace m'a apporté. Mais en cours de route cette ligne claire s'est subdivisée en plusieurs embranchements, qui se chevauchent tous dans une belle pagaille. La famille Belotti est un sacré phénomène, et la simple perspective de graviter autour d'elle est séduisante. Sophia est mon âme sœur culinaire. Bella veut que je chante avec elle à son concert. Et Gio. Gio est mon amant. Des flashs de la nuit dernière surgissent dans mon esprit et je suis ravie que le vent me rafraîchisse le visage. C'est presque un soulagement de ne plus être avec eux pendant quelques heures ; je suis du genre à avoir besoin d'éteindre parfois les lumières pour rester simplement assise dans le noir. Je vais rentrer chez moi et me faire couler un bon bain, avant de retourner aux fourneaux de nouilles et d'essayer de recalibrer mon cerveau.

18

J'ai l'impression que la stabilité par défaut de ma vie a été reconfigurée sur de nouveaux paramètres vertigineux, à la vitesse de montagnes russes. Ces dernières semaines ont été aussi jubilatoires physiquement qu'épuisantes mentalement, car taire ce qu'il se passe entre Gio et moi n'est pas aussi simple que prévu. La dernière chose dont j'avais besoin dans ma vie, c'était d'une couche supplémentaire de cachotteries, j'en ai déjà assez dans ma relation avec les Belotti. J'ai l'impression d'incarner deux personnes en même temps et, pour être honnête, je n'ai pas les épaules pour ce genre de double jeu. Je consacre mes matinées à faire des tests de glace, au cours desquels je vole des moments privilégiés avec Gio et j'aide Sophia avec ses parfums expérimentaux, puis je reviens chez moi pour redevenir la fille qui fait sauter des nouilles, savourant cette monotonie digne d'*Un jour sans fin* qui me procure une certaine constance.

Puisque Bella était à la maison, Gio est venu chez moi lundi dernier et Bobby a sauté sur l'occasion pour venir récupérer quelque chose qu'il avait prétendument oublié. Il a passé cinq minutes à jouer les grands frères protecteurs puis une demi-heure à papoter avant que je finisse par le congédier sans autre forme de procès. Voir Gio dans mon appartement m'a fait un drôle d'effet – mon intérieur m'a paru trop exigu et banal pour accueillir un si beau spécimen. Mais lorsqu'il m'a embrassée, ça n'a plus eu d'importance, nous aurions tout aussi bien pu nous trouver dans un placard à balais que dans une suite d'hôtel cinq étoiles. La tension de la semaine a explosé et nous a emportés pendant plusieurs heures hallucinantes. Quand nous sommes seuls, il se passe un truc incroyable : c'est comme si Gio laissait libre cours à son cœur. Il sourit beaucoup, il est capable de me terrasser sous l'émotion d'un baiser. Il a enfoui si profondément cette part de lui-même que personne ne la perçoit et je trouve ça terriblement sexy qu'il m'y donne accès. Il y a de la force dans sa vulnérabilité.

Mardi, j'ai l'impression d'être passée sous un rouleau compresseur et je dors jusque bien après 10 heures, sans aucune envie de me lever, même si Gio est parti peu après 1 heure du matin parce qu'il ne voulait pas laisser Bella seule toute la nuit. Ça a fait beaucoup d'un coup – sa tête sur mon oreiller, son corps dans mes draps –, mais j'ai dû finalement m'extirper de ma vie de rêve pour revenir à la réalité.

— Cette après-midi, je vais annuler les commandes pour les fêtes, annonce Gio en nous servant du café, à Sophia et à moi. Ça risque d'être mal vu si nous communiquons là-dessus trop tard.

J'avais peur que ça arrive ; je sais que les commandes de fin d'année lui trottent dans la tête depuis un moment. Il craint d'entacher la réputation de *Belotti* auprès des clients commerciaux en annulant, c'est pourquoi il remettait la décision à plus tard dans l'espoir que nous retrouvions la recette entre-temps.

— Le test d'hier était concluant, souligne Sophia.

— Mais pas parfait, rétorque-t-il.

— Pas moins délicieux, dis-je.

Je le mène de plus en plus près de la recette exacte et Sophia et Gio ont dû goûter notre échantillon d'hier deux fois pour être sûrs que ce n'était pas tout à fait ça.

— Nous pourrions proposer notre nouveauté des parfums éphémères ? suggère Sophia.

Depuis que Gio a donné son accord pour son expérience, elle n'a pas perdu de temps et il faut reconnaître que c'est un vrai succès. Malgré le fait que la météo ne se prête guère à déguster de la glace, elle a vendu les siennes jusqu'à épuisement des stocks tous les jours et le buzz attire des clients curieux de voir quel est le parfum du jour.

Gio soupire.

— C'est la vanille qu'on nous commande, rétorque-t-il.

— Ce serait si grave que ça d'utiliser la recette d'hier ? je propose. Elle était vraiment excellente.

Je vois à son expression que la réponse est non.

— Les gens vont noter la différence.

— Oh allez, Gio, intervient Sophia, sur un ton exaspéré. On parle de fêtes d'entreprise et de mariages, où tout le monde aura déjà largement profité du bar gratuit au moment du dessert. Personne ne remarquera rien.

L'ambiance de la pièce se refroidit, bien en dessous de la température de la glace.

— Personne ne le remarquera ? Mais moi, je le saurai. Tout comme toi. Et Papa aussi. Il a peut-être oublié la recette, mais pas le goût.

— Mais Gio, Papa n'en saura rien ! s'exclame-t-elle en abattant la main sur le comptoir en verre. Nous honorons nos commandes, les clients sont contents et Papa revient travailler ici une fois remis.

— Après plus d'un siècle de négoce dans cette ville, tu ne crois pas que notre recette se démarque suffisamment pour que nos clients se rendent compte si elle change ? Tu connais beaucoup d'autres commerces qui ont prospéré avec un produit unique ?

Gio lève les bras au ciel et ses aïeux derrière lui sur le mur semblent en faire de même.

Je sirote mon café en restant hors de tout ça. C'est entre eux. Ça concerne la recette, bien sûr, mais c'est aussi lié à leur attachement profond à l'entreprise familiale et à leur peur oppressante pour la santé de Santo. Ils sont tous très inquiets pour lui en ce moment, ce qui se traduit par des querelles endiablées. Heureusement, je sais qu'ils peuvent reconstruire les ponts qu'ils font sauter, présenter des excuses et se rabibocher. C'est la première fois que j'assiste à une telle dynamique au sein d'une famille, ils me font penser à une boîte de feux d'artifice, aussi dangereux que merveilleux.

— Ce n'est pas ce que j'ai dit et tu le sais pertinemment, riposte-t-elle.

Il croise les bras sur sa poitrine et elle lève le menton avant de l'imiter.

Gio me regarde.

— Qu'est-ce que tu ferais, Iris ?

Je pousse un profond soupir intérieur. Et moi qui ne voulais pas m'en mêler !

— Eh bien…, je commence, en essayant de gagner du temps alors qu'ils me fixent tous les deux, dans l'expectative. De toute évidence, l'idéal serait d'avoir la bonne recette.

Je m'efforce de balayer de mon esprit l'image de la serviette recouverte de l'écriture de Santo.

Ils hochent tous les deux la tête.

— Et protéger l'image de marque de *Belotti* est primordial.

Ils attendent, tandis que je les regarde tour à tour en cherchant une réponse diplomatique. Bon Dieu, jamais je ne percerai en politique. Mes yeux se posent sur l'avis de fermeture pour Thanksgiving.

— Étant donné que tout ferme pour Thanksgiving dans moins d'une semaine, il est peut-être inutile de prendre une décision tout de suite. C'est vrai, qui a envie de se retrouver avec un pépin sur les bras juste avant quelques jours de congé ? Vous rendrez service à tout le monde en attendant, sans compter qu'il y a toujours une chance pour que les choses changent d'ici là.

Je leur jette un coup d'œil à tous les deux en essayant de les encourager à déposer les armes sur le terrain d'entente que je viens de proposer.

Sophia lance un regard de biais à Gio qui plisse les paupières, en pleine réflexion. Ils sont certes tous les deux très attachés à l'entreprise, mais Gio reste le bras droit de Santo.

Il hausse les épaules et elle baisse les bras en marmonnant quelque chose en italien.

— Très bien, cède-t-il. Mais à la minute où on rouvre la semaine prochaine, je passe ces coups de fil.

J'ai l'impression d'avoir ajourné l'inéluctable. La seule à pouvoir résoudre ce problème, c'est moi. Mes yeux s'attardent sur l'avis de fermeture, consciente que le temps m'est compté. J'ignore ce que je vais faire sans mes matinées d'expériences de glace, mais ça a assez duré.

19

— TU AS ASSURÉ ! je m'exclame avec un geste de victoire devant l'écran de mon téléphone. Tu as joué avec tes tripes, cette fois.

Avec un sourire, Bella plie les doigts. C'est sa pause déjeuner, son téléphone est posé sur le piano de la salle de musique de l'école et nous répétons à distance pour son spectacle.

— Je me suis exercée.

— Ça se voit. C'est exactement comme ça que tu devras jouer mercredi. Tu le maîtrises à la perfection.

— J'ai hâte de voir la tête d'Ellen Connelly, répond-elle avant d'ajouter quelques secondes plus tard : Et celle de mon père.

Une cloche retentit et Bella range ses livres dans son sac à dos.

— À mercredi, murmure-t-elle. Tu ne seras pas en retard, hein ?

— Je te promets que non, je lui assure, car je perçois sa nervosité.

Mon sourire s'évanouit quand elle met fin à l'appel et je m'affale sur mon canapé, un bras sur les yeux. Quand j'ai accepté de chanter, je ne m'étais pas rendu compte que toute la famille assisterait au concert. Je m'étais imaginé un petit public de lycéens, mais ça a l'air plus étendu que ça. Gio compte venir avec Maria et Sophia, peut-être même avec ses autres sœurs. En général, j'admire le front uni de la famille Belotti, mais dans ce cas précis je ressens une grande pression et j'aimerais déjà être jeudi matin.

— Bon sang, Bella, c'est immense. Même Elton John ne chante pas devant autant de gens, je marmonne en cherchant des yeux l'issue de secours, au cas où tout déraille et que je doive m'enfuir. L'auditorium de ton école est plus grand que certains théâtres en Angleterre.

Mon cœur joue au ping-pong contre ma poitrine, ricochant entre mes côtes, rebondissant sur mes poumons, me bloquant la respiration.

— Je n'y ai jamais vu autant de monde, chuchote Bella, ce qui ne m'aide pas du tout.

Nous sommes dans les coulisses, dix minutes avant le début du spectacle prévu à 19 heures et j'ai très peur de bientôt rendre mon déjeuner. Qu'est-ce qui m'a pris d'accepter ? Ça grouille de gens dans tous les coins, pour l'essentiel des ados surexcités et des profs nerveux qui essaient de les canaliser. Pour couronner le tout, nous passerons en dernier, ce qui me donnera largement le temps de stresser.

— Ils n'auraient pas pu suivre l'ordre alphabétique ? je lance à Bella.

— Tu aurais préféré être en premier ? réplique-t-elle en posant ses yeux inquiets sur moi.

Le bourdonnement du public nous parvient, ainsi que le raclement des chaises et les éclats de voix de centaines de conversations par-dessus les notes de l'orchestre de l'école en train de s'accorder dans la fosse. Une fosse d'orchestre dans une salle de spectacle de lycée ? Et un balcon ? Ma mère aurait adoré, mais je ne suis pas ma mère. Elle n'aurait sans doute pas non plus choisi ce titre d'Elton John, mais *Your Song* est parfait pour nous. L'accompagnement au piano mettra en lumière les talents de Bella et la chanson est connue par toutes les générations réunies ce soir. J'espère que sa popularité jouera en notre faveur.

— Décris-moi ce que tu as ressenti quand tu as chanté dans le parc, me demande Bella en tirant sur les manches de son pull.

Nous sommes assises sur une table à l'arrière de la scène et je pousse un long soupir.

— Je n'étais pas aussi stressée que maintenant. Mais bon, je n'avais pas eu le temps de réfléchir ni même de répéter car c'est arrivé comme ça, spontanément.

— C'est Ellen Connelly, là-bas, m'indique-t-elle avec un geste de la tête vers une fille de grande taille au centre de l'attention. Elle passe en premier, bien sûr.

— Bien sûr, je répète en faisant tourner la bague à mon doigt. Tout va bien se dérouler, tu connais parfaitement le morceau, je la rassure, car je dois me comporter en adulte sur laquelle elle peut se reposer. Quand on passe en dernier, le public est déjà chaud, et tout le monde va t'adorer.

— Nous, rectifia Bella, ils vont *nous* adorer.

Je hoche la tête et lui presse l'épaule.

— Oui, nous. Tu ne seras pas toute seule.

Bella s'assied sur ses mains et me jette un regard.

— Une fois que vous aurez trouvé la recette, tu arrêteras de venir ?

Bon sang. J'aurais préféré qu'elle pose cette question à Gio.

— Hum, je n'y ai pas vraiment réfléchi, Bells. Mais j'en doute, je ne suis qu'à quelques blocs et je vous apprécie beaucoup, vous tous. En plus, vous me devrez de la glace à vie si jamais je trouve la recette, donc il faudra que je vienne la réclamer.

Je sens son corps se détendre à côté de moi.

— Papa t'aime beaucoup.

— Et moi aussi, je renchéris avant de tempérer. Je vous aime tous beaucoup.

J'ai l'impression que nous parlons dans un langage codé. Je ne sais pas si elle essaie de me dire qu'elle est au courant pour Gio et moi, ou si elle va à la pêche aux informations parce qu'elle suspecte quelque chose mais qu'elle n'a pas envie de demander directement à son père. Ou alors elle espère qu'il n'y a rien entre nous et elle cherche à obtenir confirmation que je vais disparaître dans un nuage de fumée une fois ma mission accomplie.

Le silence est réclamé dans la salle, puis la principale du lycée adresse son discours de bienvenue au public. Ellen Connelly se tient dans l'aile latérale, en train de lisser son tutu de ballet bleu pâle, les cheveux remontés sur la tête en un chignon serré.

— Elle a sans doute autant le trac que toi, je commente alors que nous la regardons faire des exercices d'échauffement en attendant son tour.

— Tu crois ?

— Le trac a parfois du bon, dis-je, en reprenant les mots de ma mère le matin de mon examen du permis de conduire.

C'était elle qui m'avait appris à conduire, faisant une fois de plus les choses à sa façon. J'ai passé le test dans sa Vauxhall cabossée et dès mon permis en poche je me suis autodésignée conductrice de la famille. Elle était très douée dans beaucoup de domaines, mais son style au volant m'a toujours fait m'agripper à mon siège, les mains moites. Elle conduisait comme elle chantait : à pleine puissance.

— Le secret, c'est de canaliser le trac dans ta prestation. Tu verras. Une fois sur scène, tu te sentiras pousser des ailes.

Il faut reconnaître que le lycée de Bella ne fait pas les choses à moitié. Si j'étais dans le public, j'adorerais, mais plus notre tour approche, plus j'ai de mal à apprécier les performances.

— Ça n'en finit pas, marmonne Bella en tapotant ses doigts les uns contre les autres. D'ici à ce que ce soit à nous, tout le monde sera parti.

— J'en doute, ta famille a réservé presque toute une rangée. Ils resteront jusqu'à minuit s'il le faut.

Elle secoue la tête.

— Trop la honte.

Je lui lance un clin d'œil en désignant la sortie d'un geste de la tête.

— On laisse tomber ? On fiche le camp par l'issue de secours ?

Une professeure épuisée apparaît, une oriellette avec micro sur la tête et un stylo rouge à la main. On dirait qu'elle est prête à tout pour troquer son porte-documents contre un verre.

— Bella, tu es la suivante. Prépare-toi sur le côté, s'il te plaît, et pas un bruit.

Elle pose le doigt sur ses lèvres pour appuyer son propos.

En voyant la panique figer les traits de Bella, je me redresse et lui prends la main.

— Allez viens, montrons à ces gens de quoi nous sommes capables.

Je la serre contre moi tandis que la principale annonce son nom et que les spectateurs se mettent à applaudir.

— Un jeu d'enfants, je murmure.

— Un jeu d'enfants, répète-t-elle avant de s'avancer devant moi lorsque je lui fais signe d'ouvrir la marche.

Les applaudissements sont encore plus forts depuis la scène et je n'ose pas regarder les visages des premiers rangs au cas où je verrais Gio. Je garde les yeux rivés sur Bella qui s'assied au piano et pose sa partition, avant de relever la tête et de m'adresser un rapide signe du menton pour me confirmer qu'elle est prête. Je me tourne vers le public et souris, frottant discrètement mes paumes moites sur mon jean. C'est à Bella de commencer mais après quelques secondes de silence j'ai peur qu'elle soit en train de perdre ses moyens et je lui adresse un sourire encourageant. Il n'y a pas un bruit dans la salle. Je sais qu'elle va y arriver, il faut juste qu'elle se lance. J'envisage brièvement d'aller m'asseoir à côté d'elle et de jouer les premières mesures avec elle, mais c'est alors qu'elle pose les doigts sur les touches, prend une inspiration tremblante et entame le morceau. Les yeux fermés de soulagement, je lève les mains vers le micro, ignorant le diablotin sur mon épaule qui me souffle que j'ai oublié toutes les paroles. *Je n'aurai pas de trou de mémoire, Bella, je te le promets.* Je cligne les paupières, éblouie par les projecteurs, puis mon regard trouve dans le public Sophia qui me brandit ses deux pouces et ça suffit. Je connais cette chanson, Bella aussi.

Je sens l'hésitation poindre dans mes premiers mots et je m'efforce de maîtriser ma respiration tout en relâchant les épaules alors que je laisse les paroles flotter puis s'élever. Ma mère m'a dit un jour qu'elle imaginait des notes de musique dorées s'envoler de sa bouche au-dessus de la tête des spectateurs et je les vois désormais scintiller partout dans l'auditorium alors que je prends ma respiration pour entonner le refrain. Ce n'est peut-être pas le genre de chanson que ma mère aurait chanté en public, mais le timbre de voix qu'elle m'a transmis colle bien. Je regarde Bella et elle sourit, elle rit presque de joie tout en faisant courir ses doigts sur le clavier, en calant son jeu sur mon chant. Elle donne le meilleur d'elle-même, le bonheur se lit sur son visage et nous nous stimulons mutuellement car nous savons que nous sommes en train de casser la baraque. Cette chanson est une pure merveille, le public entier l'apprécie et la vit avec nous. Je ressens la musique, je suis la musique. Bella et moi naviguons dans notre océan de notes et je n'ai pas envie que la chanson se termine tant la sensation est grisante. Lorsque nous arrivons à la dernière mesure, je sais que je ne vais pas rater la note finale et j'écarte les bras pour créer assez d'espace dans mes poumons.

Et puis c'est fini. Bella vient se jeter à mon cou. L'espace d'un moment, je suis désorientée, et puis je réémerge et je prends conscience des applaudissements à tout rompre. Bells et moi nous tenons la main et nous inclinons en avant en riant, puis une deuxième fois car les acclamations se poursuivent encore et encore. Les Belotti sont debout, Maria s'essuie les yeux avec un mouchoir, Sophia crie comme si son équipe préférée venait de marquer, toutes les sœurs de Gio battent des mains. Et puis il y a Gio, figé à côté de Maria, les mains plaquées sur le cœur, rayonnant d'une fierté plus aveuglante que les projecteurs au-dessus de la scène. De la fierté pour Bella, bien sûr, mais je m'en abreuve également pour le rôle que j'ai joué afin de l'aider à monter ici.

— On a réussi, dis-je et elle me regarde puis hausse les épaules, incrédule, sans cesser de rire.

Les quelques minutes suivantes sont un tourbillon de félicitations et Bella est bientôt assaillie dans les coulisses par ses camarades, tandis que je m'installe à l'écart pour observer toute cette ébullition. Je n'ai jamais connu ça. J'ai toujours regardé avec envie les séries télé qui avaient pour cadre le lycée, même si la plupart des ados auraient tout donné pour être à ma place. Pendant un temps, du moins. Ils auraient adoré la liberté et l'imprévisibilité de ma vie, mais je souffrais du manque d'entourage et d'amis.

— Iris ! m'apostrophe Bella. Viens ici !

Ses amis se retournent à leur tour et je vais les rejoindre. Du haut de mes trente-quatre ans, je me retrouve intimidée par cette bande de jeunes. Je suis soulagée d'entendre quelqu'un d'autre m'appeler et je vois Sophia se diriger vers nous, devançant de quelques pas le reste du clan Belotti.

— Lady Gaga peut aller se rhabiller ! s'écrie-t-elle en attirant Bella contre elle et en me prenant la main. Putain ce que vous avez déchiré !

Un prof lui lance un froncement de sourcils et les amies de Bella éclatent de rire. Je croise le regard de Gio et comme je ne parviens pas à déchiffrer son expression, je préfère détourner les yeux.

— Papa, est-ce que je peux aller chez Ruby ? Sa mère a dit qu'elle me ramènerait plus tard à la maison.

Gio n'est pas le genre de père à refuser ça à sa fille.

— Fais-toi une raison, lui glisse Maria en remarquant sa mine déconfite tandis que Bella s'éloigne avec ses amies sans un regard en arrière. J'ai eu cinq enfants, et pourtant ça a été dur à chaque fois.

Les issues de secours ont finalement été ouvertes et nous sortons, frappés par l'air froid tandis que nous passons de l'auditorium bondé à l'air mordant du parking.

— Je te raccompagne chez toi ? me propose Gio, le sac à dos de Bella passé sur l'épaule.

— Volontiers, j'accepte tandis que les Belotti se disent au revoir et se dispatchent dans plusieurs véhicules en direction de Brooklyn.

— As-tu besoin que je te dise à quel point tu as été géniale ce soir ?

Je réfléchis à la question alors que nous remontons la rue. En toute objectivité, je sais que nous nous en sommes très bien sorties. Je l'ai ressentie à nouveau, cette même liberté qui avait brûlé en moi lorsque j'ai chanté au parc.

— Je préférerais quand même savoir ce que tu as pensé de notre performance.

Comme nous sommes assez loin de l'école pour échapper aux regards indiscrets, il passe son bras autour de mes épaules.

— J'ai pensé un tas de trucs. Voir Bells sur scène, ça m'a frappé en plein cœur, dit-il en se touchant la poitrine. Pen aurait été si fière.

Depuis le décès de ma mère, j'ai appris que lors de toute festivité ou célébration il y a toujours une pièce manquante. Rien d'autre ni personne ne peut combler ce vide, on le contourne simplement.

— Et puis j'ai observé les visages de ma famille, nous étions tous si absorbés, sans nous soucier de Papa ni de tout le reste, que c'était un véritable cadeau pour eux autant que pour moi.

Gio m'a raconté ce matin que les démarches étaient en cours afin que Santo revienne à la maison à temps pour les fêtes et qu'ils étaient tous exaltés par cette nouvelle. Maria se démène pour faire des ajustements chez eux ; comme Santo n'est pas encore tout à fait remis, ça va être un défi physique autant que mental. Il n'a toujours pas non plus recouvré la mémoire mais ça va signifier énormément pour toute la famille qu'il soit à sa place au bout de la table à Noël.

— Et enfin il y avait toi, sur la scène, poursuit-il. J'ai vu la façon dont tu as cédé la place à Bella. Ta voix... tu aurais facilement pu lui voler la vedette, mais tu ne l'as pas fait. J'ai remarqué toutes les fois où tu t'es mise en retrait pour la laisser briller. Je suis venu voir ma fille, mais je n'arrivais pas à détourner mes yeux de toi.

Je ne pense pas avoir jamais été regardée de cette façon et j'en suis bouleversée, à en perdre la parole, tandis que nous remontons les rues calmes de Little Italy. L'auvent rayé de *Belotti* apparaît et quand nous atteignons le seuil de la porte, il me presse contre le mur de tout son corps.

Son baiser veut d'abord dire merci pour ce soir puis, quand les inévitables étincelles entre nous s'embrasent, il montre que Gio ne sait pas comment gérer cette ardeur. Moi non plus. Mes lèvres lui signifient que je n'arrive pas à contrôler ma soif de lui dès qu'il me touche. Il lâche le sac d'école de Bella et plonge ses mains dans mes cheveux, inclinant ma tête pour glisser sa langue plus profondément. Je ne me sens pas piégée. Je me sens désirée et excitée comme jamais.

— Si j'avais vingt ans de moins je t'arracherais ton jean sur place, murmure-t-il, son souffle chaud contre mon oreille.

— Que diraient les voisins, je réplique en riant et en haletant à la fois quand il glisse sa main froide sous mon pull.

Il s'interrompt pour ouvrir la porte à la hâte et me pousse à l'intérieur, à l'abri des regards, et une fois que nous nous sommes débarrassés de nos manteaux, il me guide vers la table la plus proche et, comme promis, il me retire mon pantalon.

Ensuite, nous restons agrippés l'un à l'autre, à bout de souffle, et je sais que je ne regarderai plus jamais cette table sans penser à ce soir.

— Bella m'a demandé si j'allais arrêter de venir une fois que nous aurons retrouvé la recette.

Il me caresse les cheveux et soupire.

— Est-ce que je suis égoïste, *amore* ? Je l'ai laissée s'attacher à toi, comme moi, et maintenant je risque d'abîmer son cœur de guimauve.

Il y a tellement à décortiquer dans cette phrase que j'ai besoin d'une pause. Il m'a appelée *amore*, ce qui sonne si naturel dans sa bouche que ça en passe presque inaperçu. Il a dit que sa fille s'était attachée à moi, et que lui aussi. Ce sujet-là attendra un autre jour, car pour l'instant il s'agit de Bella.

— Son cœur de guimauve ?

Il me serre dans le creux de son bras, sa paume sur mes cheveux.

— Tu sais comment c'est, à cet âge. On a le cœur si tendre. Le mien a presque quarante ans et ce n'est pas joli joli. Il a connu le désastre et la magie, j'en ai perdu des morceaux, ce n'est plus qu'un truc cabossé qui résiste grâce à la glace, la tradition et la *famiglia*. Mais Bella... son cœur est encore doux, vulnérable, sans carapace. Je sais qu'il ne va pas rester ainsi pour toujours, qu'il y aura..., hésite-t-il en grimaçant, comme s'il venait de boire de l'acide. Des garçons, complète-t-il avec un air si sombre que j'ai peur pour ces garçons à venir. Mais je ne veux pas être à l'origine de sa première fêlure et je crains que plus elle devient proche de toi, plus *moi*, je deviens proche de toi, plus les risques qu'elle finisse blessée sont grands.

J'apprécie sa franchise. Je crois que c'est sa façon de m'interroger sur ce que nous réserve l'avenir et de me faire comprendre qu'il veille au grain pour Bella et pour lui-même car ils ont déjà connu le pire. Il a raison d'être prudent. Je n'ai pas de boule de cristal, mais si j'en avais une, je crois que je nous verrais en train de rouler les yeux fermés à contresens, ignorant les panneaux qui clignotent devant nous pour nous faire dévier avant que ce ne soit trop tard. Il vient de me demander s'il était égoïste. Il ne l'est pas. C'est moi, l'égoïste. J'ai franchi cette porte vitrée et j'ai débarqué dans l'univers Belotti, un endroit si séduisant et enchanteur que je n'arrive pas à faire demi-tour.

Nous marchons main dans la main vers le restaurant de nouilles, en silence, perdus dans nos pensées. Il s'attarde devant ma porte en m'attirant dans ses bras.

— Merci pour ce soir, *cucchiaino*, dit-il d'une voix rauque. Tu chantes comme un putain d'ange.

— Arrête tout de suite avec les jurons, tu sais l'effet que ça me fait, je murmure et il rit avant de m'embrasser, un baiser lent et passionné.

Lorsqu'il s'éloigne, je presse mes doigts sur l'empreinte de ses lèvres contre les miennes et je le regarde jusqu'à ce qu'il soit englouti par l'obscurité.

En me préparant à aller au lit, je repense à l'analogie de la guimauve, du cœur de Gio qui résiste grâce à la famille et à la glace. Dans sa vie, il a eu à la fois beaucoup de malchance et une chance immense, car le filet de secours des Belotti est toujours là pour lui éviter de se blesser de façon irrémédiable. Ma vie a été plus précaire. Ma mère était mon filet et sans elle je suis tombée de si haut et de manière si abrupte que je ne m'en suis presque pas relevée. Si j'y suis parvenue, c'est grâce à moi-même. Je me suis souvenue juste à temps de qui j'étais la fille et j'ai trouvé la force en moi de m'extirper des bas-fonds et de m'enfuir. Le vrai miracle, c'est que j'ai atterri à Chrystie Street et que j'ai trouvé Bobby, qui a ramassé l'épave que j'étais sur ce trottoir mouillé et m'a soutenue. Alors oui. Mon cœur n'est pas non plus en guimauve. Nous avons ça en commun.

20

Maria m'a invitée à passer Thanksgiving avec eux, mais je suis soulagée d'avoir poliment décliné. Il est prévu de longue date que je dîne avec Bobby et Robin qui sont très excités à l'idée d'organiser un repas avec la famille de Robin. Quand j'ai proposé de cuisiner, celui-ci a eu du mal à cacher l'affront que je lui faisais en m'assurant qu'il avait fait appel à un traiteur.

— Tu es tous les jours derrière les fourneaux, a-t-il souligné. Profite d'une soirée où ce n'est pas à toi de nourrir les gens.

J'ai gracieusement accepté son offre, mais en vérité j'aurais adoré m'en charger. J'ai peu d'occasions d'utiliser mes talents culinaires et le plaisir de concocter des menus pour régaler les autres me manque. Ce sera mon premier Thanksgiving. Le poids des secrets que je cache aux Belotti m'accable, tel un rappel constant que je suis une intruse parmi eux. C'est déprimant. C'est ce que j'ai ressenti toute ma vie, car je ne suis jamais restée nulle part assez longtemps pour me forger une place. Enfin ça, c'était avant d'avoir Bobby, c'est pourquoi tout à l'heure je vais enfiler mes plus beaux habits et monter manger de la dinde que je n'aurai pas cuisinée en remerciant ma bonne étoile de m'avoir menée au restaurant de nouilles sur Chrystie Street.

J'ai entendu il y a quelques minutes la famille de Robin passer devant ma porte ; je leur laisse un peu de temps pour se saluer et s'installer avant de pointer le bout de mon nez. J'ai acheté une bonne bouteille de rouge que Robin va certainement cacher au fond du placard et j'ai préparé des roulés à la cannelle – si je ne m'occupe pas du dîner, ils auront au moins quelque chose à se mettre sous la dent demain matin. Je suis assise sur le canapé en train de passer en revue des recettes sur mon téléphone quand une notification apparaît en haut de mon écran. J'y jette un coup d'œil avant de me figer ; je cafouille pour l'ouvrir, espérant avoir mal lu le nom de l'expéditeur. Hélas non.

Adam Bronson.

Rien que son nom suffit à me donner la nausée. Que veut-il ? Comment a-t-il eu ce numéro ? Je ferme les yeux et essaie de calmer mon souffle erratique. Je pourrais simplement supprimer le message. Mais si je ne le lis pas, je me poserai mille questions et je stresserai, imaginant des scénarios bien pires que la vérité. Je ne veux pas de lui dans cette nouvelle vie que je me suis forgée. Je ne veux pas voir son nom sur mon écran ni lui accorder aucune place dans mon esprit, mais je dois lire ce message sur-le-champ.

New York, New York, qui l'eût cru ! Et tu sais chanter, petite souris ? Your Song, ma chanson. @BellsyB16 a volontiers envoyé tes coordonnées à un vieil ami qui pourrait bien te rendre une petite visite bientôt.

Je jette le téléphone sur le canapé, aveuglée par les mots qui me brûlent les yeux. Merde. *Merde.* Je me penche en avant pour récupérer l'appareil, dont je tapote violemment l'écran. Bella m'a envoyé le lien tout à l'heure d'une vidéo de notre représentation de la semaine dernière, publiée sur la chaîne YouTube de son école, et, bien sûr, elle a cité mon nom dans la description. Oh Bella. Pourquoi ? Je sais pourquoi, bien sûr. Parce qu'elle a quinze ans et qu'elle est naïve, parce qu'elle est fière de nous et ne voit pas le danger, parce que je leur ai menti et qu'elle ne sait rien. Et maintenant Adam est au courant que je suis à New York et il peut facilement me localiser. Et il a contacté Bella, pour l'amour du ciel. Ma peau est parcourue de picotements de honte d'avoir exposé la fille de Gio au cauchemar qu'est Adam, un homme qui n'hésitera pas à exploiter la gentillesse d'un cœur en guimauve. Je ne peux plus respirer. Je m'assieds, la tête entre les mains, et je tente d'évacuer la fureur qui bout en moi à travers mes chaudes larmes de colère et mes coups de poing sur le canapé.

Lorsque Bobby me demande par texto de venir le sauver de la mère de Robin, j'enfouis le visage dans un coussin et je crie. Je ne peux pas monter. Je ne peux pas faire comme si de rien n'était. *Petite souris.* Cette journée est censée célébrer la gratitude et la reconnaissance, mais en ce moment je ne ressens que de la haine et de l'humiliation.

Je prétexte des crampes menstruelles et un coup d'œil à travers la porte entrouverte suffit à convaincre Bobby que je suis vraiment mal. Une demi-heure plus tard, quand mon formidable ami frappe doucement à ma porte et me dépose une assiette pleine à ras bord ainsi qu'une bouillotte, je l'ajoute à la liste des gens à qui je mens.

Je ne sais pas quoi faire. J'ai travaillé dur ces derniers mois pour me bâtir cette vie et en quelques minutes à peine Adam y a glissé une bombe à retardement. Pourquoi ai-je donné mon vrai nom de famille pour la liste des interprètes du spectacle ? N'ai-je vraiment rien appris ? Ça ne m'a simplement pas traversé l'esprit qu'il puisse fuiter sur Internet, à la portée de quiconque taperait mon nom dans un moteur de recherche. Dois-je répondre ? Lui demander ce qu'il veut ? Ou vaut-il mieux l'ignorer et prétendre n'avoir jamais reçu ce message ? Les deux options me semblent comporter le même degré de risque.

Je tire ma couette sur le canapé et me blottis en dessous, tremblant de tous mes membres, à nouveau la femme brisée que j'étais à mon arrivée ici. *Petite souris.* J'aimerais tant avoir ma machine à glace. Pouvoir la remplir des ingrédients de la fameuse recette, m'en servir dans un bol en mélamine rose de ma mère, savourer le goût familier dans ma bouche. Je pleure de tout mon soûl, des sanglots douloureux me secouent le corps. Si seulement ma mère était là.

— Iris ?

Bobby frappe à la porte et m'appelle d'une voix basse et réconfortante. J'ai entendu la famille de Robin partir il y a environ une heure, il est tard et j'étais sur le point d'aller me coucher. J'envisage de l'ignorer, avant de décider qu'il mérite mieux que ça et d'ouvrir la porte en essayant de sourire. Mais je n'y arrive pas, je sens ma bouche trembler et Bobby écarte instinctivement les bras pour que je m'y réfugie.

— Qu'est-ce qu'il se passe ? dit-il en me guidant vers le canapé.

Je sais que j'ai l'air pathétique. Je me sens pathétique, comme si je m'étais ratatinée sur moi-même au cours des heures qui se sont écoulées depuis que j'ai reçu le message d'Adam. Je montre mon téléphone à Bobby. Après avoir parcouru le texto, il éteint le portable et le pose par terre, écran tourné vers le bas.

— S'il se pointe ici, je le tue, et Robin se débarrassera du corps. Il le fourrera dans une valise qu'il balancera dans l'Hudson.

Je ne peux m'empêcher de sourire à travers mes larmes, car Bobby aime tant flamber avec leur collection de bagages scandaleusement chers.

— Pas la Vuitton, il n'en vaut pas la peine.

— Mais toi si, rétorque-t-il, dévoué, et je sais qu'il n'y a pas de preuve d'amour plus sincère que celle d'un homme prêt à sacrifier sa valise monogrammée pour moi.

Ça me calme les nerfs.

— Qu'est-ce que je dois faire ?

Il se tourne vers moi.

— Absolument rien. NPR. Ne pas répondre.

— Je continue comme si de rien n'était ? Je ne suis pas sûre d'en être capable, Bobby. Et si ça le met en colère et qu'il vient ici ou qu'il recontacte Bella ? Je ne peux pas courir ce risque.

J'essaie d'endiguer la peur grandissante qui monte à nouveau en moi.

— Bon Dieu, Gio va vraiment me détester, hein ? Non seulement mon ex n'est pas mort et n'a jamais été mon mari, mais en plus c'est une dangereuse vermine qui rôde autour de sa fille.

— Iris, arrête, m'interrompt Bobby avant de me prendre les mains, ses yeux rivés aux miens. Rien de tout ça n'est ta faute. Tu n'as rien provoqué, tu m'entends ?

Je lui serre les doigts, pas vraiment convaincue.

— Adam ne viendra pas à New York, ce sont des paroles en l'air. Nous allons nous asseoir calmement et trouver une excuse que tu pourras donner à Bella pour qu'elle ne lui réponde plus si jamais il lui réécrit, ce qu'il ne va pas faire. Ça va aller, je te le promets, affirme-t-il en penchant le visage pour soutenir mon regard alors que je baisse les yeux. D'accord ?

Je hoche la tête, à bout.

— Ou je pourrais simplement dire la vérité à Gio.

— En effet. Mais ça, tu devrais le faire quand tu te sens prête, et pas sous la pression de ce salopard.

Je me blottis contre lui et ferme les yeux.

— Comment s'est passé le dîner ?

— Oh, tel qu'on pouvait s'y attendre. La mère de Robin a ramené sa propre dinde, par peur que nous servions autre chose. Son père m'a offert du whisky japonais, convaincu que c'était un geste culturel approprié.

— Et pourtant tout à fait à côté de la plaque.

Bobby soupire.

— Ça démontre un effort de sa part, je suppose. Et en toute honnêteté, le simple fait qu'ils ne se soient pas défilés relève du miracle. Sa grand-mère a rapporté son propre coussin sur lequel s'asseoir. Va comprendre.

La riche famille de Robin se montre assez mitigée envers Bobby. Un appartement au-dessus d'un restaurant de nouilles, aussi raffiné soit-il, leur paraît complètement insensé pour leur fils.

— Elle a peut-être des problèmes d'incontinence, je suggère, pour le faire rire.

Sa grimace est une gratification suffisante. Il a du mal avec les fluides corporels.

— Tu crois vraiment que l'ignorer est la chose à faire ?

Il me prend la main.

— Ce n'est pas pour rien que tu as dit à Gio que ce connard était mort. C'était de l'instinct de préservation. Alors tu maintiens le cap. Il n'existe plus.

Je sais qu'il a raison, mais l'idée qu'Adam recontacte Bella m'est insupportable. Même s'il n'y a rien qu'un pour cent de chances qu'il le fasse, je ne serai pas sereine tant je ne l'aurai pas protégée de lui.

J'ignore juste encore comment y parvenir.

Salut cucchiaino, c'était comment, ton dîner de Thanksgiving ? Tu as manqué à tout le monde ici, surtout à moi. Appelle-moi si tu es encore réveillée. Bisous, G

Ce message illumine ma chambre à coucher sombre juste avant minuit et je presse l'écran contre moi puis je me mets en boule. Lui aussi m'a manqué. Ils m'ont tous manqué, mais lundi matin, je vais leur donner leur recette et sortir de leur vie une bonne fois pour toutes. C'est la meilleure chose à faire.

21

RÈGLE NUMÉRO UN : éviter d'envoyer des messages quand on a bu, au risque de soit se ridiculiser, soit dire quelque chose qu'on regrette par la suite. Je connais parfaitement cette règle, et pourtant me voilà, le sang dilué par une bouteille de rouge et le doigt en suspens au-dessus du bouton d'envoi. Au cours des quarante-huit heures après le message d'Adam, je n'ai pensé à rien d'autre. Ça me dévore. De quel droit menace-t-il de faire voler ma vie en éclats ? Quant au fait d'avoir contacté Bella… Il a dépassé les bornes, impossible de rester les bras croisés sans rien faire. Impossible. J'ai essayé et même si je sais que Bobby a raison, la peur que je ne fasse rien et qu'il se produise quelque chose surpasse celle que je fasse quelque chose et qu'il se produise quelque chose. Me voici donc à 1 heure du matin, en train de relire la réponse à Adam que je viens de rédiger.

Ne t'avise pas d'entrer à nouveau en contact avec moi, ni avec quiconque d'autre pour obtenir des informations sur moi. Je ne veux plus avoir affaire à toi et je suis passée à autre chose. Je te suggère d'en faire de même.

Je crois que ça suffit. C'est simple, direct, et de cette façon je n'ai pas l'impression que c'est lui qui reste aux commandes. Je relis les quelques lignes une dernière fois avant d'appuyer sur « Envoyer », puis je mets de côté mon téléphone et attrape mon verre de vin. Voilà. C'est fait. Nous sommes dimanche matin, le dernier jour du week-end prolongé, que j'ai l'intention de consacrer à un grand ménage avant de me prélasser dans mon bain. Je veux à tout prix laver cette couche grasse de dégoût qui me couvre le corps, d'essuyer toute trace de mon ex vicieux. Qu'il ait introduit ses mots chez moi s'apparente à une effraction. Et puis, lundi matin, j'irai chez *Belotti* pour la dernière fois et j'ajusterai la recette. Ce sera un jour de fête pour eux, et un adieu pour moi.

Je marche à grands pas vers le glacier, tapant si fort des pieds que ça me fait mal à la plante. Le froid est mordant ; ce matin, le bulletin météo à la radio a gaiement annoncé de possibles chutes de neige. Je n'ai pas encore expérimenté New York sous un manteau blanc. L'hiver dernier, il a fait anormalement doux et je n'ai vu que quelques flocons ici et là qui disparaissaient sitôt qu'ils touchaient le trottoir. J'ai peur d'arriver chez le glacier italien. Ces derniers jours, j'ai prétexté à Gio ne pas me sentir très bien et il n'est certainement pas dupe. J'ignore si je suis plus en colère contre Adam ou contre moi-même : contre lui pour réapparaître juste au moment où je commence à me reprendre en main, ou contre moi pour le laisser continuer à tirer les ficelles de l'autre côté de l'Atlantique. Bobby n'approuve pas ma décision, pour la première fois nous nous sommes presque disputés ce matin quand je lui ai confié ce que je comptais faire. Je ne lui ai pas dit que j'avais répondu à Adam. Je ne sais toujours pas si j'ai eu raison, mais ce qui est fait est fait.

Je m'arrête à quelques pas de la porte vitrée de *Belotti* pour calmer ma respiration. Je vois Sophia à l'intérieur, de dos, aux prises avec la machine à café, et on dirait que quelques clients l'observent aussi. Peu importe. C'est avec Gio que j'ai à faire. Je vais allumer ma vieille machine à glace, y verser les ingrédients de leur recette secrète et prier pour qu'il me croie quand je ferai passer ça pour un pur coup de chance. Nous nous en sommes déjà pas mal approchés, ce ne serait pas totalement impossible.

— Iris.

J'entends mon prénom lorsque j'entre dans la chaleur de la boutique, qui embaume le café frais et les gâteaux. On ferait difficilement plus cosy, à moins peut-être d'ajouter des fauteuils et des vieux livres.

Je me tourne vers l'origine de la voix et je repère Maria qui se lève d'une table pour venir me saluer. Elle me prend par surprise, me serrant dans ses bras avant de me faire la bise.

— *Bambina,* tu te sens mieux ?

Je me mords la lèvre pour en cesser les tremblements tout en m'efforçant de sourire.

— Beaucoup mieux, merci. Je suis ravie de vous voir.

Je lève les yeux tandis que Gio apparaît des cuisines. S'il a des doutes concernant ma prétendue maladie, il n'en laisse rien paraître. Son sourire est sincère et le soulagement se lit dans ses yeux. Il a un bol de glace entre les mains.

— Mamma, dit-il en le posant sur le comptoir.

Maria s'assied sur l'un des tabourets et attrape une cuillère.

Sophia me regarde en sourcillant, puis elle hausse les épaules, l'air de dire qu'elle n'en sait pas plus que moi sur ce qui se passe.

Maria prend son temps pour goûter l'échantillon, en plusieurs cuillerées, les yeux fermés. Gio est-il tombé sur la bonne recette ? Ou Santo s'en est-il souvenu ?

Elle pose délicatement la cuillère puis hoche la tête vers Gio avant d'aller le rejoindre. Lorsque le dernier client s'en va, Sophia lui tient la porte, puis elle la referme et s'y adosse.

— Qu'est-ce qu'il y a ? demande-t-elle en regardant tour à tour sa mère et son frère. On a enfin la recette ?

Maria se tourne vers Gio pour lui laisser la parole.

— Mamma et moi avons décidé d'utiliser le dernier test pour les commandes de fin d'année, annonce-t-il. Ce n'est pas parfait, mais comme Papa rentre bientôt, on a bon espoir qu'il retrouve la mémoire une fois de retour dans son environnement. En tout cas, il a hâte d'essayer.

Sophia prend la cuillère et goûte la glace.

— Nous sommes tombés d'accord que le mieux pour la santé de Papa, c'est de continuer à faire tourner le commerce, donc voilà, explique Gio en désignant la glace, c'est la recette que nous allons mettre en production à compter d'aujourd'hui.

Gio et Maria présentent un front uni. C'est une décision qu'ils ont prise ensemble, un marché conclu pour protéger l'entreprise familiale et donner toutes les chances à Santo de retrouver tous ses souvenirs dès qu'il pourra retourner en cuisine.

Maria me contemple avec gratitude.

— Tu as déployé tant d'efforts, Iris, plus que personne n'aurait pu s'y attendre. Nous n'en serions pas là sans toi.

Sophia a mangé la moitié du bol.

— Je trouve que c'est carrément la bonne décision, déclare-t-elle.

Le fait qu'elle s'abstienne d'ajouter « Je te l'avais bien dit » est une preuve de son respect pour Gio.

Je perds pied. Je ne peux plus leur donner leur recette maintenant que Santo mise tout sur l'espoir que son retour en cuisine lui rafraîchisse la mémoire. Pour leur propre bien, j'espère qu'ils ont raison, vraiment, mais qu'est-ce que je fais, moi, maintenant ? Je me sens inutile, désorientée.

Maria reboutonne son manteau beige.

— Je dois aller au marché, dit-elle en levant un sourcil vers Gio. Un petit oiseau vient dormir chez moi ce soir, si je ne me trompe pas ?

Gio fait mine d'être blessé.

— Tu la nourris trop bien, Mamma, elle en profite.

— Sans Santo, la maison est trop calme, répond-elle en se dirigeant vers la porte dans un nuage de parfum haut de gamme et le tintement de ses bracelets. Je suis contente d'avoir de la compagnie.

— Mamma, attends-moi. Je vais t'accompagner, j'ai besoin d'ingrédients, dit Sophia avant de jeter un coup d'œil à Gio. Si mes goûts éphémères sont toujours à l'ordre du jour ? Parce qu'ils se vendent bien et j'aimerais encore…

Il lève la main pour l'interrompre.

— Oui.

— Cool.

Elle sourit puis se précipite derrière Maria en enfilant son manteau.

Une fois qu'elles sont parties, le silence retombe. En temps normal, ce serait le moment où Gio et moi irions en cuisine, mais aujourd'hui il n'y a pas de glace à préparer. Enfin si, mais ce seront les grosses machines industrielles qui vont se mettre en action, pas ma petite.

— Un café ?

Je hoche la tête, sans savoir quoi faire de moi-même, m'asseoir ou rester debout, ni quoi dire.

— Asseyons-nous, propose-t-il en déposant nos deux tasses sur la table près de la fenêtre.

J'ajoute du lait et du sucre dans la mienne, songeuse. D'une certaine façon, ils me facilitent la tâche. En toute logique, on n'a plus besoin de moi ici. Ils ont pris une décision pour sauver le commerce, au moins sur le court terme. Il leur faudra leur recette au printemps, mais c'est dans plusieurs mois – avec un peu de chance, d'ici là, Santo aura retrouvé la mémoire et le problème sera réglé. Sinon, je pourrai dire que j'ai continué de faire des tests chez moi et que je suis tombée dessus. Je ne sais pas. Tout ceci semble hors de propos, à côté de la plaque, puisque ce que je dois vraiment faire, ce matin, ce sont mes adieux.

— Tu m'as évité, ces derniers jours, dit-il d'un ton posé.

Bon sang, il n'y va pas par quatre chemins.

— Je n'étais pas dans mon assiette, je réponds, sachant pertinemment que ça sonne comme un mensonge.

— Quelque chose ne va pas ?

Je ne peux pas boire mon café, la gorge trop serrée par les efforts pour ne pas pleurer. Je suis si affligée par le tour qu'ont pris les choses. Dans d'autres circonstances, Gio et moi aurions pu nous rendre heureux. Le fait que je ne parvienne pas à lui dire la vérité au sujet d'Adam fait certainement de moi une lâche. Je suis la première avec qui il s'investit émotionnellement depuis la mort de sa femme il y a sept ans. Quelles seront les répercussions sur lui de savoir que je n'ai pas arrêté de lui mentir ? Va-t-il perdre foi en son propre jugement, se retrancher derrière le comptoir pour toujours ? Il mérite mieux que ça. Il mérite mieux qu'une relation fondée sur les secrets et les mensonges. Je dois juste trouver les mots pour partir, des mots qui ne semblent pas exister, parce que comment s'en aller quand toutes les fibres de son corps veulent rester ? Mais... Bella. Adam. La recette. J'ai joué à l'autruche car être avec Gio est si spécial, si réconfortant, comme se retrouver seul au monde sur une île déserte, où tout tourne autour de soi-même, mais ce n'est pas la vraie vie, si ? L'île est entourée d'eaux infestées de requins et si je continue comme ça, nous allons tous les deux sombrer. Je peux encore faire en sorte que ça n'arrive pas. Je peux me jeter à l'eau et me battre contre les requins – j'ignore si je survivrai, mais au moins Gio s'en sortira indemne. Bella a besoin de son père, et les Belotti aussi ont besoin de lui, de ce roc qu'il a toujours été. Alors je le regarde droit dans les yeux et je prends une profonde inspiration, les mains passées autour du mug à mon nom.

— J'ai menti sur le fait de ne pas me sentir bien, dis-je tristement.

Il ne pipe mot, dans l'attente.

— Et maintenant il n'est plus nécessaire que je vienne. Pour la recette, je veux dire.

Il ne me quitte pas du regard.

— C'est la seule raison qui t'amenait ici ?

— Au début, oui, je réponds, avant de déglutir. Et puis les choses ont dérapé entre nous...

Il hoche lentement la tête. Je vois son expression se figer comme du plâtre frais.

— Dérapé ?

Je me perds dans la contemplation de Mulberry Street, ornée des illuminations de Noël qui pendent entre les lampadaires, une jolie vue en ce matin givré.

— Tout s'est passé si vite, je continue. Je ne peux pas te dissocier de ta famille, ni de Bella. La dernière chose que je veux, c'est la blesser.

— Bella, c'est mon souci, rétorque-t-il sur un ton glacial qui me frappe en plein cœur.

— Je crois qu'il est temps que je cesse de venir ici, poursuis-je, une façon détournée de dire qu'il est temps que nous ne voyions plus.

— Je ne comprends pas. Je pensais que tu ressentais la même chose que moi.

Je n'arrive pas à le regarder.

— Quand nous sommes tous les deux… c'est génial, Gio. Nous oublions le reste du monde pendant un instant, mais la vérité, c'est que nous avons chacun notre propre vie et que tout ça risque de déborder, ce qu'aucun de nous souhaite.

Il se penche en avant et pose les mains sur les miennes.

— Et si je le souhaitais, moi ? Et si je te disais que je suis prêt à ce que tout le monde soit au courant, que Bella serait ravie, que ma famille a probablement déjà deviné et qu'elle attend simplement que nous l'admettions ?

Oh, comme j'aimerais que les choses soient si simples. Je ferme les yeux et m'autorise à imaginer la scène, une vision vivace et âprement douce, comme dans un spot publicitaire. Il y a un sapin, des pulls de Noël et une chanson de Michael Bublé en fond sonore. Je sens presque l'odeur de chocolat chaud et de pin, le feu qui crépite dans l'âtre. Ces tableaux idylliques s'accompagnent en général d'une bonne dose de sucre et tout tracas y est réglé grâce à une discussion rationnelle et à la conviction que l'amour surpasse tout. Ça ne va pas marcher comme ça. Je ne conçois pas un monde où Gio et moi parlons posément du fait que mon ex n'est pas mort et que je ne suis là que parce que ma mère et son père d'adoption ont eu une amourette à la suite de laquelle il lui a confié un secret de famille jalousement gardé. Ce n'est pas une discussion rationnelle, c'est une avalanche de problèmes pour une famille qui ne le mérite pas.

— Je ne suis pas prête, Gio, dis-je dans un murmure. Je ne crois pas que nous deux, ce soit une bonne idée, tout compte fait.

— Oh.

Il charge ce minuscule mot d'un million d'autres et je vois son visage se fermer lentement, ses épaules se tendre, son corps reculer de la table. De moi.

Nous nous contemplons dans un silence douloureux. Comme il n'y a rien que je puisse dire pour faciliter les choses, je me lève et je sors sans me retourner, la porte vitrée cliquetant derrière moi pour la dernière fois.

Vivien

Lower East Side, New York, été 1985

La poignée était déjà réchauffée par le soleil quand elle poussa la porte à la vitre peinte le lendemain matin. Santo était assis à la même table que la veille, un sourire songeur sur les lèvres, ses yeux disant *Je suis content que tu sois venue,* tandis qu'elle s'installait en face de lui et lui prenait les mains sur la table.

— Je ne peux pas rester, annonça-t-elle. Une grande part de moi le voudrait, mais je ne peux pas.

Le regard de Santo se baissa sur leurs mains jointes.

— Je ne te laisserai pas tomber, Viv.

Des pleurs comprimaient la gorge de Vivien – personne ne lui avait jamais fait une telle promesse.

— Je le sais, répondit-elle. Mais je me demanderai toujours ce qui aurait pu advenir et imaginer le groupe partir sans moi me met en panique. Je dois être dans le bus à midi.

Le voir les yeux remplis de larmes, le visage tourné vers la rue, la combla de chagrin.

Il renifla doucement en secouant la tête.

— Je savais que c'était de la folie de te le demander. Je me voilais la face en croyant qu'une fille comme toi pourrait rester pour un type comme moi.

— Santo, non ! Ce n'est pas du tout ça, protesta-t-elle en lui serrant les mains, en ayant encore plus mal pour lui que pour elle. J'ai juste besoin de voir où ce groupe me mène, tu comprends ? C'est ma chance de faire quelque chose de ma vie, de devenir quelqu'un que les gens n'oublieront pas ; une telle opportunité ne s'est jamais présentée à moi et je suis terrifiée à l'idée de ne pas en avoir d'autre. Et si je restais et que tu ne m'aimais pas une fois que tu auras appris à me connaître ? J'ai toujours été un peu trop pour les gens – trop compétitive, trop opiniâtre, trop difficile.

Elle avait entendu ça si souvent au fil des années, pendant son enfance puis son adolescence, les conseils pour arrondir les angles si elle voulait qu'on l'apprécie. Elle avait appris à ne pas trop attendre des gens, et la plupart du temps elle avait eu raison. Jusqu'à maintenant. Jusqu'à Santo Belotti.

— Nous pouvons rester en contact, dit-elle, sincère. À distance, tu vois ? Je peux t'appeler, nous pouvons nous écrire…

Il la regarda, l'étudia intensément en lui tenant les mains, et elle vit tout un éventail d'émotions passer sur son visage.

— Ma vie est ici, Viv. Elle sera toujours ici, dans cette gelateria de Mulberry Street. C'est ce que je veux. Imaginons que le groupe fasse un carton : vas-tu vraiment tout lâcher pour revenir auprès de moi ? Allez, on connaît tous les deux la réponse. Et si c'est ton rêve, alors je te souhaite de réussir, même si, de manière égoïste, je préférerais que tu restes.

Elle baissa les yeux sur les mains de Santo autour des siennes, fortes et fiables, son pouce lui caressant le poignet. Il avait raison, bien sûr. Elle cherchait à avoir le beurre et l'argent du beurre…

— Écoute, reprit-il d'une voix douce. Tu as trop de talent pour rester ici. Même si tu avais dit oui, je ne t'aurais sans doute pas laissé faire. Mais sache que tu es la personne la plus électrique que j'aie jamais rencontrée et personne, absolument personne, ne pourra jamais t'oublier. Je sais que moi, je ne t'oublierai pas. Je ne te connais que depuis deux jours et je suis déjà amoureux de toi. Tout ce que tu m'as confié sur toi ? J'adore absolument tout et je suis certain que j'adorerais aussi le reste, tout ce que tu considères comme des imperfections.

De chaudes larmes dévalèrent les joues de Viv.

— Je vais rester, affirma-t-elle, soudain en panique à l'idée de le quitter. Je vais rester avec toi ici, Santo. Vraiment. Personne ne m'aimera plus jamais comme toi.

Il rit en secouant la tête.

— Tu dis n'importe quoi. Le monde entier va être à tes pieds.

Elle lui envia sa vision du monde teintée de rose.

— Ce n'est pas le cas pour l'instant.

— Fais-moi confiance, dit-il résolument.

Viv se sentait tiraillée, voulant à la fois rester et partir, deux options qui la terrifiaient chacune à leur façon.

— Si seulement, mais je ne fais confiance à personne. Et personne ne me fait confiance, marmonna-t-elle.

— Moi, je te fais confiance, affirma-t-il, sûr de lui.

— J'aimerais pouvoir te croire, murmura-t-elle en poussant sa chaise en arrière. Il faut que j'y aille.

Il capta son regard et le soutint, quand tout à coup il se leva et lui attrapa la main.

— Laisse-moi te le prouver, affirma-t-il en la tirant derrière le comptoir.

Il déchira une serviette vert menthe Belotti en deux et attrapa un stylo, avant de se mettre à écrire dessus à l'encre bleue épaisse.

— Voilà à quel point je te fais confiance, déclara-t-il en lui tendant la serviette.

Elle la parcourut du regard, le souffle coupé.

— Personne n'a jamais vu ça, en dehors de ma famille. Si elle savait que je te la donne, bon sang, je préfère ne pas imaginer ce qu'elle ferait. Ils me déshériteraient probablement. Mais je te fais confiance, Viv. Je te fais confiance pour la garder. Tu peux partir et accomplir de grandes choses car nous sommes liés pour toujours. Et chaque fois que tu regarderas cette serviette, je veux que tu te souviennes que je serai là, sur Mulberry Street, si tu as besoin de moi.

Il la prit dans ses bras et la serra très fort.

— Je te la rapporterai, murmura-t-elle, la serviette pressée contre son cœur qui battait la chamade. Je te la rapporterai un jour, je te le promets. Je te la rendrai parce que je n'en aurai plus besoin, parce qu'à partir de ce jour tu seras là pour me faire de la glace. Je n'aurai plus besoin de la recette pour penser à toi parce que tu seras à nouveau dans ma vie.

— J'ai hâte que ce jour arrive, dit-il en déposant un baiser sur ses cheveux.

Elle recula et se frotta les yeux, puis elle saisit une photo accrochée à la caisse.

— Je peux la garder ? demanda-t-elle en regardant le portrait de Santo appuyé contre la porte vitrée, la main levée pour se protéger les yeux du soleil d'été.

Il hocha la tête puis mima un cadre avec ses doigts et la regarda à travers.

— Qu'est-ce que tu fais ? s'enquit-elle.

— Je prends une photo mentale de toi. Ne bouge pas.

Elle ébaucha un sourire tremblant pour le cliché imaginaire de Santo, puis glissa la photo et la serviette dans sa chemise, bien à l'abri.

— À bientôt, dit-elle et il posa les doigts sur son front en un salut silencieux.

Ils ne prononcèrent pas un mot de plus. Il traversa la salle au sol noir et blanc jusqu'à la porte vitrée, et elle acquiesça avant de sortir dans la matinée de juillet, la tête haute.

En la regardant jusqu'à ce qu'elle disparaisse, Santo s'étira les doigts, conscient de la brûlure éternelle d'avoir côtoyé la foudre.

22

Je marche sans but, des bribes de chants de Noël me parviennent par les portes ouvertes des magasins. New York est passé sans transition de Thanksgiving aux fêtes de fin d'année, en remplaçant simplement le potiron par de la cannelle. J'ai l'impression d'avoir royalement merdé. Enfin, me voilà seule et débarrassée du problème de la recette, donc en un sens on pourrait appeler ça une réussite, mais ce n'est pas l'effet que ça me fait. J'ai le cœur brisé ; et pire encore, j'ai brisé celui de Gio.

Je ne veux pas rentrer chez moi, je ne sais pas ce que je vais faire de mon lundi. J'erre sans réfléchir jusqu'à ce que des éclats de voix dans une allée latérale attirent mon attention. J'aperçois une fille de dix-sept ou dix-huit ans tout au plus et un type, l'air un peu plus vieux qu'elle, qui lui arrache son téléphone des mains pour brandir l'écran sous ses yeux terrifiés, si près qu'elle doit reculer la tête contre le mur. Il est furieux à propos d'un message, exige des explications, la traite de tous les noms. Personne d'autre ne remarque la scène, du moins personne ne réagit. Je m'arrête, et soudain je me sens mal alors que je me revois dans mon ancienne vie avec Adam. J'aurais tant aimé que quelqu'un intervienne. Le gars s'approche très près d'elle et passe le bras en travers de sa poitrine pour la plaquer contre le mur.

— Lâche-la tout de suite.

Les mots ont instinctivement franchi mes lèvres et les deux jeunes se tournent vers moi alors que je m'engage dans l'allée, m'efforçant de ne pas laisser affleurer ma peur. Le type bombe le torse et lève les mains, comme pour demander pour qui je me prends, pendant que la fille secoue la tête, un minuscule mouvement qui me dit de partir, de ne pas me mêler de ça. Je connais trop bien ce regard, et une fureur animale enfle en moi, annihilant toute crainte.

— Mêle-toi de tes oignons, mémé, grogne-t-il, le menton en avant d'un air bravache, tout en ricanant. Y a rien à voir, pas vrai, Jade ?

Je m'approche encore et une larme roule sur la joue de la fille alors qu'elle secoue la tête.

— Rien du tout. Franchement, tout va bien, bredouille-t-elle. Vous pouvez partir.

— Rends-lui son téléphone et barre-toi, je tonne. Ou alors j'appelle la police. C'est toi qui vois.

Je sors mon portable de ma poche arrière.

— Tu as dix secondes.

Il me fixe, déterminé à ne pas se laisser impressionner par une femme du double de son âge et d'une bonne tête de moins, mais je ne cille pas. *J'ai connu pire que toi, enfoiré,* me dis-je en croisant les bras sur ma poitrine.

— Sept. Huit.

J'allume l'écran de mon téléphone sans quitter le gars des yeux.

Il pousse un grognement, les dents serrées, puis il finit par lâcher le téléphone de la fille par terre avant de passer en trombe à côté de moi en me bousculant.

— Connasse, m'insulte-t-il à l'oreille.

— Va te faire cuire un œuf, je réponds en le regardant s'éloigner.

Après avoir rangé mon portable dans ma poche, je me tourne vers la fille.

— Jade, c'est ça ?

Je ramasse son téléphone et l'essuie sur mon jean avant de le lui tendre.

— Merci. Tout allait bien, vous n'aviez pas besoin d'intervenir.

— Oh, je crois que si, je réponds, factuelle.

Elle se passe la main sur le visage et je vois qu'elle tremble. Ma colère redouble.

— Asseyons-nous une minute, le temps qu'il ait débarrassé le plancher.

Je désigne d'un signe de la tête une volée de marches devant un magasin.

— Je peux te donner un conseil ? dis-je en m'asseyant à côté d'elle.

Elle hausse les épaules, le dos voûté, agrippée à son téléphone.

— De le larguer ?

— Oh bon sang, oui. Largue-le sur-le-champ. Parce qu'il ne va pas changer. Il ne va qu'empirer et tu vas te retrouver de plus en plus isolée.

Elle prend une lente inspiration.

— Il ne me frappe pas, si c'est ce que vous pensez.

Je hoche la tête.

— Mon ex non plus ne me frappait pas. La violence physique n'est pas la seule forme d'abus. Vous êtes ensemble depuis combien de temps ?

Elle s'adosse et soupire, reposant la tête contre la porte.

— Sept ou huit mois, répond-elle avant de me jeter un coup d'œil. Il n'est pas comme ça avec les autres.

— Laisse-moi deviner : tout le monde le trouve super marrant.

Elle hoche la tête.

— Et comme il n'aime pas tes amis, c'est plus simple de ne plus les voir.

Ce n'est pas une question, ainsi elle n'a pas besoin d'essayer de justifier l'injustifiable.

— Mon ex m'a tout pris. La dernière année avec lui, je n'avais plus de téléphone portable, ni de carte bancaire, ni de clé de la maison. Il a démantelé toute ma vie, il m'a fait douter de moi et je me reprochais la façon dont il me traitait. Il m'appelait sa petite souris car je passais mon temps à détaler par peur de faire ou de dire quelque chose de travers, j'étais prête à tout pour ne pas l'énerver.

Jade me regarde enfin droit dans les yeux et je sens qu'elle écoute et qu'elle se retrouve en partie dans mon récit. Avec un peu de chance, à son âge, elle ne s'est pas encore trop enlisée dans ce trou noir. Elle est peut-être aussi un peu jeune pour entendre mes vérités sans fard, mais j'ai l'impression qu'elle est sur le point de s'empêtrer dans de graves problèmes et c'est mon devoir de la mettre en garde.

— Jade, les choses ne vont pas s'améliorer. Je suis restée avec mon ex pendant deux ans et encore aujourd'hui je m'attends à le voir surgir derrière moi. J'ai fini par le quitter le jour de Noël ; dès qu'il est tombé ivre mort à la vodka, j'ai fourré mes affaires les plus précieuses dans une valise et j'ai filé.

— Et maintenant, vous allez bien ?

Je hausse une épaule.

— J'y travaille. En pourchassant des connards dans des allées, ce genre de trucs.

Elle lève les yeux au ciel.

— Vous feriez une très bonne superhéroïne.

Peut-être bien, en y réfléchissant.

— La prochaine fois que tu le vois, regarde-le droit dans les yeux et dis-lui…

— D'aller se faire cuire un œuf ? me coupe-t-elle, les yeux écarquillés, à demi amusée.

— C'est tiré de *Bienvenue à Schitt's Creek*, j'explique.

J'ai découvert cette série peu de temps après mon arrivée à New York. J'ai aimé passer du temps avec l'attachante famille Rose jusqu'à ce que je me sente assez forte pour me confronter à nouveau au monde. Il m'arrivait de laisser tourner la série pendant la nuit, juste pour voir des visages familiers si jamais je me réveillais au milieu d'un cauchemar.

— Ma mère la regarde aussi, dit-elle.

Rien de tel pour se sentir vieille. Ça, plus le fait que son abruti de petit ami m'ait appelée mémé : il faudrait que je songe à investir dans une bonne crème anti-âge.

— Est-ce qu'elle est au courant de ce qu'il se passe ?

Elle fait non de la tête.

— Elle est infirmière. Elle n'a pas besoin que je l'embête avec ça en plus de tout ce qu'elle doit gérer.

Je lis entre les lignes que Jade adore sa mère et j'ai envie de lui dire de lui parler, de profiter de leurs moments ensemble tant qu'elle le peut, mais je crois que je lui ai assez prodigué de conseils non sollicités pour aujourd'hui.

— Tu veux que je marche un peu avec toi ? je demande, la sentant prête à partir.

Elle secoue la tête.

— Ça va aller, répond-elle, avant de s'attarder encore un peu sur le trottoir. Merci pour… vous savez. Pour vous être arrêtée.

— Aucun problème.

Elle hoche la tête avant de s'éloigner, bientôt engloutie dans le flux des passants, et je me réfugie dans un café tranquille. J'espère avoir eu un impact. J'espère que j'ai changé le cours des choses pour Jade et que plus tard elle rendra la pareille à quelqu'un d'autre, qui à son tour formera un nouveau maillon de la chaîne.

Je n'ai pas eu la chance de croiser un superhéros improvisé quand j'en avais besoin. J'ai tout affronté seule et je me rends compte désormais que les efforts que j'ai déployés jusqu'à aujourd'hui n'auront servi à rien si je ne suis pas capable d'appliquer mes propres conseils. Vais-je laisser Adam, à des kilomètres d'ici, tirer les ficelles pour satisfaire ses petits plaisirs pervers ? Je sais comment fonctionne son esprit retors. Il a cherché ma trace sur Internet, certain que je vivotais à Londres, désœuvrée. Quand il m'a vue chanter sur scène à New York, il a dû s'étouffer dans son propre venin. Bobby avait raison, je n'aurais pas dû répondre à son message, mais j'étais obligée de réagir puisqu'il avait impliqué Bella. Cependant, maintenant, c'est fini. Je sors mon téléphone et compose un message.

Salut Bells ! C'est génial que la vidéo ait tant de vues – dans les dents, Ellen Connelly ! Au fait, quelqu'un m'a contactée par ton intermédiaire, un type qui veut organiser une réunion d'anciens élèves, beurk ! Je vais dire non, en me servant de l'excuse d'être à l'étranger. Je suis désolée qu'il soit passé par toi, il a toujours été un peu bizarre. S'il t'envoie un autre message, est-ce que tu pourrais me rendre un grand service et juste l'ignorer ?

Il ne va sûrement pas le faire, mais au cas où, bloque-le et efface ! À bientôt, bisous

Et voilà. Un autre maillon de la chaîne en place. *Va te faire cuire un œuf, Adam Bronson.*

23

Robin a emmené Bobby en escapade surprise. Pour la première fois, je me retrouve totalement seule dans l'immeuble et c'est assez bizarre. Même le chat m'a abandonnée. Je me suis accordé un bon steak et une bouteille de rouge, un achat impulsif en revenant de ma prouesse de superhéroïne de tout à l'heure. Je suis sur le point de faire chauffer la poêle quand retentit la sonnette du bas de l'immeuble. Je me fige. Est-ce qu'il est là ? Est-ce qu'il a sauté dans le premier avion pour venir me retrouver ? Je marche sur la pointe des pieds jusqu'à la fenêtre parsemée de gouttes de pluie et jette un coup d'œil dans la rue, croisant les doigts pour que mon visiteur ne lève pas les yeux vers moi. Il le fait, et je m'effondre presque de soulagement contre la vitre. *Gio.* J'ouvre la fenêtre.

— Livraison spéciale, crie-t-il, le visage offert à la pluie, les bras chargés d'une boîte. Je peux monter ?

Je referme la fenêtre et lui ouvre la porte.

— Tu as de sacrés muscles pour avoir trimballé ce truc jusqu'à la boutique, s'exclame-t-il, trempé, une fois qu'il est monté au premier. Ça pèse une tonne.

Ma machine à glace est enfin de retour.

— Je suis plus forte que j'en ai l'air, je réponds, ragaillardie par mon verre de rouge.

— Est-ce que je peux entrer ?

— Oh. Oui, oui.

Je me décale pour le laisser poser le carton à la cuisine.

Il me contemple, les mains enfoncées dans les poches, les épaules crispées.

— Écoute, corrige-moi si je me trompe, Iris, mais je ne crois pas que tu pensais ce que tu as dit ce matin.

Je me mords la langue car je n'ai qu'une envie, c'est de lui confirmer qu'il a raison.

— Je ne veux pas passer mes lundis soir et toutes mes matinées sans toi, poursuit-il en plongeant la main dans la boîte pour en ressortir un sac en papier. Je t'ai apporté quelque chose.

Cet homme a vraiment le don pour me subjuguer. Je prends le sac et regarde à l'intérieur.

— Tu es retourné à la boutique de Noël, je souffle en contemplant le fouet pailleté entre mes doigts.

— Alors que tu sais à quel point je déteste cet endroit.

— Je m'en souviens.

— Ne pars pas, m'implore-t-il, ses yeux intenses plantés dans les miens. Si tu ne veux rien de plus, je comprends, mais je ne suis pas prêt à tirer un trait sur ce que nous avons.

Je fais un pas vers lui et tends la main pour l'attirer vers moi.

— Tu es trempé, dis-je, même si c'est le cadet de mes soucis.

— C'est à cause de la pluie. Il fait vraiment un temps dégueulasse.

— Tu ferais mieux de rester ici ce soir, je murmure contre sa bouche.

— Je devrais vraiment me débarrasser de ces vêtements, répond-il en me prenant le visage.

— Je vais te faire couler un bain, dis-je, et il pousse un soupir en m'embrassant.

— Ça fait longtemps que personne n'a fait ça pour moi.

Il me convainc de l'accompagner, ce qui risque de ne pas être une bonne idée car c'est une vieille baignoire toute petite, avec de volumineux robinets arrondis, absolument pas adaptée pour deux personnes.

— Ce n'est pas aussi romantique que ça l'était dans mon esprit, avoue-t-il.

Il tente de me faire de la place et me coince les genoux, ce qui m'arrache un petit cri.

— C'est exactement aussi romantique que ça l'était dans mon esprit, dis-je quand il me soulève et me porte vers ma chambre quelques minutes plus tard.

— Mon dos n'est pas d'accord, plaisante-t-il en riant lorsque nous nous effondrons tous les deux sur mon lit.

Un peu plus tard, nous partageons le steak, assis l'un contre l'autre à la minuscule table de la cuisine. Mon verre de vin de tout à l'heure devient notre verre à tous les deux, mais nous nous en fichons car c'est le meilleur steak du monde et le vin est du nectar dans notre bouche.

— Je nous imagine sur une île déserte, dis-je. Nous sommes arrivés dans le seul hôtel de l'île, qui ne dispose que d'une chambre.

— Avec vue sur l'océan ?

J'acquiesce et coupe un morceau de steak.

— Nous avons accès à un de ces porches à colonnes avec des transats, et du bleu turquoise s'étend à l'infini autour de nous.

— Il fait beau ?

— Lunettes de soleil requises absolument tous les jours.

— Et comment ça s'appelle, cet endroit ?

— *Le Motel du Lundi Soir.*

— Je voulais parler de l'île, mais le nom me plaît.

— Le service, en revanche, laisse à désirer, poursuis-je en tapotant notre verre de vin vide.

Il regarde par-dessus mon épaule.

— Je vais essayer d'appeler quelqu'un.

— T'inquiète, je m'en occupe, dis-je en soupirant avant de nous resservir.

— On va se plaindre auprès de la direction, répond-il en prenant une gorgée de vin.

— Vaut mieux pas, si on veut revenir lundi prochain.

— Allons finir notre verre au bar, propose-t-il quand nous avons fini de manger.

Je le suis vers le canapé puis pose ma tête sur ses genoux lorsqu'il s'installe dans le coin, les bras étalés sur les coussins.

— Finalement, on n'est pas mal, déclare-t-il en relâchant la tête en arrière, les yeux fermés.

— Au moins cinq étoiles sur Tripadvisor, je renchéris, les jambes étalées sur le dossier.

— Oh non, ne parlons à personne de cet endroit, rétorque-t-il en baissant les yeux vers moi.

— Tu as raison. On ne voudrait pas que ça s'ébruite.

Il passe l'index sur l'arête de mon nez.

— Tu as l'air sereine, note-t-il.

Je ne trouve pas de réponse à ça. La journée a été agitée et je ne m'attendais pas à ce qu'elle finisse avec Gio.

Je pose la tête sur sa poitrine, soulagée qu'il ne m'ait pas prise au mot ce matin. Il tire la couverture sur nous, puis referme les bras sur moi, et ainsi je me sens au chaud, tenue, à l'abri. J'écoute sa respiration pendant qu'il me caresse les cheveux et c'est la définition même du bonheur. Je ne me souviens pas de la dernière fois que j'ai ressenti une telle paix. Peut-être même jamais.

24

POUR MES SEIZE ANS, ma mère m'a emmenée voir *Love Actually*, en faisant passer en douce du pop-corn acheté au supermarché. À notre échelle, une sortie ciné était synonyme de jours de fête et de vacances. Chaque fois que je tombe sur le film à la télé, je me souviens de ma mère en train de rire devant la danse ridicule de Hugh Grant et du silence de plomb qui s'est abattu sur la salle lorsque Emma Thompson pleure dans sa chambre. Pendant longtemps après ça, ma mère a interprété des chansons de Joni Mitchell, parfaitement adaptées à son timbre charbonneux et mélancolique.

Bella a seize ans dans quelques jours. Une fête surprise va avoir lieu en son honneur à la boutique demain soir après la fermeture et je me suis proposée pour faire le gâteau. C'est un pur bonheur de pâtisser, surtout dans les cuisines rutilantes de chez *Belotti* – impossible de me fier à mon four capricieux pour un événement aussi spécial qu'un seizième anniversaire, le bouton de température fait sans cesse des siennes, un vieux grincheux qui s'emballe sur un coup de tête.

Lui acheter un cadeau n'a pas été une mince affaire. Comme je n'ai aucune idée des centres d'intérêt des filles de seize ans, j'ai choisi un bracelet argenté tout simple, orné d'une petite breloque en forme de piano. J'essaie de trouver le ton juste pour me ranger dans la catégorie « amie de la famille qui est aussi plus ou moins la petite amie de papa », si une nouvelle catégorie existe. Probablement pas, c'est un créneau assez spécifique.

Gio et moi avons passé une nuit de plus au *Motel du Lundi Soir*, en profitant le plus possible de la soirée afin de tenir jusqu'à la semaine suivante puisque nous ne nous voyons plus pour travailler sur la recette. C'est un peu comme une relation à distance, une longue semaine ponctuée par un interlude divinement bon. Il m'appelle parfois après minuit une fois que Bella est allée se coucher et nous discutons à voix basse dans le noir, mon téléphone sur l'oreiller, là où j'aimerais que sa tête repose. Et puis je ferme les yeux pour m'endormir seule, bien consciente de la tension permanente au fond de moi, du tic-tac sourd et insistant d'un compte à rebours que je préfère ignorer, à mon propre péril. Cette angoisse sous-jacente s'immisce dans mes rêves, des cauchemars dans lesquels Gio se tourne vers moi au café mais c'est Adam qui porte un tablier *Belotti*, ou alors la serviette déchirée avec leur recette tombe de ma poche sur le parquet lustré de chez Maria. Je me réveille en transe, hantée par l'effroi de les avoir tous déçus, d'être chassée par la porte vitrée, moi et mes mensonges mesquins.

Tu es sûr que Shen peut assurer à ma place demain ?

J'envoie le message à Bobby, espérant qu'il s'est souvenu d'avoir pris les arrangements nécessaires. Sa réponse arrive étonnamment vite ; cet homme vit avec son téléphone en permanence dans la main.

Feu vert, ma grande.

Soulagée, je souris. Je ne le vois pas souvent en ce moment car il est accaparé par l'ouverture d'un deuxième restaurant de nouilles et par le projet d'un troisième dans le Queens. Même dans ces circonstances, il ne me laisse jamais tomber.

— Est-ce qu'elle est trop grande pour une fête surprise ?

Gio nous scrute, Sophia et moi, le visage marqué par le doute.

— Pas du tout, je réponds.

— On n'est jamais trop vieux pour une fête surprise, renchérit Sophia.

— C'est peut-être juste que je n'aime pas les surprises, dit-il en vérifiant son téléphone.

J'enregistre cette information pour plus tard. Toutes les sœurs de Gio et leurs conjoints et enfants sont réunis chez *Belotti*, plus Maria bien sûr, attendant tous l'invitée d'honneur.

— Elle arrive, annonce Gio. Taisez-vous !

Sophia éteint les lumières et le silence s'abat sur l'assemblée nerveuse, dont les plus jeunes membres poussent des murmures excités. La main de Gio trouve la mienne dans la pénombre, un instant volé de connexion.

— Chut ! fait quelqu'un alors que nous apercevons Bella se diriger vers l'entrée.

Lorsque la porte s'ouvre, Sophia rallume et tout le monde surgit en criant « Surprise » et « Joyeux anniversaire ! ». La stupéfaction de Bella récompense nos efforts : quand elle comprend que tout ça est pour elle, elle rayonne comme l'étoile au sommet du sapin de Noël du *Rockefeller.*

C'est ça, la famille.

Les enfants entonnent *Joyeux Anniversaire* et tous les autres se joignent à eux, anglais et italien confondus, puis Gio s'approche de sa fille pour la serrer si fort dans ses bras que ses pieds quittent le sol. Elle rit lorsqu'il la repose avant de lui retirer son bonnet ; l'espace d'un instant, ils sont isolés dans leur bulle à tous les deux au sein de la boule à neige de leur famille.

— Lâche-la, nous voulons aussi l'embrasser, ronchonne Maria, un paquet joliment emballé entre les mains.

La radio diffuse de la musique de Noël et la boutique a été décorée pour les fêtes – une guirlande lumineuse scintille autour des portraits de famille sur le mur et une couronne pend à la porte de la cuisine. On dirait autant une fête de fin d'année qu'une soirée d'anniversaire. Quand il est l'heure des bougies, Sophia tend le cou vers moi. Je la suis dans la cuisine où le gâteau nous attend. La famille m'a donné carte blanche et après délibération j'ai opté pour un gros gâteau au chocolat avec deux couches de crème, garni des cerises préférées de Bella et recouvert de glaçage au chocolat. Je l'ai décoré de truffes au chocolat et de cerises noires fraîches, le tout saupoudré de paillettes d'or pour la star du jour.

Je suis plutôt satisfaite du résultat, même si je suis nerveuse, maintenant qu'il est temps de le servir. Nous portons le plateau entre nous et quelqu'un tamise l'éclairage pendant que nous avançons à pas lents pour le poser sur le comptoir, les bougies allumées.

La famille chante à nouveau et je sens les yeux de Gio sur moi alors que tout le monde s'extasie devant le gâteau.

— *Buon compleanno, mia nipote,* dit Maria en passant le bras autour de sa petite-fille.

Les flammes illuminent le visage de Bella alors qu'elle retient ses boucles en arrière pour se pencher et souffler toutes les bougies en un long souffle, ce qui lui vaut une nouvelle salve d'applaudissements, sous les flashs du téléphone de Sophia qui immortalise le moment.

— C'est Iris qui a fait le gâteau. Il est incroyable, non ?

Je sens des picotements sur ma nuque tandis que toute la famille me regarde.

— J'aime bien cuisiner, dis-je en haussant les épaules sous leurs éloges chaleureux.

Ma mère serait outrée de m'entendre réduire mes années de formation et d'expérience au simple « J'aime bien cuisiner », mais ici personne ne relève.

— Moi aussi, j'aime bien cuisiner, mais je n'aboutis pas au même résultat, dit Francesca sans quitter le gâteau des yeux.

Pascal, son mari, hoche sagement la tête, sans oser ajouter un mot.

Un couteau apparaît, le gâteau est coupé et le champagne servi. Il y a un grognement affolé quand Pascal sort une bouteille de son limoncello létal, mais il se contente de sourire et de hausser les épaules, avant de verser avec nonchalance une goutte dans les coupes de champagne.

Quand je me retrouve à côté de Bella, je prends le petit cadeau de mon sac.

— Joyeux anniversaire, dis-je et elle sourit, curieuse.

— Tu n'aurais pas dû, répond-elle en tirant sur le nœud. Mais ça me fait plaisir !

Je me mordille la lèvre pendant qu'elle défait le papier, espérant avoir bien choisi. J'en ai confirmation lorsqu'elle ouvre la boîte et caresse la petite breloque argentée en forme de piano.

— Je l'adore, murmure-t-elle en soulevant le bracelet.

Je l'aide à le mettre et elle brandit le poignet pour que nous puissions l'admirer.

— Parfait, je commente.

Elle me regarde, puis repose les yeux sur le bijou et sourit. Elle est sur le point de dire quelque chose lorsque l'un des enfants se met à marteler les touches du piano en une cacophonie qui fait grimacer tout le monde.

— Bella, arrête-les, je t'en supplie, intervient Pascal. Tu veux bien nous jouer quelque chose ?

Elle semble prise au dépourvu.

— Je ne...

— Un air de Noël ? renchérit Maria.

Sophia vient prêter main-forte à sa nièce.

— Je chante avec toi. Toi aussi, Iris ?

Je l'avais vu venir et je finis d'un trait la moitié de mon champagne citronné pour me donner du courage.

— Bien sûr.

Bella soupire, mais à en croire l'étincelle dans son regard elle est plutôt contente de jouer. Elle prend place sur le tabouret et se prépare, avant de lever la tête vers Sophia et moi.

— Humm, j'ai joué *Jingle Bells* au concert de l'école il y a quelques années ?

L'inflexion aiguë à la fin de sa phrase transforme la déclaration en question.

Sophia me regarde et se met à rire, et je cherche les paroles sur mon téléphone.

— Je les ai.

Bella commence à jouer, ses doigts rapides invoquant aussitôt l'esprit de Noël. La voix de Sophia est à son image, claire et assurée, et je suis finalement ravie de me joindre à elle, parce que je ne suis pas seule. Tout le monde connaît les paroles et nous accompagne avec plus ou moins d'allant. À tue-tête chez les plus jeunes, un petit haussement des épaules chez Maria, et le chœur des sœurs de Gio dont on sent qu'elles chantent ensemble depuis des dizaines d'année. Gio est appuyé contre le mur près de la porte et quand je croise son regard au milieu de la bonne humeur, il me ramène directement au *Motel du Lundi Soir.* Il me saisit. Soudain il se détourne, attiré par un mouvement de l'autre côté de la porte. La plupart des gens ne remarquent pas qu'il y a quelqu'un, mais moi si et la panique me glace les cordes vocales. Je chante, mais aucun son ne sort de ma bouche, car il y a un homme sur le seuil avec une capuche sur la tête et Gio fronce les sourcils en s'approchant de lui. *N'ouvre pas. S'il te plaît, Gio, n'ouvre pas la porte.* Je tends la main vers une table pour garder l'équilibre, ne comprenant pas comment tout le monde peut continuer à chanter ainsi, comment Bella peut jouer de plus en plus vite pour faire rire les enfants, un tourbillon étourdissant. Je veux leur crier de la fermer, leurs voix ne produisent plus que du bruit blanc pendant que Gio recule d'un pas surpris et que l'étranger entre et retire sa capuche bordée de fourrure.

Les mains de Bella se figent sur le clavier et le chant se tait peu à peu dès lors que les gens se rendent compte qu'il y a un nouveau venu dans la pièce.

— Je ne m'attendais pas à une fête de bienvenue !

Je retrouve soudain mon souffle, comme si je m'étais étouffée sur un morceau de viande mais qu'une tape dans le dos l'avait délogé. Ce n'est pas Adam. Ce n'est pas Adam. Je ne sais pas qui c'est, mais ce n'est pas Adam Bronson.

— *Papa ?*

Gio fixe l'inconnu, incrédule, et Maria se précipite vers lui, les bras ouverts.

— Felipe, quelle surprise !

Tout le monde reprend vie, la paralysie est brisée. On le débarrasse de son manteau, on lui fourre les enfants dans les bras, les coupes de champagne sont à nouveau remplies, la fête d'anniversaire se mue en retrouvailles. Le globe-trotter de père de Gio au visage bronzé est assailli de toutes parts et je me tiens à l'écart, assistant de loin à la scène. Maintenant que je sais qui il est, je le reconnais d'après les photos de ma mère, ces aperçus en noir et blanc de leurs concerts débordants d'énergie, l'électricité transcendant l'image. Même s'il est considérablement plus âgé, avec ses cheveux gris argenté, il transpire cette insouciance digne de Peter Pan qui refuse de vieillir. Je me faufile devant la porte de la cuisine et l'observe, fascinée.

— Rassure-moi, je n'ai rien à voir avec lui, hein ?

Gio apparaît derrière moi, il a dû aller chercher quelque chose en cuisine. Il m'attrape la hanche pour me tirer discrètement dans la cuisine avant de refermer.

— Tu vas bien ? dis-je en lui caressant le visage. Ça a dû être un choc.

— Il fait tout le temps ça. Il surgit tout à coup comme un génie sorti d'une lampe.

Il secoue la tête d'un air résigné alors qu'il pose la main sur la porte au-dessus de mon épaule et s'appuie contre moi.

— Je suis très content que tu sois là, *cucchiaino*, souffle-t-il.

Le surnom affectueux me ramène à notre première nuit passée ensemble, je nous revois devant le film, sur le toit, dans son lit. Je me hisse sur la pointe des pieds pour l'embrasser et aussitôt, inévitablement, j'ai l'impression qu'on vient d'allumer la mèche d'un bâton de dynamite. Il répond à mon baiser avec passion, comme pour échapper à la réalité de l'autre côté de la porte.

— Il vaut mieux qu'on s'arrête, dis-je, même si chaque fibre de mon être souhaite le contraire.

Il presse son front contre le mien.

— Je sais. J'avais juste besoin d'être avec toi pendant un instant.

— Ça m'arrive souvent, je réponds en baissant la garde, et il recule la tête pour me fixer droit dans les yeux.

Sans rien dire, il me prend simplement le visage entre ses mains et passe le pouce sur ma joue. Je le scrute, lui aussi, et là, dans cette cuisine, avec sa famille entière de l'autre côté de la porte, nous échangeons par le regard des choses que nous ne pouvons exprimer par la parole. Je sens son souffle sur mes lèvres alors que je lui communique en silence toute la noirceur enfouie en moi, et son cœur bat sous ma paume pendant que ses yeux me signifient qu'il me désire, qu'il a envie de savourer la magie qui s'opère dès que nous nous touchons.

— Ça va mieux ? je demande.

Il hoche la tête.

— Ça va mieux.

Je m'occupe de couvrir le reste de gâteau pendant qu'il retourne à la fête et au bout de quelques minutes je le suis, pour me retrouver alpaguée par Sophia.

— Iris, viens rencontrer mon oncle la rockstar ! s'exclame-t-elle, échauffée par le limoncello.

Je hoche la tête et plaque un grand sourire sur mes lèvres.

— Bonjour, dis-je en tendant la main pour avoir quelque chose à faire, un geste que je regrette aussitôt.

Il étudie ma main pendant quelques secondes, surpris, puis il la serre car ça aurait été malpoli de ne pas le faire. Lorsqu'il croise mon regard, je sens sa poignée mollir et je vois ses sourcils froncer.

— Est-ce qu'on s'est déjà rencontrés ? demande-t-il, la tête inclinée sur le côté.

Je secoue la mienne.

— Je ne crois pas, je réponds, en espérant que ce n'est pas un mensonge.

J'étais toute petite quand ma mère nous a rapatriées à Londres depuis Los Angeles et j'ignore si elle a revu un jour Felipe Belotti. Bien sûr, il n'est pas possible qu'il me reconnaisse, moi personnellement, mais il y a des rappels de ma mère partout sur mon visage.

Je suis contente que Sophia ait bu assez de champagne pour ne se rendre compte de rien de cet échange un peu bizarre. Quand Pascal apparaît avec une bouteille pour remplir les verres, j'en profite pour filer et aller chercher mon manteau. Comme je ne vois Gio nulle part, je jette un dernier coup d'œil vers la salle avant de sortir discrètement dans l'air froid de la nuit de Mulberry Street.

Salut toi, j'ai préféré m'éclipser avant que Pascal ne puisse à nouveau me coincer avec son limoncello, je le sens déjà me monter à la tête. Appelle-moi plus tard, quand les choses se seront calmées. Bisous

C'est une piètre excuse pour ne pas avoir dit au revoir à Gio mais c'est le mieux que j'aie trouvé. Après lui avoir envoyé le message je m'éloigne d'un pas vif, avide de mettre le plus de distance possible entre Felipe Belotti et moi.

25

— QU'EST-CE QUE JE VAIS FAIRE, SMIRNOFF ?

Le chat m'attendait sur le seuil du restaurant, un portier ronchon qui avait besoin de thon pour retrouver la bonne humeur. Désormais repu, il est installé sur le bord de ma fenêtre, affairé à ausculter ses pattes, pas le moins du monde intéressé par ce que je lui dis.

— Le truc, c'est quc jc nc sais pas si Felipe va finir par comprendre pourquoi il a l'impression de m'avoir déjà vue quelque part.

Posé sur mes genoux, l'album de ma mère est ouvert sur un cliché monochrome de Felipe dos à dos avec elle sur scène, sa guitare électrique lui barrant le corps, le micro brandi dans la main levée de ma mère. Elle porte une veste noire et un jean, et lui un jean délavé et un T-shirt trempé de sueur, des tatouages courant sur son bras, un joint coincé derrière son oreille. On dirait une pochette de disque des années 1980. Avec sa frange courte qui rappelle ma coupe de cheveux, le profil de ma mère est très similaire au mien. Elle doit avoir dans les dix-neuf ans, tellement jeune si je la compare avec Bella, plus proche de l'enfance que de l'âge adulte. Elle est tombée enceinte un an après que cette photo a été prise et il y a tout un pan de sa vie dont je ne sais presque rien. Je referme l'album et pose les mains à plat dessus, l'estomac noué. Il n'y a qu'une chose susceptible de me remonter le moral en cet instant, le remède infaillible de mon enfance. Il est 22 heures passées et ma machine à glace est lente au démarrage, mais le simple geste d'y verser des ingrédients est réconfortant.

Je sursaute quand mon téléphone bipe.

Un petit plaisir nocturne ?

Je soupire de soulagement. Bobby.

Tu as l'ouïe d'une chauve-souris.

Il me répond par une série d'émoticônes, de chauve-souris, de glaces et de cœurs, et je sors deux bols en mélamine rose de mon placard.

— Meeeeerde, lâche Bobby, les yeux écarquillés, après que je lui ai raconté les rebondissements de la soirée.

Nous sommes chacun à un bout du canapé, un bol dans les mains, la couverture étendue entre nous et l'album ouvert sur Felipe et ma mère.

— Il ressemble à quoi, maintenant ?

— Felipe ? je demande en fronçant les sourcils. Il a un air de baroudeur marqué par tous les endroits qu'il a sillonnés. Des tatouages ternis, des bracelets en cuir, ce genre de trucs. Il est maigre et il n'a pas trop changé par rapport aux photos, il est juste plus…

— Plus… ?

Je cherche le mot approprié.

— Je ne sais pas. Fripé ?

Bobby manque de s'étouffer sur sa glace en riant.

— Fripé ?

Je plisse le nez.

— Il semble avoir passé des années au soleil sans crème, la peau burinée et ridée, tu vois ? Et en même temps il garde un air enfantin, c'est étrange.

— C'est l'absence de responsabilités.

Les narines de Bobby se dilatent alors qu'il racle son bol. La loyauté est gravée en lui, c'est l'une des choses que j'adore chez cet homme, il est donc profondément outré à l'idée qu'un homme laisse son frère élever son enfant pendant qu'il joue de la guitare aux quatre coins du monde.

— Bon sang ce que ça m'avait manqué, lâche-t-il avant de se lever pour aller chercher le bac de glace au congélateur. Tu en veux encore ?

Je hoche la tête. C'est typiquement le genre de soirée où on se sert deux fois.

— Je ne sais pas quoi faire, Bob.

Je pressens que Felipe va inévitablement se rendre compte de qui je suis.

— Ce type a la soixantaine et il a vécu une vie complètement dingue, il y a des chances qu'il t'ait oubliée d'ici demain matin, souligne Bobby en me tendant mon deuxième bol. Je veux dire, j'ai trente-sept ans et ma mémoire déraille déjà, alors lui ?

— Tu as trente-huit ans.

— N'importe quoi, rétorque-t-il avant de se figer, la cuillère en suspens devant sa bouche. Oh mon Dieu, tu as raison, lâche-t-il avant de hausser les épaules et de pointer sa cuillère vers moi. Ce qui illustre parfaitement mon propos. C'est un vieux schnock fripé. Sans vouloir tomber dans les idées reçues, j'imagine qu'il n'a pas été en reste sur la fumette.

Il fait semblant de tirer sur un joint puis d'expirer des ronds de fumée.

— Tu crois ?

Bobby est perdu dans la contemplation de ses ronds imaginaires.

— Felipe est un électron libre. Il ne va pas s'attarder longtemps ici. Essaie juste de l'éviter jusqu'à ce qu'il reprenne la route.

Je savoure ma glace onctueuse en regardant longuement la photo de Felipe et de ma mère. Dans d'autres circonstances, j'aurais adoré lui poser des questions sur elle, il aurait pu m'éclairer sur cet univers dont je sais si peu.

— Sérieux, Iris, n'utilise pas ce détail comme nouveau prétexte pour larguer cet homme délicieux. Il pourrait te prendre au mot et ne pas revenir, cette fois.

Je ne peux qu'espérer que Bobby a raison et que, comme le génie dans la lampe, Felipe va disparaître dans un nuage de fumée.

26

— IRIS, IL Y A UN HOMME QUI TE DEMANDE.

Je me détourne des fourneaux et regarde Shen, en panique. Elle a déjà vu Gio, elle me l'aurait dit si c'était lui. La peur sous-jacente d'Adam Bronson refait surface.

— Il ressemble à quoi ? je murmure.

Shen fait la moue.

— Il a l'air beaucoup trop vieux pour porter une dent de requin autour du cou et il garde ses lunettes de soleil alors qu'il fait nuit depuis… Quoi ? Six heures ? dit-elle après avoir consulté l'horloge.

Il est 22 h 30, la fermeture approche. Je jette un coup d'œil vers la salle du restaurant à travers l'interstice de la porte et j'aperçois Felipe, un shot dans la main, tourné vers la rue noire.

— Pas si électron libre que ça, je marmonne en reculant.

Vingt-quatre heures se sont écoulées depuis la fête d'anniversaire de Bella et, malheureusement, il semblerait que la mémoire de Felipe ne soit pas aussi rouillée que l'avait prédit Bobby.

— Je peux lui dire que tu n'es pas là, si tu veux.

Je secoue la tête. Il vaut mieux qu'il me parle plutôt qu'il aille trouver Gio.

— Demande-lui juste de patienter, j'ai besoin de dix minutes pour finir ici.

Puisqu'elle ne revient pas, je présume que Felipe a accepté, et une fois que j'ai terminé à la cuisine, je me dirige vers l'avant.

— Rentre chez toi, Shen, je fermerai.

Elle fronce les sourcils vers Felipe avant de me lancer un regard interrogateur, et je hoche la tête pour confirmer que oui, elle peut me laisser seule avec ce type. J'attends qu'elle prenne son manteau puis je l'accompagne à la porte avant de la verrouiller derrière elle.

— Un autre ? dis-je en désignant le verre vide de Felipe.

Il acquiesce et s'adosse à sa chaise tout en me regardant sortir un verre pour moi et une bouteille de Jack Daniel's que j'apporte à la table. Il garde le silence pendant que je nous sers tous les deux, puis je rebouche lentement la bouteille en attendant qu'il prenne la parole.

— Écoute, gagnons du temps, dit-il enfin. Il ne fait aucun doute que tu es la fille de Vivien et de Charlie. Tu lui ressembles, tu chantes comme elle – oui, j'ai vu les vidéos – et tu portes sa bague.

Instinctivement je fais tourner la chevalière à mon annulaire et il vide son verre d'un trait.

— Sans parler du fait que tu débarques comme ça dans ma famille. Je prends peut-être de l'âge, mais ce n'est pas une coïncidence, si ?

À l'entendre, tout relève d'un calcul froid et prémédité de ma part, comme si j'essayais d'exploiter les

Belotti, et c'est blessant. Je ne sais pas quelle part de la vérité je dois lui livrer. Je perçois le ton accusateur dans sa voix, que je ressens à la fois comme un châtiment et une injustice parce que, de ce que j'en sais, il a été presque totalement absent de la vie de son fils et ces manquements ne lui donnent pas le droit de jouer tout à coup la carte du père protecteur.

Je pose la main sur la bouteille.

— Encore ?

— Je préférerais des réponses, déclare-t-il en poussant tout de même son verre vers moi.

— Très bien, je cède en le resservant. Vous avez raison, je suis la fille de Vivien.

— C'est elle qui t'envoie ?

Je suis offensée pour elle, mais bien sûr il n'est pas au courant.

— Ma mère est morte il y a quelques années.

Prononcer les mots à voix haute est toujours douloureux, telle une plaie qui ne se refermera jamais.

C'est tout à son honneur d'avoir l'air sincèrement attristé, les sourcils froncés.

— Mais elle était encore jeune, dit-il en secouant la tête.

— Oui. Elle avait cinquante-deux ans.

Nous restons assis en silence alors qu'il digère la nouvelle.

— Je suis vraiment désolé de l'apprendre, déclare-t-il, raide.

— Merci, je réponds, tout aussi tendue.

La balle est toujours dans mon camp. Malgré la nouvelle à propos de ma mère, je lui dois des réponses.

— Les choses ont été difficiles après son décès. Je suis venue à New York pour repartir de zéro. Les meilleurs souvenirs de ma mère étaient ici, ça m'a semblé être le bon endroit pour un nouveau départ. Je suis allée chez *Katz's Deli*, elle me racontait souvent la fois où elle a chanté…

— Juste au bout de la rue, me coupe-t-il. Les flics sont intervenus. J'en vois encore un en train de soulever ta mère qui continuait de chanter, raconte-t-il puis il secoue la tête et souffle. Elle chantait toujours quand ils l'ont embarquée à l'arrière de leur voiture.

Je ne connaissais pas ce détail. Je prends le temps de compléter l'anecdote dans mon esprit.

— Je suis venue ici parce que je n'avais nulle part ailleurs où aller. Je voulais voir ses points de référence, être aux mêmes endroits qu'elle, découvrir cette ville qu'elle adorait. J'avais l'idée absurde que je me sentirais plus proche d'elle ici.

Je ne précise pas que j'ai emporté ses cendres à New York pour les éparpiller un jour, quand je serai assez forte pour la laisser partir.

— Je me promenais dans le coin quand j'ai vu qu'ils recrutaient un chef ici, et voilà. Je ne savais rien de votre glace jusqu'à ce que…

Ce sera plus facile de lui montrer que de lui expliquer.

— Attendez-moi ici.

Je le laisse seul dans le restaurant fermé pendant que je cours chercher l'album de ma mère à l'étage, en veillant à retirer la serviette en papier. Ce secret est celui de Santo et de ma mère, Felipe ne doit pas l'apprendre.

— Il appartenait à ma mère, j'explique en posant le livre sur la table, ouvert sur la photo de Santo, devant la porte vitrée. Elle m'avait dit que c'était le seul homme qu'elle pensait avoir vraiment aimé, mais sans jamais me révéler son nom de famille ni où avait été pris ce portrait.

Felipe remonte enfin ses lunettes de soleil pour étudier la photo, en la tapotant du bout de l'index.

— Toujours le héros, murmure-t-il, sous-entendant de vieilles rancœurs entre frères.

Le Santo de la photo est à la mode des années 1980, libre, sans savoir que dans les années à venir il élèverait le fils de son frère.

— Cette porte vitrée, je reprends. La photo aurait pu avoir été prise n'importe où, mais quand je suis passée devant, je l'ai tout de suite reconnue. Je devais entrer. C'était plus fort que moi. Je n'avais rien préparé, rien prémédité, j'ai juste franchi la porte et j'ai rencontré Gio, Sophia et les autres, et c'est là que s'arrête l'histoire de ma mère et que commence la mienne.

— Et tout le monde ignore le lien entre ta mère et Santo ?

— Moi-même, je n'en sais rien, à part cette photo. Le passé de ma mère m'a incitée à pousser cette porte, mais ce qui s'est passé depuis n'a rien à voir avec elle.

Je pense à la photo de ma mère dans l'album de famille des Belotti, le visage de profil.

— Tu dois leur dire la vérité. Notre famille ne cautionne pas des secrets comme ça.

Une révolte puérile me rattrape. *Pourquoi ? Pourquoi devrais-je leur dire ? À quoi bon ?* Je garde ces répliques pour moi.

— Y a-t-il quelque chose entre Gio et toi ?

Ma révolte vire au désespoir. Je plonge le regard dans ma boisson car je ne veux pas que Felipe sache la vérité. Je sais que Gio et moi ne pouvons pas rester indéfiniment au *Motel du Lundi Soir*, mais ça semble totalement injuste que ça finisse à cause de cet homme aux abonnés absents.

Felipe interprète correctement mon silence et soupire.

— Écoute, certains diraient que je n'ai aucun droit de me mêler de ça vu le peu de temps que je passe ici, mais la famille semble vraiment t'apprécier, et ça m'inquiète. Je ne doute pas que tu es une chic fille, mais ils endurent déjà assez de choses comme ça, avec Santo. C'était il y a longtemps, mais ta mère lui a fait un sacré effet et vu son état j'ai peur du choc que ça pourrait lui causer de voir ton visage. Et Maria, elle ne mérite pas de s'imaginer être un lot de consolation…

Il finit son verre et attrape la bouteille. Je me demande si c'est irresponsable de ma part de ne pas l'arrêter, et puis je repense à la photo de lui avec ma mère et je me rappelle qu'il est parfaitement conscient de ses propres limites.

— Je n'ai pas été un bon père pour Gio. C'est peut-être l'occasion pour moi de protéger ses arrières, déclare-t-il avant de me scruter. Tu vas lui avouer ce qui t'a amenée chez nous, ou c'est moi qui vais m'en charger, gronde-t-il en faisant tourner son whisky dans son verre. Ce n'est pas un ultimatum, Iris, je ne me prends pour le Parrain. J'essaie juste de penser au bien de mon gosse, pour une fois.

Il doit voir l'effet que son laïus a produit sur moi car il me tapote la main.

— Prends ton temps, ajoute-t-il. Je comprends que ce ne soit pas simple, mais je vais rester dans le coin pendant un petit moment.

Il s'éclaircit la gorge et adopte un fort accent new-yorkais.

— J'ai décidé de passer les fêtes ici en famille, de voir les feux d'artifice du 31, *capisce* ?

Je lève les yeux et perçois la lueur espiègle dans son regard. Dans d'autres circonstances, je l'aurais sans doute apprécié. Je veux dire, je ne voudrais pas devoir compter sur lui en cas de force majeure, mais il semble considérer la vie comme une joyeuse sauterie, une éternelle fête. Ma mère était pareille.

— Ça sonne tout de même comme une menace, dis-je avec un demi-sourire.

Il ramasse son chapeau fédora posé sur le siège à côté de lui et le met sur sa tête. Un peu de travers, bien sûr.

— Le sang est plus épais que l'eau, répond-il.

— Encore une menace.

Je me lève pour l'accompagner à la porte.

Je la verrouille derrière lui et me verse un autre verre, le carnet toujours ouvert devant moi. « Le sang est plus épais que l'eau », a dit Felipe, une expression désinvolte et galvaudée dont la justesse me fait l'effet d'un coup de couteau entre les côtes. Le sang Belotti est épais et dense, le liant qui les rassemble, même Felipe. Et je ne le comprends que trop bien, car même s'il n'y avait que ma mère et moi dans notre cellule familiale, le lien qui nous unissait reste présent. Je ne suis jamais totalement seule au monde parce que son amour continue de me protéger.

Elle, elle n'avait pas de famille. Abandonnée sur les marches d'une mairie à l'âge de trois jours, avec rien d'autre qu'une couverture et une chevalière en or, elle a été formatée par le système social londonien des années 1960, passant d'un foyer d'accueil à un autre jusqu'à ce qu'elle s'envole pour les États-Unis. Sa voix l'a sauvée. Elle nous a sauvées. C'était sa monnaie d'échange quand elle était fauchée, son identité en l'absence de certificat de naissance et de famille aimante. Elle qui n'a pas eu de mère, elle m'a serrée encore plus fort, elle m'a aimée encore plus fort.

Je triture à nouveau sa chevalière à mon doigt, sachant au fond de mon cœur que je dois faire la bonne chose. J'apprécie que Felipe m'ait accordé du temps, et ce n'est pas comme si j'avais eu l'intention de faire durer tout ça indéfiniment : Adam, la recette, ma mère, Gio.

Gio. J'ai beau me répéter que ce qu'il y a entre nous ne regarde personne d'autre, ce n'est pas tout à fait vrai. Nous sommes tous des cercles concentriques, pas des îles désertes. Je n'ai plus beaucoup de temps avec Gio avant de devoir tirer un trait sur lui, parce que s'il y a une chose que je sais sur Gio Belotti, c'est qu'il est très attaché à l'honnêteté et à la loyauté. Des valeurs que j'ai compromises pour être avec lui et, une fois qu'il apprendra la vérité, je doute que notre histoire survive.

La vie est si compliquée, pas vrai, une série de hasards et de rencontres fortuites. Peut-être qu'en venant ici j'ai créé une symétrie trop forte entre le parcours de ma mère et le mien. Il y a probablement un frottement cosmique chaque fois que nos chemins se superposent, une pluie de dangereux filaments de métal qui crée des étincelles dans l'éther.

Je me verse encore une généreuse rasade de whisky dans la pénombre du restaurant puis je repense aux feux d'artifice qu'a mentionnés Felipe. L'année dernière, j'ai passé le réveillon devant ma petite télévision, à regarder Times Square illuminé sous les écrans technicolors et saturé de gens surexcités aux chapeaux pailletés, les yeux rivés sur l'énorme boule tandis qu'ils criaient le décompte des secondes jusqu'à minuit. J'avais prévu d'aller me coucher tôt, mais lorsque les chiffres de la nouvelle année ont clignoté en gros chiffres et que les présentateurs se sont mis à danser sur les notes mélancoliques de *Auld Lang Syne*, j'ai serré un coussin contre ma poitrine et laissé les larmes couler sur mon visage. Mais ensuite la musique est passée à *New York, New York* de Sinatra pendant qu'une pluie de confettis tombait sur la foule et j'ai baissé le coussin et contemplé la scène, les larmes séchant peu à peu pour ne laisser que des traînées de mascara sur mes joues. Je me suis retrouvée à fredonner les paroles, pour finir par me lever et chanter, la voix de moins en moins tremblante, forte de la conviction que si je m'en sortais à New York, je pouvais m'en sortir partout. Et c'est ce que j'ai fait. Je me suis liée d'amitié avec Bobby et Robin, j'ai un job, un appartement et la garde partagée d'un chat grognon. Tout ça me suffisait jusqu'à ce que je voie cette porte vitrée.

Assise seule, je compte les jours jusqu'au Nouvel An. Dix-neuf, je crois. Dont trois lundis, y compris demain, mais avec les fêtes, Gio sera sans doute occupé par des trucs de famille. Felipe n'a pas expressément fixé le 31 comme échéance, mais j'ai compris le message : ne joue pas avec le cœur de mon fils. J'ai l'habitude de me sentir exclue, mais j'espérais ne pas avoir à le vivre une fois de plus. Pas de chance. Je vais bientôt me retrouver dans la peau de cette gamine isolée, celle au nez collé à la fenêtre pour voir ce qu'il se passe à l'intérieur.

Si seulement je pouvais remonter le temps jusqu'au festival de San Gennaro et me détourner du glacier. Je n'ai pas remarqué la pluie d'étincelles au moment où passé et présent se sont rejoints ce jour-là, mais je la sens ce soir, telles des brûlures à la poitrine. Et c'est sacrément douloureux.

27

COUVRE-TOI BIEN CE SOIR, je t'emmène dans un endroit qui devrait te plaire.

Je reçois le texto de Gio alors que je suis en train de fixer mon réfrigérateur désespérément vide, cherchant quelque chose pour le petit déjeuner.

*Ou tu pourrais simplement venir chez moi et me refaire une imitation d'*Éclair de lune *?*
Je perds les pédales quand tu joues les autoritaires.

J'envoie le message et mon portable bipe deux minutes plus tard. Je jette le paquet vide de céréales à la poubelle avant de regarder l'écran.

Avec ou sans manteau, nous sortons un point c'est tout.

J'écarquille les yeux, stupéfaite, avant d'éclater de rire dans mon appartement silencieux, tandis que mon téléphone se manifeste une troisième fois.

Juste pour info, je ne voulais pas envoyer ce message.

Voilà pourquoi je me sens si bien avec cet homme. Je casse des œufs dans un bol tout en tapotant ma réponse de l'autre main.

Ne gâche pas tout, j'étais sur le point de t'appeler pour une séance de sexe par téléphone.

Génial. Mon rendez-vous avec un prof de Bella est sur le point de commencer et maintenant tout ce à quoi je pense, c'est toi toute nue.

Mais de rien.

Et tu es si... le prof est là. Sois prête à 19 heures, je viens te chercher.

J'allume le gaz sous la poêle et y verse les œufs.

Mince, je venais de détacher mon soutif. Sauvé par le gong, Belotti. Bisous

Je cuis mon omelette en mode autopilote, fatiguée alors qu'il n'est même pas 9 h 30. Le Jack Daniel's sur lequel j'ai un peu abusé hier soir m'a fait sombrer dans le sommeil, mais ça n'a pas duré longtemps : je me suis réveillée vers 4 heures, anxieuse, et j'ai fini à la table de la cuisine à boire du café. Je ne peux pas demander à Felipe de garder indéfiniment mes secrets, ce ne serait pas juste. C'est déjà gentil de sa part de me laisser gérer les choses à mon rythme. Au petit matin, ma décision était prise. Je vais vivre au jour le jour jusqu'au Nouvel An, et ensuite je dirai tout à Gio. Oh, je suis bien consciente qu'en cours de route mon plan risque de me mener droit dans le mur. Mais il n'y a rien d'autre à faire, parce que s'il y a une chose que j'ai comprise, c'est que je suis implacablement, aveuglément, férocement amoureuse de Gio Belotti.

Au lieu de la sonnette de mon appartement, c'est un klaxon de voiture qui retentit. Surprise, je traverse la pièce pour aller regarder par la fenêtre. Il est bientôt 19 heures et, comme demandé, j'ai revêtu mon manteau d'hiver et mon bonnet, avec des gants dans la poche et mon écharpe prête sur la table, que je prendrai en partant.

Gio est dehors, non pas devant un taxi comme je m'y attendais, mais devant une vieille voiture noire basse.

J'ouvre la fenêtre et je m'accoude au rebord, dans l'air froid du soir où se découpe mon souffle.

— Tu as vu *Pretty Woman* ?

Il pose le bras sur la portière ouverte côté conducteur et lève la tête vers moi.

— Pas que je m'en souvienne.

— Richard Gere gare une voiture de luxe et monte par l'escalier de secours.

Ma mère s'est toujours plu à raconter que son prénom était un hommage à Vivian dans *Pretty Woman*, même si elle est née plus de vingt ans avant la sortie du film. Gio scrute l'escalier bancal en zigzag sur la façade de notre immeuble avant de secouer la tête, et j'éclate de rire en refermant la fenêtre.

Une fois dehors, j'admire le curieux bolide : rutilant et chromé, long, bas, du genre cool à la *Saturday Night Fever*.

— Tu l'as empruntée à John Travolta ?

Il sourit et tapote le toit.

— C'est une Cadillac Sedan DeVille de 1972, le petit bijou de Papa. Il m'a demandé de la sortir de temps en temps et de l'entretenir jusqu'à ce qu'il puisse à nouveau la conduire.

— Elle est plus grande que mon appartement, je plaisante alors que Gio monte et se penche pour m'ouvrir la portière côté passager.

— Oh mon Dieu, je m'exclame en découvrant l'habitacle en cuir rouge cerise.

L'odeur est exactement telle qu'on se l'imagine, une odeur de cuir ciré et de bois lustré, d'âge et d'élégance, une ambiance de club de gentleman.

— Est-ce que je peux vivre ici ? C'est beaucoup plus confortable que mon canapé.

Je passe la main sur le tableau de bord en teck. Je ne serais pas surprise d'y voir un bouton « Bourbon avec glaçons », sur lequel j'appuierais tout de suite. Le véhicule parfait d'où regarder un film en cinéma de plein air, avec une banquette à l'avant munie d'un accoudoir baissé entre nous.

— Plutôt cool, hein ? fait Gio en allumant le moteur.

— On va où ?

— Pas loin, c'est une surprise.

Je m'installe, surveillant Gio du coin de l'œil.

— Tu es sexy au volant.

Il me lance un regard.

— Ne me relance pas dans des conversations coquines, réplique-t-il. Tu m'as assez causé de problèmes ce matin.

— Ça t'a plu, je réponds en riant dans mon écharpe.

Il ne nie pas.

— Tu n'avais pas vraiment enlevé ton soutif, si ?

J'envisage de mentir.

— Non, je me préparais une omelette.

Il rit en secouant la tête avant d'allumer la radio.

— Tu as une mauvaise influence sur moi, Iris.

Je regarde par la fenêtre en essayant de savourer le moment plutôt que de laisser sa plaisanterie me monter à la tête pour me rappeler à quel point je suis nocive pour Gio et que son opinion de moi va bientôt changer du tout au tout. L'idée de baisser dans son estime me plombe le cœur, c'est pourquoi je préfère me concentrer sur les chansons de Noël à la radio et fredonner leur air.

Il avait raison, le trajet n'est pas long, mais jamais je ne l'oublierai. La voiture, l'homme au volant et les lumières de la ville depuis le pont de Brooklyn sont le genre d'images parfaites qu'on ne peut pas espérer capturer avec un appareil photo. Je l'ai immortalisée dans mon esprit pour la contempler les jours et les années à venir, de la même façon que ma mère a tissé des millions d'histoires autour de cette simple photo de Santo.

— Ici, c'est bien, déclare Gio en s'arrêtant au bord du trottoir dans une calme rue résidentielle.

— On va au restaurant ? je demande, en espérant que non parce que Bobby et Robin m'ont proposé de partager une pizza avec eux tout à l'heure.

Gio secoue la tête alors qu'il descend et verrouille la voiture.

— Dans un bar ?

Il fait à nouveau signe que non et enlace son bras au mien.

— Tu ne veux rien me dire, c'est ça ?

— Tu verras.

Plus nous avançons et plus il y a de monde dans les rues, se dirigeant apparemment vers le même endroit que nous. Des couples, des familles avec de jeunes enfants, tous emmitouflés dans des manteaux d'hiver et des bonnets.

À un carrefour, je halète de surprise.

— Ça valait la peine d'attendre ?

La route devant nous flamboie de toutes les couleurs, chaque maison croule sous des décorations et des illuminations de Noël. Des gros flocons dorés, des bonshommes de neige taille réelle, des pères Noël sur les cheminées. Je retrouve ici les États-Unis du cinéma de mon enfance, si merveilleux, tel un décor de Disney.

— C'est quoi cet endroit ? je souffle.

— Dyker Heights. Ils font ça tous les ans depuis les années 1980, ça s'étend sur une vingtaine de blocs.

Nous nous joignons aux badauds qui flânent et honnêtement j'ai l'impression d'avoir été propulsée dans un film de Noël. Chaque bâtisse est plus décorée que la précédente. Des sucres d'orge et des lutins ornent les pelouses à l'avant, des cadeaux scintillants occupent les marches des porches, des guirlandes couvrent les arbres et les arbustes.

— C'est sans doute visible depuis l'espace, je commente, époustouflée par ce spectacle.

Nous nous arrêtons devant une immense vieille maison gardée par une armée de Casse-noisette de trois mètres de haut, revêtus d'un uniforme dont les boutons en laiton renvoient des reflets dorés sous les chants de Noël qui se déversent de haut-parleurs dissimulés dans le décor. Des anges dansent entre les arbres et une crèche vivante occupe une grande partie de la pelouse.

— Wow ! Comment font-ils pour déployer tout ça chaque année ? Ils doivent avoir besoin d'une autre maison rien que pour stocker toutes les décorations.

— De nos jours, ce sont surtout des entreprises, explique Gio. C'est devenu une grosse industrie.

— Oh, j'aimerais bien ce job ! je m'exclame, enchantée par l'idée. Lutin professionnel.

Comme si l'ambiance n'était pas encore assez festive, nous achetons du chocolat chaud à un stand de rue et Gio sort une flasque de brandy.

— Tu as pensé à tout, je note en en versant une goutte dans ma tasse.

Il range la petite bouteille dans la poche intérieure de sa veste et je me rends compte qu'il l'a apportée spécialement pour moi, pour ce chocolat chaud. Je passe mon bras sous le sien alors que nous déambulons de maison en maison, émerveillés.

Je m'arrête pour admirer une vieille luge en métal qui rivalise avec la Cadillac de Santo en longueur, rouge métallique et suffisamment grande pour nous accueillir tous les deux. Sauf qu'elle est déjà occupée par un père Noël digne d'une pub Coca-Cola qui tient la bride de huit rennes en suspension au-dessus de la pelouse, miroitant tous de centaines de loupiotes dorées. Je constate que celui tout devant a bien sûr un nez rouge.

— Pour quelqu'un qui n'aime pas la boutique de Noël, c'est un gros effort, je fais remarquer.

Il passe le bras autour de mes épaules.

— C'est différent. Nous venions tous les ans quand nous étions petits.

Je me représente les Belotti : une bande de petites filles surexcitées suivies de Gio, les cheveux sombres et le regard sérieux.

— Nous avons eu des vies très différentes, tous les deux, je déclare avec un petit soupir. Ma mère était une fan inconditionnelle de Noël, mais nous avons trop bougé pour collectionner les décorations ou entretenir des traditions. Si ça ne tenait pas à l'arrière de la Vauxhall, ça ne partait pas avec nous – et la voiture n'était, de loin, pas aussi grande que la Cadillac de Santo, crois-moi.

Il me presse les épaules.

— Que dirais-tu de venir passer les fêtes avec nous ?

Les illuminations de Noël se reflètent en lueurs dorées et vertes dans ses yeux.

— À moins que tu n'aies d'autres projets ?

Je n'ai pas d'autres projets. Voilà un an que Bobby rumine le fait que Robin et lui vont passer les fêtes sur une croisière avec la famille de Robin parce que sa grande sœur a décidé de profiter que tout le monde se réunisse pour se marier. Jusqu'à présent, j'envisageais de manger de la dinde seule, avec Smirnoff, puis de la glace en regardant la télé. L'idée ne me déplaît pas, tout en simplicité et sans chichis. Je pensais m'acheter un nouveau pyjama et une bouteille de champagne pour l'occasion.

Et maintenant ? Gio me propose une place à la table des Belotti. Cette année, je pourrais ne pas être cette fillette au nez plaqué contre la vitre, ni même cette femme qui se répète que ses fêtes en solitaire sont stylées et une preuve d'indépendance. J'ai envie de dire oui, d'expérimenter un vrai Noël en famille.

— Avec plaisir, dis-je et tout de suite après je n'en reviens pas d'avoir accepté avant que mon cerveau et mon cœur n'en aient débattu pendant au moins dix minutes. Seulement si tu en es certain ? Tu peux encore changer d'avis, je ne le prendrai pas mal.

Son rire spontané me réchauffe les joues.

— Je ne vais pas changer d'avis.

Très bien, alors. Noël chez les Belotti. Ça sonne comme un titre de film que j'aurais envie de voir et là, au milieu des illuminations féeriques de Dyker Heights, je songe que Noël est juste avant ma date butoir du Jour de l'An et je choisis de me délecter de ce bonheur temporaire.

— C'était du délire ! je m'exclame en me rasseyant dans le confort du cuir rouge cerise de la Cadillac, le chauffage allumé à fond. Fabuleux, mais du délire.

— Du délire, répète-t-il.

Le mot sonne ridicule dans sa bouche.

— Tu sais, dingue mais génial.

— J'ai compris ce que tu voulais dire, rétorque-t-il.

Il s'insère dans la circulation lente et je m'enfonce dans mon siège, l'avant-bras posé sur l'accoudoir entre nous.

— Je vais m'acheter une voiture comme celle-ci, je clame, échauffée par le brandy. J'écumerai les rues de New York tous les soirs.

Je ferme les yeux et souris, la tête appuyée contre le dossier.

— J'emmènerai Smirnoff avec moi et nous deviendrons célèbres : l'Anglaise farfelue et son chat snob. Nous porterons les mêmes lunettes de soleil en été et des écharpes en laine identiques en hiver.

Il ne répond pas et quand je rouvre un œil, il est en train de me regarder à un feu rouge.

— Je ne me lasse pas de t'admirer, déclare-t-il, puis il pose la main sur mon genou et la laisse là lorsqu'il redémarre.

Il y a quelques mois je parlais à Bobby des belles mains de Gio et nous voilà aujourd'hui, cette même main posée sur mon genou. Je la couvre de la mienne dans l'obscurité de la voiture et le premier mot qui me vient à l'esprit pour décrire comment je me sens, c'est « contente ». Ce n'est pas tout à fait le bon mot. Idéalement, j'aimerais un terme qui exprime également l'envie de me jeter sur Gio Belotti, mais il est en train de conduire et c'est un véhicule de collection, alors « contente » devra faire l'affaire pour l'instant.

— On va où ?

— Tu vas voir.

Je lui presse la main.

— Une autre surprise ?

— Oui.

— Vais-je encore avoir besoin de brandy ?

— Peut-être.

— Tu n'aimes pas les surprises, je lui rappelle. C'est ce que tu as dit l'autre jour.

— J'ai dit ça ?

Je hoche la tête.

— Oui, à Sophia.

— Quand j'étais petit, j'aimais sûrement les surprises, répond-il, les yeux rivés sur la route. Aujourd'hui, plus tant que ça.

Alors que nous remontons les rues sombres, les vitrines et les panneaux lumineux projettent des couleurs sur son profil – du bleu électrique, des flashs de rouge. Son pouce me caresse lentement le genou.

— Tu es un adulte très adulte, dis-je, la langue déliée par l'alcool.

Il me lance un regard du coin de l'œil.

— Je suppose que je n'ai pas eu le choix.

J'acquiesce. Ça, je le comprends. Je ne peux compter sur personne d'autre que moi-même pour s'occuper de moi et parfois je ne suis pas très douée. Gio a le poids de Bella et de sa famille sur les épaules.

— Tu n'as pas besoin de te sentir responsable de moi, dis-je.

— C'est-à-dire ?

Il fronce les sourcils et je cherche les mots justes.

— Je veux juste dire qu'il y a déjà beaucoup de gens qui se reposent sur toi. Tu n'as pas besoin de m'ajouter à la liste des personnes pour lesquelles tu t'inquiètes. En fait, laisse-moi plutôt veiller sur toi.

Il tourne à gauche sur un parking et je plisse les yeux vers la pénombre derrière le pare-brise.

— C'est la mer ?

— L'océan Atlantique, confirme-t-il, sans que ça sonne comme une rectification, mais plutôt comme un constat teinté de nostalgie.

— On est à la plage ?

— À Coney Island.

— Au parc d'attractions ?

— Les manèges sont fermés en hiver mais oui. On se balade ?

Lorsque nous nous dirigeons vers la passerelle en bois, je sens l'air extérieur vif et salé sur mes lèvres.

— En été, c'est tellement bondé qu'on peut à peine circuler, commente Gio.

Ce n'est pas du tout le cas ce soir. Il n'y a qu'une poignée de gens, quelques maîtres avec leur chien et des joggeurs intrépides. Nous avons à peu près l'endroit pour nous tout seuls et j'ai l'impression d'avoir à nouveau dix-huit ans quand Gio me prend la main et que nous marchons, entre les montagnes russes d'un côté et l'océan de l'autre. Je ne me suis pas promenée main dans la main avec quelqu'un depuis… Je ne m'en souviens pas. Adam n'était pas du genre démonstratif en public, même au début.

— On peut prendre à manger, si tu as faim.

— Peut-être tout à l'heure, je réponds, car je suis heureuse de simplement continuer à déambuler ainsi jusqu'au bout du monde.

Il me passe le brandy et j'en prends une petite gorgée, les yeux tournés vers la grande roue. Les nacelles ont toutes été retirées et remisées pour l'hiver, ne laissant que la roue aux rayons en acier qui se découpe devant la ville au loin.

— Bella a un jour eu si peur là-dessus qu'elle a pleuré tout du long, raconte-t-il en suivant mon regard. Elle était haute comme ça, ajoute-t-il en levant la main à sa taille. Elle avait fait toute une crise pour y aller et ensuite elle ne voulait qu'une chose, en redescendre.

L'anecdote me rappelle que toute sa vie est liée à cette ville ; si cette soirée n'a été qu'une série de grandes premières pour moi, elle représente pour lui une plongée dans le passé.

— Ma mère m'a un jour emmenée dans un parc comme celui-ci, dis-je en me remémorant un voyage dans le Sud. C'était plus petit, bien sûr, mais il y avait ce même genre d'attractions à côté de la plage.

Je ris doucement en repensant à la robe rouge dans le style des années 1950 que portait ma mère. Elle n'était absolument pas adaptée aux montagnes russes, mais ça ne l'avait bien entendu pas arrêtée.

— Des fish and chips, des autos-tamponneuses et des châteaux de sable.

— Là-bas, c'est *Nathan's*, le restaurant de hot dogs, indique-t-il.

Nous continuons, songeurs, et je prends une rasade de brandy pour contrer le froid. Ça fonctionne bien ; malgré les températures basses, je brûle de l'intérieur.

— Je te donne un penny en échange de tes pensées les plus secrètes.

Devant le coup d'œil furtif qu'il me lance, je me mords les doigts de n'avoir pas mieux choisi mes mots.

— Gio, je suis désolée, je n'ai pas réfléchi…

— Hé, ce n'est pas grave, me rassure-t-il en me serrant la main. Tu peux prononcer son prénom sans que ce soit bizarre.

Je hoche la tête et je déglutis et lui serre la main à mon tour, en regrettant encore mes paroles.

— Iris, je peux te dire un truc ? reprend-il en s'arrêtant pour se tourner vers moi. La mort de ton ex est plus récente que celle de ma femme. Si tout ça va trop vite, il te suffit de mettre le holà et nous pouvons y aller plus doucement.

Il tend la main pour rajuster mon bonnet sur mes oreilles.

— Je comprendrais si jamais Noël, c'est trop demander, d'accord ?

Les larmes me montent aux yeux. Je lutte contre l'envie de cracher l'horrible vérité dans l'air glacé entre nous, de laisser le vent mordant l'emporter vers l'océan et de la plonger dans les profondeurs où elle ne nous embêtera plus.

— Adam… mon partenaire… ce n'était pas quelqu'un de bien, dis-je, parce que je refuse de m'enfoncer davantage dans le mensonge.

Gio a eu une belle histoire qui s'est terminée trop tôt. Moi, j'ai connu une relation toxique qui n'aurait jamais dû avoir lieu.

Je regarde mes mots atteindre Gio. Son expression vacille, il me caresse la mâchoire.

— C'est courageux d'être si honnête. Ne culpabilise pas de garder les bons comme les mauvais souvenirs, les gens ne deviennent pas des saints simplement parce qu'ils sont morts.

Une énorme boule se loge dans ma gorge, car Gio est beaucoup trop bon.

— Toi si, dis-je en ravalant mes satanées larmes, attisées par l'alcool. Tu auras droit aux trompettes, aux médailles et à ta propre escouade de cupidons et d'anges.

— Je crois que tu as un peu trop bu de brandy, fait-il remarquer avant de me tenir le visage. Pour ta gouverne, ce que j'ai en tête en ce moment n'est pas digne d'un saint.

Submergée par l'émotion, je lâche un rire et il m'attire contre lui. Notre baiser est mêlé de sel et de désir.

— Et si on allait à l'arrière de la voiture ? je propose.

Il rit contre ma bouche.

— Putain que oui.

Mon ventre se serre et j'ai envie de lui dire qu'avec son mode autoritaire il retrouve son côté *Éclair de lune* qui me fait tant craquer, mais son baiser me fait tout oublier.

Je me sens l'âme d'une adolescente lorsque nous traversons le parking désert, en nous arrêtant deux fois pour des baisers endiablés qui nous semblent aussi essentiels que de l'oxygène pour parvenir en vie à la voiture et enfin nous déshabiller. Gio fouille sa poche à la recherche de la clé, ses lèvres contre les miennes, jurant en italien. Dans sa précipitation, il fait tomber les clés par terre, ce qui me fait rire et grogner à la fois puis j'émets un son guttural quasi animal lorsqu'il se penche pour les ramasser et effleure le haut de ma cuisse avec sa bouche. Son regard planté dans le mien est si terriblement sexy que je dois me tenir à la voiture pour garder l'équilibre.

Il remonte le long de mon corps en me plaquant contre la carrosserie froide et je déglutis en tendant la main.

— Donne, dis-je en lui prenant les clés, au cas où il les lâcherait à nouveau.

Je me tourne vers la portière et il s'appuie contre mon dos, son souffle chaud sur ma nuque. L'espace d'un instant, je suis coincée entre l'homme et la machine et quand sa main se glisse sous mon pull vers ma poitrine je penche la tête en arrière sur son épaule et pousse un grognement.

— Il faut qu'on entre dans cette foutue voiture, marmonne-t-il.

— Vraiment ? dis-je parce qu'il vient de baisser mon soutien-gorge et que je me sens bien comme ça.

— Sinon on va finir dans une cellule pour attentat à la pudeur.

Il prend la clé et l'insère dans la serrure derrière ma hanche. Nous haletons tous les deux de soulagement lorsque nous entendons le loquet s'ouvrir, puis Gio tire sur la poignée arrière avant de me pousser dans l'habitacle. Il claque la portière puis atterrit au-dessus de moi. Maintenant que nous sommes à l'intérieur, je me rends compte à quel point il fait froid dehors.

— Pour une grande voiture, ça paraît étroit, tout à coup, dis-je, le dos contre le cuir rouge capitonné de la banquette arrière.

— Je crois que nous sommes trop vieux pour ça, commente-t-il en s'appuyant sur les coudes pour ne pas m'écraser.

— Allonge-toi sur moi, dis-je en l'attirant par le col de son manteau. J'aime bien.

Il rit à moitié, sa bouche tout près de la mienne alors qu'il passe à nouveau la main sous mon pull.

— Moi aussi.

— Tu as les mains froides, je murmure.

— Toi, tu es sacrément chaude, répond-il avant de s'interrompre, les sourcils froncés, et d'ajouter : Je veux dire que tu as la peau chaude, pas que…

Je feins un air perplexe, savourant le fait qu'il patauge.

— Tu ne me trouves pas chaude ?

— Si, mon Dieu si.

Il défait mon soutien-gorge et je retire mon pull.

— Parfaitement chaude, murmure-t-il en passant ses lèvres entre mes clavicules. C'est comme toucher la surface du putain de soleil.

— Tu te rattrapes, je murmure, emplie de désir. Je n'ai jamais fait l'amour à l'arrière d'une voiture. Ni à l'avant, d'ailleurs.

— Moi non plus.

Il m'embrasse avec fougue tout en ouvrant le bouton de mon jean, puis son baiser se fait plus lent et plus profond tandis qu'il faufile la main dans mon pantalon puis dans ma culotte jusqu'à glisser ses doigts froids en moi.

— C'est peut-être le meilleur moment de ma vie, je halète, et je sens son sourire contre ma bouche.

— C'est assez haut sur ma liste aussi, répond-il pendant que je lui retire son jean.

Il prend une grosse inspiration et ferme les yeux quand ma main se referme sur lui. Nous sommes limités dans nos mouvements par mon jean trop haut sur mes cuisses et le sien à ses chevilles. Je ne saurais dire s'il empire ou améliore les choses en poussant des jurons en italien mais ça me fait rire alors que je gigote pour baisser mon pantalon et lui faire de la place entre mes jambes.

— Enfin, putain, marmonne-t-il en entrant en moi et je déglutis en hochant la tête, ivre de plaisir.

— Je retire ce que je viens de dire. C'est maintenant, le meilleur moment.

Et puis il ralentit les choses, ses douces lèvres sur mon visage, ses yeux intenses rivés aux miens alors que son souffle se saccade. Je bouge sous lui, j'écarte les genoux contre le siège en cuir pour soulever les hanches et le serrer davantage, et il souffle mon prénom en se mordant la lèvre. Je n'aurais jamais imaginé que faire l'amour à l'arrière d'une voiture puisse être si tendre. Nous sommes dans notre bulle, dans une Cadillac de rêve, et nous prenons notre temps.

— Bienvenue à Coney Island, dit-il ensuite, son front appuyé contre le mien.

— C'est vraiment aussi palpitant que les guides le décrivent, je commente, mon cœur cognant contre le sien.

— Tu devrais voir comment c'est en été.

— J'ai l'impression que je le préfère en hiver.

Il m'embrasse, sans la moindre hâte, satisfait.

— Oui, moi aussi.

— On va rester comme ça toute la nuit ?

— Je risquerais de ne plus jamais marcher, lâche-t-il dans un soupir.

Je ris.

— Je crois que je me suis déboîté la hanche, mais ça valait le coup.

Il se redresse et nous récupérons nos vêtements avant de nous asseoir côte à côte, comme si nous venions de courir un marathon. Je lui suis reconnaissante quand il passe la main à l'intérieur de son manteau pour me donner le brandy.

— Tu es comme un saint-bernard, je plaisante en portant la flasque à mes lèvres. Toujours à ma rescousse.

Il fronce les sourcils en secouant la tête, mais je décèle son sourire et je pose la tête sur son épaule en souriant à mon tour. Il y a tant de joie paisible chez cet homme. Tant d'amour.

28

MARDI MATIN AMÈNE UN FROID AMER et je suis étendue dans mon lit en repensant à la veille. Ai-je vraiment parlé de saint-bernard et d'une escouade d'anges ? Bien que tout baigne un peu dans le flou, le bien-être que je ressens n'a rien à voir avec des êtres célestes mais plutôt avec ce qui s'est passé à l'arrière de la Cadillac. Mes premières histoires d'amour n'ont pas été terribles, j'étais trop occupée dans des cuisines ardentes pour aller batifoler. La soirée d'hier mérite cinq étoiles, la note la plus haute en matière de partie de jambes en l'air. C'était sans conteste le meilleur coup de ma vie. Aucun de nous ne s'attendait à être si excité de se retrouver à l'arrière d'une voiture, on a peut-être tous les deux grand besoin d'un grain de folie dans nos vies.

Mon téléphone vibre à côté de mon oreiller.

Je confirme que je me suis cassé le dos.

Je tire la couette sur mes épaules et me recroqueville sur le côté, bien au chaud.

C'est ce qui arrive quand on attire des filles à l'arrière d'une voiture.

Je suis presque sûr que c'était ton idée…

Je ris en fermant les yeux pour me rejouer la soirée. Le brandy. Les trompettes. *Et si on allait à l'arrière de ta voiture ?* Ouais, je plaide coupable. Mon téléphone bipe avant que je n'aie eu le temps de répondre et je souris toujours en ouvrant le message. Mais il n'est pas de Gio.

Oh petite souris, tu m'as blessé. Je devrais peut-être venir pour arranger les choses et te donner ton cadeau de Noël en personne. Tu pourrais me faire visiter la ville, me préparer un peu de ta glace. Qu'en dis-tu ?

Je me sens boursouflée, comme si on m'avait versé de l'eau brûlante dessus. C'est un saut trop brutal pour mon cerveau, entre le paradis d'hier soir et l'enfer d'Adam Bronson. J'ai l'impression qu'il a surgi de mon écran pour venir hanter le cocon tranquille de ma chambre. Mon téléphone se manifeste à nouveau, annonçant un autre message, et je me roule en boule en fermant les yeux, trop effrayée pour regarder. Il vibre encore et encore jusqu'à ce que je le jette contre le mur avant de me précipiter sur mes jambes tremblantes à la salle de bains où je vomis mes tripes.

Je me tiens sous la douche chaude et laisse l'eau rincer ma panique. Je répète les exercices de respiration qui m'ont sauvée les premiers temps après que j'ai quitté

Adam. Il ne va pas venir à New York. Il ne va pas venir à New York. Il ne va pas venir à New York. Je scande les mots comme un mantra, sachant que c'est probablement la vérité. Adam Bronson est un manipulateur de seconde zone, il prend un malin plaisir à me faire peur et il tente d'exercer un pouvoir qu'il n'a plus. Bobby me dirait tout ça si je lui montrais le dernier message, ce que je ne vais pas faire parce que je n'aurais jamais dû répondre au premier. Je déteste le sentiment d'être aspirée dans le vortex d'Adam. Les eaux sont sombres et rances, elles m'emplissent la bouche. Ça me colle aux cheveux, à la peau, c'est difficile à frotter même sous la douche la plus brûlante possible.

Un peu plus tard, je suis assise devant un café à la table de la cuisine, transie de froid bien qu'emmitouflée dans ma robe de chambre, une serviette enroulée sur la tête. Je pose la main sur ma cuisse gauche, consciente du tremblement de ma jambe. Ça ne m'est pas arrivé depuis très longtemps, une telle réaction, je pensais qu'elle appartenait au passé. Je ne sais pas quoi faire. Je ne vais pas répondre. Je sais qu'il n'attend que ça : obtenir confirmation que son message a fait son effet, que je suis tapie de peur. J'essaie de mobiliser la superhéroïne en moi qui s'est manifestée il y a quelques semaines dans l'allée, mais elle m'a quittée. Je suis angoissée, toute seule. Je suis peut-être condamnée à ça. C'est une idée déprimante, une idée à laquelle je n'ai pas envie d'accorder de crédit car c'est exactement ce qu'Adam cherche – m'amener à me sentir impuissante et redevable, incapable de voir qu'il y a d'autres gens, d'autres endroits. Sauf que j'y suis arrivée. Je me suis battue bec et ongles pour en arriver là, quitte à être couverte d'hématomes. Ai-je vraiment fait tout ça pour l'autoriser à m'arracher la victoire, un KO suite à un coup de chance ?

Je ferme les yeux et me force à respirer lentement, à visualiser notre ring, à me représenter le bras en l'air, triomphante, devant Adam étendu par terre, vaincu. J'entends la foule rugir et je vois les gens autour de moi brandir le poing. Les yeux bleu clair de ma mère, les boucles souples de Sophia, les épaules carrées de Gio. J'aperçois quelqu'un d'autre, furtivement. J'aperçois à peine son visage car elle se tourne déjà pour partir mais elle me ressemble beaucoup et je crois percevoir de la fierté dans son faible sourire. Elle ne porte ni cape ni bottes de superhéros, mais ça m'apporte du réconfort de savoir qu'elle n'est pas loin.

29

SHEN ARRIVE DANS LA CUISINE avec une pile d'assiettes sales dans les mains.

— Désolée de devoir t'annoncer que le vieux type est revenu.

Je soupire. Trois jours sont passés depuis le dernier texto d'Adam et j'ai à peine dormi, incapable de penser à quoi que ce soit d'autre. J'ai tout juste réussi à faire bonne figure pour nc pas inquiéter Gio quand nous nous sommes parlé et échangé des messages et Bobby a du travail par-dessus la tête, mais je traverse en silence une intense crise personnelle. Shen me dévisage, les sourcils froncés, puis me prend par les épaules.

— Ça va ?

Ce n'est pas la question à poser à quelqu'un dans mon état. J'élude avec un sourire forcé avant d'aller chercher quelque chose dans le frigo pour ne pas avoir l'air de la repousser.

— Très bien. Je suis fatiguée, c'est tout, j'ai veillé tard devant un film d'horreur.

Le mensonge me vient tout naturellement et semble la convaincre.

— Dis-lui que j'arrive dans une minute.

Il est à peine 20 heures, je n'ai vraiment pas le temps de lui parler, mais je ne peux pas le congédier.

Il traîne près de la porte de la cuisine quand je le rejoins dans la salle après avoir éteint la gazinière.

— Iris, dit-il en retirant son chapeau. Je ne vais pas te retenir longtemps, tu es occupée.

— Vous voulez manger quelque chose ?

Il secoue la tête et pose la main sur son ventre.

— Maria m'a déjà bien nourri. Cette femme ne peut pas cuisiner pour moins de dix personnes même si on n'est que deux à table.

Je hoche la tête, passant un pied derrière l'autre cheville, dans l'expectative.

— J'ai trouvé des vieux trucs qui pourraient t'intéresser. De l'époque où ta mère était dans les parages.

Mal à l'aise, il gesticule tout en parlant et je comprends qu'il veut faire une bonne action en échange de l'ultimatum qu'il m'a imposé.

— J'aimerais beaucoup les voir, dis-je et je la sens à nouveau, la boule dans ma gorge.

En temps normal, je ne suis pas du genre à fleur de peau et là, c'est épuisant.

Il relâche les épaules, soulagé.

— Je loue un box de stockage à quelques blocs d'ici, explique-t-il en me passant un morceau de papier couvert de pattes de mouche. On s'y retrouve demain matin ?

— Entendu.

Pendant une seconde il semble vouloir dire autre chose, mais il se ravise et remet son chapeau pour partir.

— Merci, dis-je en pliant le papier avec l'adresse avant de le ranger dans ma poche arrière.

Il touche le bord de son chapeau puis tourne les talons et je me réfugie dans le sanctuaire de ma cuisine où je m'appuie contre la porte et me masse le nez tout en pratiquant un exercice de respiration.

Comme promis, le box n'est pas loin. Je me suis habillée chaudement pour affronter le vent de décembre et bientôt j'aperçois Felipe sur le trottoir devant un immeuble à la façade vitrée avec une enseigne de garde-meubles.

— J'ai apporté du café, annonce-t-il en brandissant une Thermos argentée. C'est Maria qui l'a fait.

Je retire mon bonnet, de la sueur perlant à la base de mes cheveux.

— Vous ne lui avez rien dit au sujet de ma mère, n'est-ce pas ?

Il balaie mon inquiétude d'un geste.

— Je lui ai dit que j'avais rendez-vous avec une amie de longue date, ce qui est le cas, en un sens. Et arrête de me vouvoyer.

Il marche d'un pas allègre et je le suis à l'intérieur. Il a l'air content. Pour ma part, je suis intriguée et ravie de penser à autre chose qu'à Adam. Nous sommes dans l'un de ces garde-meubles qui se sont multipliés un peu partout, des anciens entrepôts convertis en petits box à louer où entreposer tout et n'importe quoi, auquel on accède par un ascenseur menant à des portes blanches enroulables à perte de vue.

Felipe tente de se repérer en regardant autour de nous, avant de s'engager dans un couloir. Il a un porte-clés en plastique dans la main et quand il s'arrête enfin il me le montre.

— Trois cent cinquante-neuf, c'est bien ça ?

Je hoche la tête.

— Ma mère aussi refusait de porter des lunettes, dis-je sur un ton léger, ce qui le fait soupirer alors qu'il insère la clé dans le cadenas.

Il ouvre la porte avec la verve d'un showman.

— Je suis venu ici hier pour vérifier que cette foutue recette n'était pas quelque part, explique-t-il. Mais j'ai fait chou blanc.

L'intérieur du box me surprend. Je m'attendais à des cartons pêle-mêle, mais c'est plutôt rangé et il y a même un canapé Chesterfield le long d'un des murs.

— C'est plutôt cosy, je commente en le regardant trifouiller la télécommande d'un chauffage d'appoint.

Il allume une lampe et sourit.

— Tu n'as encore rien vu.

— Les propriétaires n'ont pas peur que des squatteurs élisent domicile ici ?

Il m'invite à entrer avant de refermer la porte roulante.

— Ils facturent l'électricité à la journée pour dissuader les locataires de brancher des frigos pleins de bière. Bande de rabat-joie.

— Et leurs télés, dis-je en voyant un écran sur un pied.

— Ouais, ça aussi. Assieds-toi.

Je retire mon écharpe et ouvre mon manteau avant de prendre place sur le canapé, légèrement mal à l'aise. Personne ne sait que je suis ici, pour autant je ne me sens pas en danger. D'une, Felipe est un Belotti et de deux, c'est le père de Gio. Et surtout, je sais qu'il essaie de m'accorder une faveur par respect pour ma mère ; je le soupçonne d'avoir déployé de gros efforts pour rendre cet endroit présentable aujourd'hui.

— Tu n'as pas l'air dans ton assiette, remarque-t-il en me versant du café dans un gobelet.

De toute évidence, il va falloir que je retravaille mon maquillage ; je pensais avoir réussi à cacher mes cernes.

— Je ne dors pas très bien en ce moment, j'admets en haussant les épaules. Mais ça passera.

Il pousse un profond soupir en s'asseyant puis il saisit une grande enveloppe brune à côté du canapé.

— J'ai trouvé ça dans un carton. Ça a sans doute plus de valeur pour toi que pour moi, au stade où j'en suis.

Je pose le gobelet par terre et prends l'enveloppe sur mes genoux.

— Je te préviens, je vais sans doute pleurer, mais ne t'en fais pas, ces temps-ci ça m'arrive au moins trois fois par jour. Je dois avoir un problème de canal lacrymal.

Il se frotte le menton en me dévisageant.

— Ta mère disait aussi des trucs bizarres dans ce genre-là.

Au lieu de m'offusquer, je préfère me concentrer sur ce que renferme cette enveloppe. Elle est assez grosse. J'en sors une liasse d'articles de journaux et de photos.

— Pour être honnête, je ne me souviens pas d'avoir gardé ça. C'est Louis qui a dû la laisser là.

À voir mon expression, il comprend que je n'ai pas la moindre idée de qui est Louis.

— Notre manager, à l'époque. Il nous a lâchés quand les choses se sont gâtées, pour aller ferrer de plus gros poissons.

Je l'ignorais. Je regrette de ne pas avoir de stylo pour écrire tout ça et éviter de l'oublier. Je me contente de regarder la photo sur le haut de la pile.

— Il y en a une similaire dans l'album de ma mère, dis-je en regardant le cliché sur lequel le groupe prend la pose autour de la batterie de Charlie Raven.

Assis sur le tabouret, baguettes en main, celui-ci dégage une énergie nerveuse.

— Mon père, dis-je en passant le doigt sur le papier.

— C'est triste, la façon dont il est mort.

— Nous n'étions pas en contact.

Felipe émet un grognement bas.

— Il a fait le même choix que moi. C'était soit être père, soit prendre la route.

— Ma mère aussi a dû choisir, je réponds en la contemplant.

— Et c'est toi qu'elle a privilégiée. C'est parti en cacahuètes à partir du moment où elle a découvert qu'elle était enceinte de toi. Elle était malade presque tout le temps, Charlie a eu les jetons. Ils ne pouvaient plus être dans la même pièce, alors encore moins dans le même groupe.

Je suis pendue aux lèvres de Felipe tout en consultant les photos suivantes. J'en ai déjà vu certaines mais d'autres sont nouvelles ; c'est un cadeau inattendu.

Felipe fait de son mieux pour me préciser les lieux et me raconter des anecdotes alors que je les passe en revue et au bout de quelques minutes il me tend une boîte de mouchoirs.

— C'est mon canal, je marmonne.

— C'est ce que t'as dit.

Je déroule l'affiche d'un concert dans une petite salle de Los Angeles qui représente la silhouette de ma mère sur scène. L'image capture si bien son essence que je hoquette avant de tousser plusieurs fois pour m'éclaircir la gorge.

— Elle a découvert qu'elle était enceinte le jour où cette photo a été prise, explique-t-il. Je la revois encore glisser le test de grossesse dans sa poche arrière juste avant de courir sur scène.

J'étudie l'image de près et c'est vrai qu'on distingue le bout blanc du bâtonnet en plastique qui dépasse de sa poche. Je me tourne vers Felipe, consciente que je dois avoir les joues maculées de coulures de mascara.

— Je suis sur cette photo, je murmure. Juste là, sans doute pas plus grande qu'un grain de riz, mais je suis là.

Je montre la taille d'un minuscule grain de riz entre mon pouce et mon index et il passe le bras autour de mes épaules en me donnant un autre mouchoir. Je n'avais jamais vu de photos de ma mère enceinte, c'est une première.

— Je vais la faire encadrer, je décide en me mouchant. Puis l'accrocher à mon mur.

Il me caresse l'épaule.

— Il y a autre chose, mais étant donné ton... problème de canal, tâte-t-il en montrant mon visage, il vaut mieux remettre ça à un autre jour. Demain, peut-être.

Je me passe la main sur le visage et le fixe.

— Non. Hors de question, je veux tout voir. Felipe, s'il te plaît, ça va, je t'assure.

Il hausse une épaule et pousse un soupir.

— Si tu le dis. Mais bois au moins un peu de café d'abord.

Je range avec soin les papiers et les photos dans l'enveloppe et la mets sur le côté.

— Merci, dis-je en prenant mon café. Pour tout ça.

— Viv était une sacrée nana, déclare-t-il en sourcillant.

J'hésite avant de poser la question suivante, par peur d'être indélicate.

— Sais-tu ce qui s'est passé entre Santo et elle ?

Il lève les yeux au plafond et lâche un petit rire.

— À l'époque, on était tous un peu amoureux de ta mère, mais on ne comptait plus que pour du beurre dès qu'elle a posé ses yeux bleu clair sur mon frère, raconte-t-il, avant de secouer la tête. Il est venu prendre une bière avant un concert, et voilà. Les deux jours suivants, ils ont filé le parfait amour. Je reconnaissais à peine Santo, il était envoûté.

Il parle à voix basse et lente, plongé dans ses souvenirs.

— Et puis il était temps pour nous de prendre la route. Des dates étaient prévues dans tout le pays, on partait vers Los Angeles – vers la gloire, à en croire Louis. À vrai dire, je n'étais pas sûr qu'elle vienne. J'ai cru qu'elle allait choisir mon frère.

— Mais elle ne l'a pas fait, dis-je, car je connais cette partie de l'histoire.

— C'était moins une. Le bus l'a attendue cinq minutes, puis dix, quand soudain elle est arrivée en courant et elle est montée, avec des problèmes de canal lacrymal comme toi en ce moment, ajoute-t-il en agitant la main devant mon visage. Elle n'a pas dit un mot de tout le trajet, recroquevillée à l'arrière comme un animal blessé.

Nous restons assis dans un silence contemplatif, ponctué par mes reniflements. J'ai le cœur brisé de songer que ma mère a dû trancher entre l'amour et l'ambition, bien trop jeune et fragile à l'époque pour prendre de telles décisions, de celles qui changent le cours d'une vie. Et pourtant, d'après Felipe, elle n'a pas hésité une seconde quand elle a découvert qu'elle attendait un enfant. Elle m'a toujours dit que ce jour-là avait été le plus beau de sa vie, parce qu'elle avait enfin quelqu'un à aimer pour toujours. C'est à la fois merveilleux et bouleversant, maintenant que je sais tout ce qu'elle a sacrifié pour devenir mère. Quand elle est montée sur scène ce soir-là, un flot d'émotions devait tourbillonner en elle. C'est peut-être la raison pour laquelle la photo véhicule si bien qui elle était ; elle était déchirée entre son ancienne et sa nouvelle vie.

— Tu voulais me montrer autre chose ?

Felipe frotte sa joue parsemée de poils puis il s'avance vers la télévision. Je l'observe sans comprendre, jusqu'à ce que je remarque le lecteur VHS sous l'écran.

— Felipe…, je balbutie, la main sur le cou. Il y a un film ?

Il se retourne vers moi.

— Tu es sûre de toi ?

J'ai le souffle coupé, les yeux rivés à l'écran, incapable de croire que je suis sur le point de voir ma mère.

— Oui, je murmure.

— C'est une compilation de nos meilleurs moments, déclare-t-il en reculant pour étudier les boutons sur l'appareil. Crois-moi, ça a ravivé un certain nombre de souvenirs quand je l'ai regardée hier soir.

— Une compilation de vos meilleurs moments, je répète, comme s'il parlait dans une langue étrangère.

Mon cœur bat si fort que je risque de ne pas entendre le film.

— Voilà, dit-il en se rasseyant alors que l'écran clignote. Donne-lui une minute.

Je suis si nerveuse que j'ai les paumes moites, terrifiée à l'idée que le vieux lecteur avale la cassette.

— Pourquoi ça met autant de temps ? je marmonne en regardant tour à tour Felipe et la télévision.

— Attends…, dit-il en agitant la main vers moi. C'est une vieille machine, il lui faut un peu de temps au démarrage.

Je me cramponne au bord du canapé quand le nom du groupe s'affiche, accompagné par l'une de leurs chansons qui grésille dans les haut-parleurs.

— C'est un peu rouillé, commente Felipe.

Ça m'est bien égal, car le nom disparaît pour laisser place au groupe, en plein concert devant une foule en délire. L'image est un peu sombre et le son loin d'être parfait, mais c'est ma mère en chair et en os, comme je ne l'ai jamais vue jusque-là, et je suis émerveillée. Je l'ai vue chanter un nombre incalculable de fois, mais ça…

c'est électrique. Elle est si jeune et si puissante, subjuguant la salle entière.

— C'était vraiment une star, hein ? je murmure en essuyant de grosses larmes de mes yeux pour mieux la voir.

— Une bombe, renchérit Felipe.

Le concert se termine et l'écran redevient noir, puis le groupe réapparaît pour une interview. Ils répondent à des questions plutôt banales pour la plupart, mais qu'importe, tant que je la vois parler et rire. Sa voix n'est que mélodie à mes oreilles, son rire une clochette qui m'ensorcelle. Je descends du canapé pour m'agenouiller devant le poste de télévision et je tends les doigts vers son visage lorsqu'elle fixe la caméra. C'est comme si elle me regardait directement, et je ris et pleure dans un pur émerveillement parce que j'ai l'impression qu'elle est là en cet instant, comme si par miracle nous pouvions nous voir pendant ce bref, ce minuscule moment de connexion.

— Maman, je murmure, la bouche pleine de pleurs salés.

Je suis parcourue de gros sanglots, de chaudes larmes thérapeutiques coulent sur mon visage, mon corps tremble parce que ces derniers jours ont été atroces et que j'ai l'impression qu'elle a trouvé le moyen d'entrer en contact avec moi pour me dire que tout va s'arranger.

— Tu me manques tellement, je souffle, touchant toujours l'écran alors que l'image se dissipe et que le générique de fin se met à défiler.

Felipe pose la main sur mon épaule et quand je me lève il écarte les bras pour que je me blottisse contre lui.

— Ça va, ma grande, dit-il en me tapotant le dos. Ça va aller. Je suis là.

Il me ramène vers le canapé et me donne d'autres mouchoirs en me caressant le genou pendant que je retrouve mon calme.

— Désolée, je hoquette. C'est un vrai choc.

— Je suis navré que tu aies perdu ta mère. Elle était vraiment formidable.

Je perçois l'émotion dans sa voix et me force à lui sourire ; il n'était pas obligé de me montrer ça et je n'ai pas les mots pour exprimer ma gratitude. Je ne savais pas à quoi je m'attendais en venant ici ce matin. Mais certainement pas à ça. Pas à ce sentiment que ma mère me joint par-delà les mondes pour me réconforter et me rappeler de qui je suis la fille.

— Est-ce qu'on peut le revoir ?

Felipe rembobine et nous restons assis l'un à côté de l'autre pour visionner le film deux fois de plus, puis il éjecte la cassette et me la tend.

— Garde-la. J'y étais, tout est là-dedans, dit-il en se tapotant la tempe alors qu'il boutonne son manteau. Parfois, c'est en lâchant prise qu'on se libère, Iris.

Je serre la cassette chaude comme si c'était un métal précieux. Cette vidéo, cette photo prise le jour où ma mère a appris qu'elle était enceinte... c'est de l'or pour moi. C'est si étrange de penser qu'elles ont sommeillé dans ce box pendant toutes ces années pour finalement se révéler à moi quand j'en ai le plus besoin, comme si elles attendaient le bon moment. En général, je ne suis pas quelqu'un de superstitieux – je marche sous les échelles et je préfère de loin les chats roux grincheux aux chats noirs censés porter chance – mais impossible de ne pas voir une interférence cosmique en cet instant, comme si la vieille télé de Felipe était un passage temporaire entre les royaumes. Je finis mon café et, pour la première fois depuis des jours, j'ai chaud. Je pose la main sur ma jambe gauche : elle ne tremble plus.

30

J'AI SUPPRIMÉ LES MESSAGES D'ADAM et bloqué son numéro. Ces dernières semaines, il a à nouveau été une ombre menaçante dans ma vie, mais après ma matinée avec Felipe je sais exactement quoi faire. Le rejeter. L'ignorer. Le considérer mort et vraiment m'y tenir cette fois, car je ne me suis pas extirpée de ses griffes pour le laisser devenir mon Voldemort personnel. J'habite à New York, maintenant. Ce qui s'est passé à Londres ne me définit plus.

Je me suis bien occupée ce week-end, que ce soit au restaurant ou chez moi avec les décorations de Noël. J'ai mis des illuminations à ma fenêtre et la guirlande de pommes de pin dorées de ma mère autour du miroir. Nous avions déniché ces pommes de pin par une froide matinée cristalline à Londres, que nous avions peintes ensuite en nous tachant les doigts. Elles se sont ternies avec le temps, mais elles véhiculent tout de même l'esprit de Noël. Le bulletin météo de la radio au petit déjeuner a annoncé de possibles chutes de neige, mais comme il m'a déjà trompée j'y croirai quand je la verrai.

J'entends du bruit à la fenêtre – comme des cailloux – et je traverse la pièce pour aller vérifier, la peur au ventre.

— J'ai vu ça devant l'épicerie et j'ai pensé à toi, crie Gio, la main au-dessus des yeux.

Il tient le haut du tronc d'un sapin de Noël qui lui arrive à aux épaules. Je secoue la tête en riant.

Je me précipite vers le palier pendant qu'il traîne l'arbre dans la cage d'escalier et une fois arrivé à ma porte il le montre avec un geste théâtral et un sourire qui lui donne l'air d'avoir dix-huit ans.

— Je ne comptais pas mettre un sapin, je proteste.

— Oui, c'est ce que tu as dit. Mais où aurais-tu accroché ton fouet sinon ?

Je lui indique un coin alors qu'il tire l'arbre à l'intérieur et puis nous reculons pour l'admirer.

— Il semblait plus petit dehors, concède-t-il.

— Sans blague.

— Peut-être qu'on devrait le tourner un peu ?

Il essaie, mais le conifère est si touffu que quel que soit le sens il empiète sur le canapé.

Je m'assieds en écartant les branches pour regarder Gio.

— J'ai l'impression de t'épier.

Il pousse le canapé avec moi dessus jusqu'à ce qu'il soit hors de portée du sapin. Celui-ci touche désormais le bar de l'autre côté, mais au moins je n'aurai plus l'impression d'être dans un documentaire sur la forêt sibérienne chaque fois que je m'y installe.

— Parfait, constate-t-il.

Je me lève et me plante à côté de lui.

— Tu as raison, il est parfait.

C'est le premier vrai sapin de Noël que j'ai depuis des années. Adam en avait un petit en plastique orné d'une guirlande lumineuse qu'il refusait de changer, un objet désolant qui parvenait à rendre la pièce encore plus déprimante. Sans boules, et encore moins des cadeaux en dessous.

— Tu as des illuminations ?

Gio me regarde et je secoue la tête. La seule guirlande que je possède est déjà à la fenêtre.

— Des décorations, alors ?

J'attrape le fouet et l'accroche à une branche, avant de reculer. Il tournoie lentement, reflétant la lumière du jour, un éclat de couleur perdu dans un vert infini.

— Tu sais ce que ça veut dire, je lance.

Il grogne.

— Ne me dis pas qu'on doit retourner à la boutique de Noël.

— On doit retourner à la boutique de Noël.

Je me frotte les mains comme une enfant surexcitée.

— Je vais chercher mon manteau.

En ce moment, ma vie ressemble aux montagnes russes de Coney Island, une série de sommets euphoriques suivies de pentes vertigineuses. Aujourd'hui je nage dans le bonheur, car Gio et moi avons passé l'après-midi à décorer le sapin en mangeant du panettone de la petite boulangerie qu'il adore sur Mulberry Street. J'ai savouré l'instant présent lorsque nous sommes revenus avec nos achats. Gio était à quelques pas devant moi sur le trottoir, emmitonné dans son caban bleu marine, le panettone enveloppé dans du papier brun et du ruban dans une main et des décorations de Noël dans l'autre, quand les prévisions météo ont enfin tenu leur promesse à propos de la neige. Gio s'est tourné vers moi, les épaules couvertes de gros flocons blancs, et j'ai pris une photo mentale pour immortaliser la scène.

— On dirait que tu as dévalisé le magasin et que tu as tout entassé sur les branches, commente-t-il lorsque je déclare le sapin fin prêt.

— Je l'adore. C'est le plus beau sapin de toute l'histoire des sapins de Noël.

Il a l'air incroyablement festif, un flamboiement de couleurs vintage – des touches de vieux rose, de vert pomme et de rouge pomme d'amour. J'ai fait des folies à la boutique, j'ai acheté beaucoup trop de babioles mais je n'en suis pas le moins du monde désolée parce que mon sapin semble tout droit sorti d'un dessin d'enfant. De l'un de mes dessins d'enfant mélancoliques.

Je nous prépare des pâtes pour le dîner puis nous nous prélassons sur le canapé et savourons le halo féerique des illuminations, la télé allumée à bas volume et la neige tombant au-dehors.

— De fortes chutes de neige sur le *Motel du Lundi Soir*, déclame-t-il.

J'ajuste ma tête sur sa poitrine.

— Peut-être que nous allons être bloqués à l'intérieur.

— Peut-être.

Mais nous savons tous les deux qu'il est bientôt l'heure pour lui de partir. Bella est au cinéma et il doit la retrouver là-bas à 22 heures pour la raccompagner chez eux, par ce temps.

— J'ai l'impression que c'est déjà Noël, dis-je.

— C'est vrai que tu as le plus beau sapin du quartier.

— Grâce à toi.

Je me sens bien dans les bras de Gio, même si à l'arrière de ma tête je n'oublie jamais la bombe à retardement. Elle existait déjà avant que ne soit fixée l'échéance du Nouvel An. J'entends son tic-tac au réveil, ainsi que dans mes rêves la nuit, des rêves étranges dans lesquels je regarde l'horloge et me rends compte que les chiffres ont été remplacés par des mots. MENTEUSE figure en lettres capitales au premier quart d'heure, SECRET à la demi-heure. Le prénom d'Adam est imprimé aux trois quarts et une petite boule à facette attend que sonnent les douze coups de minuit. Les aiguilles tournent dans les deux directions à un rythme effréné. Inutile d'être psy pour en analyser la signification, le présage de danger qui sommeille sous mes pieds comme la faille de San Andreas.

Avant que Gio ne parte, nous faisons l'amour sur le canapé, sous les lumières du sapin – et c'est bien de l'amour qu'il y a entre nous, même si nous n'avons pas prononcé le mot à voix haute. J'ai beaucoup râlé contre ce canapé, mais désormais si Bobby s'avise de vouloir le remplacer, je refuserai net, car il garde mes secrets et renferme certains de mes plus beaux souvenirs. Celui-là en particulier.

La neige change tout, non ? La vue à la *Narnia* par les fenêtres, les sons étouffés du monde, les conversations des rues. New York est encore plus magique. Ce matin j'ai laissé des empreintes de pas toutes fraîches dans la poudreuse blanche du parc de l'autre côté de la rue. Je me suis arrêtée un moment pour écouter la chanteuse ; elle a retrouvé sa voix et m'a serré la main quand j'ai déposé quelques pièces dans sa coupelle en plastique. Le sol est trop mouillé pour son chapeau.

Hier matin, j'ai passé quelques heures chez *Belotti* pour aider Sophia derrière le comptoir. J'y vais toujours de temps en temps, même si ce n'est plus pour la recette, car il y a peu de demande en glace tant que la ville subit la vague de froid et que la famille attend le retour de Santo. J'y vais parce que j'adore être là-bas, parce que je me suis beaucoup attachée à Sophia, parce que les Belotti me donnent un sentiment d'appartenance. Chez eux, j'ai un mug à mon nom. Parfois, Maria m'envoie des recettes qu'elle pense que je vais aimer. Bella a joué du piano hier, des chants de Noël qui ont adouci l'ambiance pendant que Sophia, Gio et moi glissions des *cannoli* faits maison et des biscuits italiens couverts de sucre glace dans des sacs en papier rayés vert et blanc. Afin d'alléger les humeurs et de faire sonner le tiroir-caisse, un plateau de petits shots du limoncello de Pascal trônait sur le comptoir pour les clients qui attendaient leur tour.

Je suis certaine que les Belotti se doutent qu'il se passe quelque chose entre Gio et moi et j'apprécie qu'aucun d'eux ne m'ait posé de questions directement, même si à certains moments Sophia a semblé à deux doigts de craquer. Ils connaissent assez bien Gio pour comprendre qu'il a besoin de gérer les choses à son rythme et pour ma part je suis soulagée de faire perdurer notre équilibre précaire aussi longtemps que possible. J'aimerais tant que ce soit une histoire d'amour sans complications. Gio a son propre vécu et moi, je traîne derrière moi un fardeau invisible de secrets. Il va finir par craquer un jour et répandre partout mon linge sale, à la vue de tous, mais pour l'instant je savoure les plaisirs simples. Demain est un autre jour.

31

— Tout ce que je veux pour Noël, c'est la recette de ta glace, dit Bobby en me tendant un verre de vin.

Il reste trois jours avant Noël et comme le restaurant de nouilles est officiellement fermé jusqu'après les fêtes, je suis montée leur dire au revoir avant qu'ils ne partent aux aurores retrouver la famille de Robin. Leurs valises Vuitton sont prêtes devant la porte et l'appartement est impeccable – le résultat du sens de l'organisation de Robin, je présume. Ils m'ont gentiment proposé de disposer de leur appartement pendant leur absence, mais je vais avoir du mal à quitter le mien maintenant que j'ai le sapin. J'éprouve un frisson de plaisir chaque fois que je l'allume, comme mon feu d'artifice particulier. Je ne vais pas jusqu'à compter à rebours, mais ça me démange.

— Tu vas toujours dans la famille de Gio pour Noël, hein ? s'assure Robin en déposant Smirnoff à sa place au bord de la fenêtre.

— Ne t'inquiète pas, je promets de ne pas passer la journée seule avec le chat, je réponds en regardant le matou roux tourner sur le coussin avant de s'y rouler en boule.

— Il est de très mauvaise compagnie, plaisante Robin en grattant l'oreille de Smirnoff qui le rabroue d'un coup de patte.

Bobby s'assied à côté de moi sur le canapé et je lui touche la cuisse.

— Tu portes un pantalon en cuir ?

Il lève les yeux au ciel en repoussant mes doigts.

— Oui, cent pour cent peau d'agneau.

— Tu le testes comme uniforme pour le personnel ?

Bobby a l'air horrifié.

— Il vient de chez Balmain, Iris. Tu n'as vraiment pas l'œil.

— Facile à nettoyer, en tout cas, je rétorque en adressant un clin d'œil discret à Robin. Pratique.

— Bon Dieu, je ne vais pas faire de la randonnée avec, riposte Bobby. On reparlera de mode quand tu arrêteras d'acheter tes vêtements au supermarché. Du bacon et un pull. Sérieux ?

Je ris dans mon verre de vin car il a raison.

— Ce n'est pas ma faute si mon patron ne me paie pas de quoi m'habiller chez Balmain.

— J'ai entendu dire que ton boss était un vrai tyran, renchérit Robin, jamais en reste quand il est question de titiller Bobby. Tu devrais porter plainte.

— Ils n'arriveraient jamais à l'arrêter, je réponds. Il est comme le Mouton rouge.

— Je n'ai aucune idée de qui tu parles, mais j'espère que ce mouton a meilleur goût en matière de mode que toi, rétorque Bobby.

— C'est un héros de cape et d'épée. À coup sûr, il portait des pantalons en cuir.

Bobby s'adoucit légèrement.

— On va te manquer, déclare-t-il.

— Ce qu'il veut dire, c'est que toi, tu vas lui manquer, rectifie Robin en levant son verre vers moi depuis son fauteuil à côté du feu. Car il est obligé de passer les fêtes dans les Bermudes avec ma famille.

— Je n'aime pas les bateaux, râle Bobby.

— Ni ma mère, enchaîne Robin et ils rient tous les deux, car sa mère est incroyablement pénible.

— Vous allez tous les deux me manquer, dis-je. Envoyez-moi des messages tous les jours.

Bobby pose la main sur mon bras.

— Appelle-nous s'il y a une urgence. Tu peux en inventer une s'il le faut.

J'appuie la tête sur son épaule et je contemple le feu pendant un instant.

— Vous serez de retour pour le réveillon du 31 ? je demande, bien que je connaisse déjà la réponse.

— Nous serons là avant les douze coups de minuit, confirme Robin.

Je finis mon vin, soulagée de savoir que j'aurai mes amis avec moi au Nouvel An.

— Je n'arrive pas à croire que Noël soit déjà demain, dit Sophia, un chapeau de lutin sur la tête, dont la clochette au bout tinte chaque fois qu'elle parle. J'ai vraiment hâte d'être en congé, de ne penser à rien d'autre qu'à manger.

— Comment ça se passe à la maison ?

Santo est rentré il y a quelques jours et, d'après Gio, c'est un gros changement pour tout le monde. Il se déplace avec une canne de manière autonome, surtout grâce aux petits ajustements mis en place par Maria pour lui permettre de se sentir comme le chef de la famille plutôt qu'un infirme dont ils auraient la charge. Il a besoin d'assistance, bien sûr, mais ils se sont organisés et se relaient discrètement pour que Santo ne soit pas diminué dans son rôle d'homme fort et respecté.

Sophia hausse les épaules, faisant carillonner la clochette.

— Pas trop mal. Tout le monde est ravi que Papa soit de retour à la maison, bien entendu, même si les habitudes de Mamma sont chamboulées. Elle assure les préparatifs pour Noël, Felipe est souvent là… Tout ça la rend un peu dingue mais tu sais comment elle est, toujours calme et mesurée. Je suis ravie de m'être éclipsée quelque temps.

Sophia a un appartement à quelques blocs mais la semaine dernière elle a logé chez ses parents pour les aider et je sais que ça a été éprouvant pour elle. Elle m'a fait boire des mini shots de limoncello à 10 heures du matin, tel un concentré de santé mentale.

— Papa vient tout à l'heure, annonce-t-elle en se mordillant l'ongle.

J'acquiesce avant de remonter sur ma tête les bois de rennes que Sophia m'a fait porter.

— C'est ce que Gio m'a dit.

Ils appréhendent tous le retour de Santo à la boutique, plus pour lui-même que pour la recette. Il y a le poids des attentes, de la pression sur le patriarche. Il vient tout à l'heure avec Maria, après la fermeture. Tout le monde espère que sa mémoire sera stimulée par le fait de se trouver en cuisines, même si les médecins les ont prévenus qu'il ne fallait pas s'attendre à des miracles.

— Est-ce que tu vas t'en sortir ici si je fais un saut au marché ? demande-t-elle. J'ai promis à Mamma d'acheter quelques trucs pour le dîner de demain.

— Bien sûr, vas-y.

Gio n'est pas là ce matin, accaparé par des courses de Noël de dernière minute, mais l'activité s'est ralentie donc je ne suis pas inquiète. Sophia troque le chapeau de lutin contre son manteau et son bonnet avant de sortir et je me poste derrière le comptoir avec la radio pour toute compagnie. Je nettoie la machine à café, fais briller la vitrine, dispose les quelques gâteaux restants sur le présentoir. C'est la première fois que je suis complètement seule ici et c'est une sensation étrange, comme si les portraits des ancêtres Belotti tenaient une réunion de crise alors qu'ils me surveillent du mur.

Je me sers un verre d'eau et essaie de me concentrer sur le quiz à la radio mais je n'arrive pas à me débarrasser du malaise. Pour m'occuper, j'entreprends de vider le lave-vaisselle, le dos tourné à la porte alors que j'empile les bols propres sur l'étagère à côté de la machine à café, m'efforçant d'éviter les regards des Belotti sur le mur. Si je m'étais retournée, j'aurais peut-être vu le taxi jaune s'arrêter devant le glacier et les deux hommes en sortir avec précaution. Je fredonne *White Christmas*, distraite, lorsque la cloche de la porte carillonne et soudain je me retrouve nez à nez avec Santo Belotti.

Felipe est derrière lui, ils portent tous les deux de gros manteaux en cachemire et des chapeaux fédoras et Santo est légèrement appuyé sur une canne en bois.

Je ne sais pas quoi faire. Il n'était censé venir que dans quelques heures. J'ai redouté ce moment depuis que Felipe a deviné mon identité dès qu'il m'a vue. En panique, je retire discrètement de mon doigt la chevalière de ma mère et la range dans ma poche.

Les yeux fixés sur moi, Santo reste immobile.

Je regrette de porter un tablier *Belotti*, je me sens comme une usurpatrice.

Felipe touche le bras de son frère.

— Santo ?

Il ne parle pas, il ne bouge pas, et Felipe finit par tirer une chaise à la table la plus proche vers laquelle il le guide.

— Du café, dit-il avec un geste de la tête et je me précipite pour m'exécuter.

— Tout le monde est sorti, j'explique. Mais ils vont bientôt revenir, j'en suis sûre, au moins l'une d'entre eux. Les deux, probablement, en fait. D'une minute à l'autre.

J'ai conscience de jacasser mais je n'arrive pas à endiguer le flot de paroles qui se déverse de ma bouche.

Les yeux fermés, j'appuie le front contre la machine à café pour retrouver mon sang-froid. J'espérais que Santo ne percevrait pas la ressemblance comme Felipe, puisqu'il ne m'a pas entendue chanter et que la bague de ma mère n'est plus à mon doigt. Je déglutis en apportant le café fumant à leur table, les tasses tremblant sur les soucoupes lorsque je les pose devant eux. Santo m'attrape la main et me regarde droit dans les yeux.

— Vivien.

Sa voix est à peine plus forte qu'un soupir.

Je m'assieds à côté de lui.

— Vous ne deviez arriver que plus tard, je déclare, essayant de gagner du temps pendant que je réfléchis à ce que je vais dire.

— Santo ne voulait pas venir en grande pompe ; tu sais comment peut être Maria, répond Felipe en surveillant son frère.

Felipe et moi échangeons ces propos sans nous regarder, parce que les yeux sombres de Santo scrutent mon visage et qu'il me tient toujours la main.

— Vivien, répète-t-il, cette fois de manière plus affirmée.

— Je suis Iris, sa fille, dis-je d'une voix aussi posée que possible.

Il secoue lentement la tête comme s'il avait vu un fantôme. Je le laisse prendre son temps.

— Est-ce qu'elle est ici ?

Je ne saurais dire si c'est de l'espoir ou de la peur que je décèle dans son regard.

Je jette un coup d'œil à Felipe, qui se contente de hausser les épaules, la tête baissée vers son café. J'attrape la deuxième main de Santo, un geste qui, pour deux personnes qui viennent de se rencontrer, semble curieusement naturel.

Je rassemble mon courage et le regarde droit dans les yeux.

— Non, elle n'est pas là. Je suis désolée de vous l'annoncer, Santo, mais ma mère, Vivien… Elle est décédée il y a trois ans.

Il se raidit et il prend une profonde inspiration, les yeux brillants de larmes.

— Un cancer, je précise. Elle avait cinquante-deux ans.

Il me lâche les mains et sort un mouchoir en coton de sa poche pour se tamponner les paupières. Il boit quelques gorgées de son café en reprenant ses esprits et je ne peux qu'imaginer le tumulte qui doit l'habiter.

— Je suis venue à New York pour découvrir les lieux qu'elle aimait, poursuis-je en m'efforçant de résumer mon histoire le plus simplement possible.

— Tout le monde sait qui vous êtes ? Maria ?

Felipe pose la main sur l'épaule de Santo.

— Personne n'est au courant, frérot.

Santo hoche la tête.

— Et vous travaillez ici maintenant ?

Je passe mes mains tremblantes sur mon tablier.

— Je donne de temps en temps un coup de main le matin.

Santo retombe dans le silence, le temps de digérer tout ça.

— C'était il y a longtemps, dit-il.

— Il y a une vie, renchérit Felipe.

— La ressemblance est troublante, déclare Santo.

Felipe tire une flasque de sa poche intérieure et verse une goutte de whisky dans chacun de leurs cafés.

— Mes médicaments, objecte Santo, en soulevant tout de même sa tasse.

— Je suis navrée de vous causer un tel choc, dis-je, honteuse de l'avoir tant bouleversé, car c'est la dernière chose qu'aurait voulue ma mère. Ce n'était pas mon intention. Vous voulez que je m'en aille ? Je peux fermer la porte en sortant, Gio et Sophia seront bientôt de retour.

— Restez, dit Santo en me reprenant la main. Vous avez ses yeux.

— Tu devrais l'entendre chanter, intervient Felipe. On a l'impression de faire un bond en arrière dans le temps.

Les deux frères demeurent assis à la table en face de moi, en train de boire leur café au whisky, et c'est comme si j'attendais qu'ils prennent une décision.

— Ce n'est pas tout, dit Felipe d'une voix grave. Gio est amoureux d'elle.

J'ouvre la bouche puis la referme. Gio ne m'a pas fait de déclaration, c'est une supposition de la part de Felipe. Santo souffle doucement et secoue la tête.

— Ça ne m'étonne pas, commente-t-il, avant d'ajouter : Est-il au courant, pour Vivien ?

Nous faisons tous les deux non de la tête.

— Je vais lui révéler la vérité, interviens-je. S'il vous plaît, c'est à moi de lui dire.

Les yeux rivés sur moi, Santo déglutit et je me rappelle soudain que je porte les bois de rennes clignotants sur la tête.

— Je vais trouver une excuse pour ne pas venir à Noël et après les fêtes je lui avouerai tout, je vous le promets.

Felipe fronce les sourcils et observe Santo, puis ils échangent quelques mots en italien. Je comprends que c'est plus simple pour eux de s'exprimer dans leur langue maternelle et je baisse les yeux sur mes genoux en triturant un fil du tablier.

— Viens à Noël, dit finalement Santo, passant au tutoiement.

— Nous aimerions tous les deux que tu te joignes à nous, ajoute Felipe.

— Pour Vivien, déclare résolument Santo. Sa fille est la bienvenue à ma table.

— Et ensuite, dans l'intérêt de tout le monde, tu diras la vérité à Gio. Nous ne pouvons pas cacher ce secret à notre famille, déclare Felipe, même si Santo a l'air nerveux.

— Je sais.

Je n'en ai pas envie, mais je n'ai pas le choix. Je connais mieux que personne le poids des secrets.

Nous levons tous la tête quand Sophia surgit à la porte, chargée de sacs de courses. Elle les pose par terre dès qu'elle aperçoit Santo.

— Papa !

Elle passe les bras autour de son cou par-derrière et appuie sa joue froide contre celle de son père.

— Tu es venu plus tôt que prévu !

— Du calme, Sophia, et pour l'amour du ciel n'appelle pas ta mère, répond-il en lui tapotant la main.

Je me lève et retire mon tablier.

— Je vais vous laisser, j'annonce en attrapant mon manteau.

— Tu ne peux pas attendre Gio ? Il ne devrait plus tarder, souligne Sophia en jetant un coup d'œil à l'horloge.

— J'ai un truc à faire. Dis-lui que je l'appellerai plus tard.

Sophia me serre rapidement dans ses bras et je m'agrippe à elle. Si seulement elle n'était pas une Belotti, que je puisse me confier à elle ! Sans Bobby et Robin, je suis complètement seule. Smirnoff sait très bien garder les secrets, mais il ne se révèle pas très utile pour obtenir des conseils.

— On se voit le grand jour, dit-elle en me lâchant. Viens le ventre vide, Mamma prépare toujours assez à manger pour tout le quartier.

— Elle est italienne, souffle Santo.

— Comptez sur moi, je réponds avant de les saluer et de filer en vitesse, car je n'ai pas le courage de croiser Gio pour l'instant.

Alors que je remonte les rues enneigées jusque chez moi, ma respiration est saccadée et des larmes me brûlent les yeux, car je sais que c'est le début de la fin.

Vivien

Mulberry Street, mai 1989

Vivien ajusta l'ombrelle de la poussette de seconde main pour protéger sa fille du soleil de fin d'après-midi de ce dimanche-là.

— Je suis nerveuse, Iris, murmura-t-elle, consciente que son enfant de même pas deux ans n'avait pas la moindre idée de ce dont elle parlait. Et s'il n'était plus là ?

Mais au fond de son cœur elle savait que Santo serait là. Il avait dit qu'il resterait là pour toujours. Ils ne s'étaient pas parlé depuis le jour où elle était partie, quatre ans plus tôt, trop aveuglée par l'ambition pour se rendre compte qu'elle tournait le dos à sa plus grande chance de connaître le bonheur éternel. Désormais, elle le savait, et elle ne pouvait qu'espérer qu'il n'était pas trop tard. La vie sur la route n'avait pas été à la hauteur de ses attentes : toutes ces nuits interminables dans des clubs miteux, ils n'avaient que frôlé la gloire qui aurait pu les envoyer dans une autre stratosphère. Si tomber enceinte n'avait pas fait partie des projets de Vivien, à aucun moment elle ne regrettait d'avoir mis au monde cette merveille.

« Mon bébé » étaient rapidement devenus ses mots préférés, suivis de près par « ma fille ». Être mère s'était révélé plus important que chanter dans un groupe, ça avait éclipsé tout le reste, même lorsqu'elle s'était retrouvée seule à Los Angeles à galérer pour payer le lait infantile. Comme toujours, sa voix l'avait sauvée : difficile de passer devant la jolie chanteuse dans la rue avec un bébé encore plus mignon emmailloté à sa poitrine sans lâcher quelques pièces dans son chapeau retourné.

— Il ne va peut-être pas me reconnaître, dit-elle à Iris qui éclata de rire, enchantée, en agitant sa girafe en plastique préférée.

Viv ne put s'empêcher de sourire ; la bonne humeur de sa fille était contagieuse.

— J'espère que ta vie sera toujours aussi simple, affirma-t-elle en déglutissant lorsque l'auvent vert et blanc de *Belotti* apparut devant elle. Qu'est-ce que je vais lui dire ? marmonna-t-elle en se dissimulant dans une entrée pour reprendre son souffle. « Salut, Santo, tu te souviens de moi, la fille à qui tu as donné ta recette de famille ? Bref, je te l'ai ramenée, puisque tu as dit que tu avais confiance en moi. Je sais que ça fait quelques années mais je me demandais juste si tu m'aimais encore parce que maintenant je suis prête ? » Il va peut-être m'envoyer balader. C'est ce que je ferais à sa place. Surtout s'il se pointait avec une gamine.

Elle jeta un coup d'œil à Iris et s'en voulut aussitôt.

— Désolée ma grande, ce n'est pas ta faute.

Elle se pencha en avant et caressa les boucles rebelles de sa fille, similaires aux siennes, et lorsqu'elle se redressa une jeune femme sortit de chez le glacier en poussant un bébé du même âge qu'Iris, accompagnée d'un petit garçon aux cheveux foncés en short et en T-shirt Spider-Man qui gambadait quelques mètres devant elle. La femme lui cria d'attendre, puis elle se tourna vers la porte, dont émergea un homme aux traits familiers. Viv se figea en observant la scène, puis une onde de panique la parcourut en voyant Santo faire des grimaces à l'enfant qui riait dans la poussette. Aussitôt, elle enfonça sa casquette sur son crâne et fit semblant de chercher quelque chose dans son sac de langes pour garder la tête baissée. Elle ne remarqua pas qu'Iris avait laissé tomber sa girafe par terre jusqu'à ce qu'elle se mette à crier.

— Chuuut, fit aussitôt Viv mais avant qu'elle ait pu récupérer le jouet, le petit garçon au T-shirt Spider-Man vint le ramasser.

Devant son petit visage sérieux, Viv lui sourit instinctivement et il cligna des yeux en tendant la girafe à Iris.

La fillette rayonna, ravie d'avoir retrouvé son objet préféré, et pendant une seconde les deux enfants se dévisagèrent avec curiosité.

— Gio, viens ! l'appela la femme et l'enfant adressa à Iris un sourire timide avant de courir vers sa famille.

Viv garda la tête basse tout en les regardant discrètement s'éloigner dans la direction opposée. Une fois certaine que Santo ne l'avait pas repérée, elle releva les yeux, torturée de le voir passer le bras autour des épaules de la femme, le petit garçon perché sur sa hanche.

— Ils ont l'air vraiment heureux, non ? murmura-t-elle, surtout pour elle-même.

Au cours des années, elle s'était souvent imaginé revenir ici, et maintenant qu'elle avait enfin eu le courage de le faire, c'était pour se rendre compte qu'il était trop tard. Elle n'en voulait pas à Santo. Ils ne s'étaient fait aucune promesse et elle ne pouvait rien lui reprocher, puisqu'elle avait eu Iris.

Une profonde solitude s'abattit sur elle tandis que Santo et sa famille disparaissaient au loin. Elle s'était toujours raccrochée à l'idée qu'il était sa planche de salut ; sans lui, elle se retrouvait à la dérive. Elle vit qu'Iris s'était endormie, ses petites mains potelées agrippées à la girafe.

— C'est toi et moi face au reste du monde, mon bébé, soupira-t-elle.

Elle n'avait jamais regretté d'être devenue mère ; quand il avait fallu choisir entre l'enfant et le groupe, la question ne s'était pas posée. Sa grossesse avait pourtant été difficile, ponctuée de nausées dans son studio à Los Angeles, et certains jours elle n'avait avalé rien d'autre que la glace de Santo, dont elle connaissait désormais la recette par cœur. Mais l'instant où sa petite fille au visage rouge avait été déposée sur sa poitrine resterait à jamais le plus important de sa vie. Elle ne serait plus jamais seule, maintenant qu'elle était mère.

Dans un profond soupir, Viv jeta un dernier long regard à la vitrine verte et blanche, puis elle laissa son rêve de bonheur éternel s'envoler comme un ballon dans une brise chaude. Elle avait tenté le coup. Elle était venue aux États-Unis et elle avait tout donné d'elle-même, mais sa place n'était pas ici. Il était temps de repartir.

32

QUAND J'ÉTAIS PETITE, ma mère et moi passions Noël dans des petites villes à travers le pays. Elle s'était forgé une certaine réputation pour les spectacles de fin d'année, étant donné qu'elle avait un look adéquat et que sa voix à la Joni Mitchell compensait celle de vedettes moins talentueuses au chant, en général des acteurs de soap-opéras. Elle n'est jamais parvenue en haut de l'affiche ni à gagner beaucoup d'argent, mais ces productions nous fournissaient un revenu régulier et un endroit où séjourner quelques semaines. Les artistes tenaient lieu de famille temporaire. J'étais l'enfant qui aidait en coulisses ou qui faisait ses devoirs dans un coin, les comédiens m'envoyaient des baisers quand ils venaient changer de costume en vitesse et la troupe grouillait de commérages et de claquements de talons. Ils m'aidaient à résoudre mes problèmes de maths et me racontaient des histoires qui n'étaient pas de mon âge, mais ces semaines frénétiques étaient ma période préférée de l'année. Comme les théâtres fermaient leurs portes le jour de Noël, ma mère et moi bénéficiions de quelques précieuses heures ensemble. Elle ne respectait pas la tradition de la dinde sous prétexte qu'elle était très mauvaise cuisinière, mais nous célébriions à notre propre façon. Nous sortions des guirlandes lumineuses et nos pommes de pin dorées, nous mangions des bonbons et de la glace, et nous nous affalions sur le canapé ou le lit d'hôtel en regardant les émissions de Noël à la télé. Rien de grandiose ni de traditionnel, mais c'était notre fête à toutes les deux et nous l'adorions.

À mon réveil ce matin, j'ai repensé à tous ces Noëls en me faisant du café et j'ai caressé les pommes de pin autour du miroir.

Aujourd'hui, je vais vivre mon premier grand Noël en famille. Je suis stressée, même si je sais que tout le monde redoublera d'efforts pour que je me sente la bienvenue. Je suis soulagée d'avoir déjà rencontré Santo, au moins il n'y aura pas de mauvaises surprises de ce côté-là. J'ai fait des truffes et acheté des petits cadeaux pour tout le monde en guise de remerciements, que j'ai joliment enveloppés puis déposés au pied de mon sapin, prêts pour tout à l'heure. Ma tenue est accrochée à la porte de ma penderie, une robe verte ornée de fils argentés qui captent la lumière, des talons hauts et une pince à cheveux vintage ornée de houx que j'ai repérée dans la vitrine d'une friperie et dont je suis aussitôt tombée amoureuse – à croire que j'ai hérité de ma mère le goût pour les accessoires fantaisie. Mon taxi est réservé pour midi. J'ai tout sous contrôle, du moins en apparence. Au fond de moi, en revanche, c'est un tourbillon d'émotions. Elles se déchaînent en moi pendant que je me douche et me sèche les cheveux, avant d'appliquer un trait soigné d'eye-liner. Je laisse libre cours à mes peurs et mes angoisses dans l'espoir que cet après-midi elles me fichent la paix. Je permets au diablotin sur mon épaule de me murmurer que je ne suis qu'une sale égoïste et au serpent dans mes entrailles de s'enrouler autour de mon bonheur fragile pour tenter de l'étouffer. Adam Bronson se manifeste et m'ordonne de passer la journée ici avec lui, il ricane et me demande pour qui je me prends, à prétendre avoir ma place dans une famille. Puis je caresse l'affiche de ma mère, celle où elle a le test de grossesse dans sa poche, et je la contemple jusqu'à ce que le diablotin sur mon épaule éclate comme une bulle de savon, que le serpent comprenne qu'il ne se régalera pas aujourd'hui et qu'Adam Bronson peut aller se faire cuire un œuf à la place de la dinde. *Oust ! vous tous.* J'enfile ma robe et glisse la pince dans mes cheveux, je m'en remets à mes talons hauts et à ma fausse fourrure pour me donner de l'assurance et lorsque le taxi klaxonne dans la rue, je suis prête.

Des loupiotes blanches et des guirlandes ornent les marches devant la maison en brique des Belotti et un bouquet de houx pend au-dessus de la double porte.

— Iris, tu es très jolie ! s'exclame Bella en ouvrant grand la porte avant que je ne sonne.

Une flopée d'enfants s'agglutine autour d'elle et elle les chasse pour que je puisse entrer avec mon sac de cadeaux. La maison de Maria est digne de la féerie de Disney, remplie de décorations qui viennent forcément d'une de ces entreprises spécialisées dont m'a parlé Gio, parce que ça prendrait des semaines à une personne normale d'arriver à un résultat pareil. La guirlande de la rampe d'escalier, les illuminations, les boules, la cheminée… c'est étincelant mais de bon goût, chaleureux mais sophistiqué. Les ornements sont à l'image des lieux – ça correspond à la perfection à Maria, et j'adore ça.

— Cette maison est…

Je contemple l'immense sapin de Noël dans le couloir, à court de mots.

— N'est-ce pas ? répond Bella dans un grand sourire.

Elle porte un pull Minnie aux couleurs de Noël et un serre-tête rouge brillant avec des oreilles de souris.

— Sympas, tes oreilles, je commente en riant, et elle lève la main.

— Sophia m'a obligée à le mettre. Elle en a aussi un pour toi.

— J'espère bien ! je m'exclame tandis qu'elle me guide vers le grand salon scintillant.

La pièce est exactement telle que je me l'imaginais. Un feu crépitant dans l'âtre, tout le monde sur son trente et un, Santo dans son fauteuil avec un de ses petits-fils sur les genoux. Il n'a pas eu de succès avec la recette à la boutique l'autre jour ; ils projettent de réessayer après Noël, en mettant cette fois les ingrédients dans sa vieille machine préférée pour voir si répéter les gestes peut aider. Mais ils se préoccuperont de ça plus tard, pas aujourd'hui. Les femmes semblent s'être accaparé le marché du rouge à lèvres écarlate – je ravale mon gloss rose en regrettant de ne pas avoir pensé à cette teinte, tellement plus festive. On m'étreint, on m'embrasse comme un membre de la famille qu'on n'a pas vu depuis longtemps, quand enfin j'atteins Gio, appuyé au cadre de la porte de la cuisine qui m'observe.

— Tu es très belle, dit-il en me faisant la bise.

Il sent si bon, avec son odeur d'épices réconfortante, que j'ai soudain envie qu'il me serre dans ses bras. Mais la famille nous guette avec curiosité et je m'écarte de lui pour donner mon sac de cadeaux à Sophia.

— Voilà tes oreilles, c'est non négociable, décrète-t-elle en échangeant le sac contre un serre-tête d'oreilles rouge de Minnie brillantes.

Elle a dû dévaliser le rayon parce que toutes ses sœurs en portent, ainsi que Maria, bien sûr, et je le mets à mon tour en riant tandis que Felipe apparaît, avec le même sur la tête.

— C'est toujours mieux que les chapeaux de crackers, dis-je.

Sophia fronce les sourcils.

— Les chapeaux de crackers ?

— Vous ne connaissez pas les crackers de Noël ? je demande en lançant un coup d'œil vers la table. Ça ne se fait pas ici ? Ces petites papillotes dont on tire chaque extrémité et boum, il en sort un chapeau en papier, avec une blague vaseuse et un petit cadeau ringard ?

Ils me dévisagent comme si je parlais chinois alors que je mime le geste de tirer sur un cracker imaginaire. Je regrette d'avoir évoqué cette tradition qui est beaucoup moins bien que les oreilles brillantes, de toute façon.

— Le frère de Billy m'a raconté une blague marrante la semaine dernière.

L'un des enfants dérape sur le parquet dans ses chaussettes de Noël, volant inconsciemment à ma rescousse.

— Mais il y a un gros mot dedans donc je ne peux pas la répéter.

Felipe se frotte les mains et se penche en avant, perdant presque son serre-tête de souris au passage.

— Glisse-la-moi à l'oreille, ça a l'air d'être mon genre de blague.

— Je ne crois pas, intervient Maria en repoussant tout le monde pour venir m'embrasser.

La tension retombe et quelqu'un me fourre une coupe de champagne dans la main. Je croise le regard de Santo, qui m'adresse un hochement de tête avec l'ombre d'un sourire contrit sur les lèvres. Ça doit lui faire bizarre que je sois là. J'espère avoir l'occasion de passer quelques minutes seule à seul avec lui au cours de l'après-midi, car j'ai quelque chose à lui rendre.

Je m'imprègne de l'ambiance familiale et je ne suis pas mal à l'aise lorsqu'on échange des paquets ni qu'ils se lancent des *private jokes* que je ne comprends pas car ils m'incluent avec un grand naturel. Bella distribue mes cadeaux et on m'offre de jolies choses : un bracelet turquoise de Maria et Santo, une coupe à champagne vintage de Sophia. C'est un vrai plaisir d'être assise parmi eux alors qu'ils donnent et reçoivent, de regarder les enfants déballer de nouveaux jouets et le chien fureter à droite et à gauche. Gio est à côté de moi sur le canapé et l'envie de le toucher est telle que ça me démange les doigts de ne pas les enlacer aux siens. Mon verre semble se remplir tout seul et je suis… je suis vraiment, sincèrement heureuse.

Le déjeuner est un festin : des plateaux débordant de charcuterie et des planches chargées de fromages italiens, d'olives fourrées et de champignons marinés, des poivrons confits côtoyant des cœurs d'artichaut braisés – et ce n'est que le début. Je suis assise entre Gio et Sophia, suivant les marque-place calligraphiés, et Santo préside en bout de table.

Les pâtes de Maria sont divines et son ragoût semble avoir mijoté pendant une semaine dans le barolo, c'est si délicieux que je lui dis que je pourrais en manger tous les jours pour le reste de ma vie sans jamais m'en lasser.

— *Salute !*

Santo lève son verre quand le rôti est placé au centre de la table et Felipe bondit de sa chaise à côté de lui pour attraper la fourchette et le couteau à découper.

— Je peux, Santo ? dit-il en montrant les couverts d'un air enjoué. Ce n'est jamais moi.

Il présente les choses comme si son frère lui faisait une faveur en lui laissant cet honneur, un simple acte de générosité qui me touche profondément.

— Il y a tant à manger, je murmure alors que la viande est bientôt entourée de tout un tas de plats de légumes et de pommes de terre.

Sous la table Gio pose discrètement la main sur mon genou. Je la couvre avec la mienne et savoure un instant fugace d'intimité, au milieu de toute cette ébullition.

— Londres te manque, Iris ?

Je lève la tête vers Francesca qui sert des haricots verts à l'ail dans l'assiette de son fils tout en me parlant de l'autre côté de la table.

— Pas vraiment, non.

Je réfléchis à quelque chose de positif à dire sur mon ancienne vie. Mis à part ma mère, il n'y a rien.

— Je me sens bien ici et il me reste beaucoup à découvrir à New York.

— Paris me manque, dit Pascal, la bouche pleine, et je pourrais l'embrasser pour avoir détourné la conversation.

Francesca lève les yeux au ciel.

— Nous en revenons tout juste, Pascal.

La conversation fuse de toutes parts alors que sont remplis assiettes, saucières et verres de vin. Il n'y a pas d'urgence, personne ne se presse. Felipe regorge d'histoires des quatre coins du monde, apparemment dénué de toute culpabilité sur la vie qu'il a choisi de mener. Réciproquement, la famille ne lui témoigne aucune animosité ; Gio est un don du ciel pour Santo et Maria, leur seul fils chéri. Il a une chance inouïe d'être entouré d'autant de gens qui l'aiment ; c'est vrai aussi que, comme je l'ai découvert au cours des derniers mois, il est très facile à aimer.

— Je crois que je n'ai jamais autant mangé de toute ma vie, je lâche en posant mes couverts. Je m'avoue vaincue.

— Il y a encore le dessert, annonce Maria et tous les convives s'enfoncent un peu plus sur leur siège en grognant.

Sophia avait raison de me prévenir que sa mère allait cuisiner pour tout le quartier. Il y a assez de nourriture sur cette table pour la plupart des habitants de Brooklyn. J'aide à débarrasser les assiettes, ravie de pouvoir me dégourdir les jambes et de me mêler aux sœurs de Gio dans la cuisine. La conversation est fluide, libérée par l'alcool et enjouée, et je ris encore quand je m'excuse pour aller aux toilettes. Je ne vois Gio nulle part mais lorsque je marche vers le grand lobby Felipe apparaît à l'entrée.

— Santo et moi, on a fumé un cigare en douce, me glisse-t-il en ôtant son manteau, le doigt sur les lèvres. Ne dis rien à Maria.

— Il est toujours dehors ?

Il hoche la tête en coinçant la moitié de son cigare derrière son oreille.

— Tu crois que ça le dérangerait que je lui tienne compagnie quelques minutes ?

— Je ne pense pas.

Je suis nerveuse à l'idée de parler à Santo seule à seul et je me mordille la lèvre en cherchant mon manteau avant de sortir. Il neige légèrement et je trouve Santo abrité sous le, tirant sur son cigare alors qu'il observe le quartier.

— Je peux me joindre à vous ? Un peu d'air frais ne serait pas de refus.

Il me regarde alors que je m'approche de lui.

— Merci de m'avoir laissée venir aujourd'hui.

Il hoche la tête en guise d'assentiment.

— Il a déjà eu le cœur assez meurtri pour toute une vie, dit-il, parlant de Gio. Je le vois quand il est avec toi, il revit. Au bout de sept ans, il revit enfin.

Je ne sais pas quoi répondre. Il vaut peut-être mieux ne rien dire, alors je me contente d'écouter.

— Mais lui cacher la vérité à ton sujet, ne pas lui révéler qui tu es... Ça va me bouffer, et toi aussi, et plus le temps passe, plus il y aura de dégâts. C'est comme avec le moisi. Tu ne peux pas avoir du moisi chez toi sans t'attendre à ce que tout l'édifice finisse par s'effondrer, Iris.

Je hoche la tête d'un air triste car je sais qu'il a raison.

— Ma Maria, déclame-t-il, comme une prière, les yeux levés vers les cieux tout en secouant la tête. Ta mère ne fait pas partie de l'histoire de ma famille. J'étais jeune et bête. J'ai fait des erreurs. Mais elles sont restées là, dit-il en se tapotant la poitrine, et là, ajoute-t-il en se tapotant la tête, et je lis dans son regard le mal qu'il s'est donné pour garder ça enfoui pendant toutes ces années. Et puis j'entre dans mon commerce et te voilà, avec tes yeux bleu clair, et c'est ma punition pour ce que j'ai fait. J'ai trahi le secret de ma famille et désormais il m'a été retiré, effacé de mon cerveau.

Il fait un geste vers son crâne, mimant une petite bombe qui explose.

— Une sacrée punition, hein ?

Je plonge la main dans la poche de ma veste.

— Et maintenant je vous la rends, dis-je en sortant la serviette vert menthe déchirée, qu'il contemple en silence, sans la prendre. Elle l'a soigneusement conservée. Elle m'a fait cette glace toute sa vie. Elle m'a fait jurer de ne jamais donner la recette à personne, mais je doute qu'elle vous incluait dedans.

Je la lui mets dans la paume, même si j'ai l'impression de me séparer d'une part d'elle.

— Prenez-la, s'il vous plaît. Cette recette vous a toujours appartenu.

Pendant quelques secondes, il étudie sa propre écriture de jeune homme, puis il la range dans la poche intérieure de son manteau. Je vois qu'il est ému, alors je scrute la neige et j'attends.

— Ta mère... C'était comme vouloir s'accrocher à la foudre. Trop brillante, trop enflammée. Je l'ai aimée, mais je me suis brûlé.

Je la revois sur la vidéo de Felipe et je comprends combien il devait être facile de tomber sous son charme.

— Qu'est-ce qu'on dit, que la foudre ne frappe jamais deux fois au même endroit ? C'est pourtant l'effet que ça m'a fait lorsque je t'ai vue à la boutique, sauf que cette fois c'est Gio qui risque de perdre, or il a déjà trop perdu.

Mon cœur se serre.

— Je n'arrête pas de me poser la question de savoir comment rendre justice à ma famille. À Gio. Maria. Mes filles. *La mia famiglia.*

La façon dont Santo dit « mes filles », dont il parle de toutes les femmes dans la maison, sauf moi, renforce ma position d'intruse. Je me retrouve dans celle de la gamine à l'écart, comme toujours. Mon cœur se met en colère, essaie de s'insurger, de demander, *Et moi alors ?*, mais c'est trop dur.

— Qu'êtes-vous en train de me demander, Santo ?

Il baisse les yeux.

— Je te vois là, la fille de Vivien, et mon vieux cœur a envie de t'aider, tu sais ? Je sais que Felipe pense que tu devrais révéler à Gio notre lien, ton histoire. Mais le prix à payer est trop élevé. Si Gio sait, alors Maria saura.

Cette famille que tu apprécies, ta place en son sein repose sur un mensonge, sur une trahison. Ma trahison, certes, mais aussi la tienne. T'accueillir parmi nous, c'est ouvrir la boîte de Pandore.

Il tire une longue bouffée sur son cigare et je déteste le tour qu'a pris la conversation.

— J'ai réussi à oublier ta mère. Elle est partie et avec le temps je suis passé à autre chose. Tu sais ce que cette expérience m'a appris ? Une rupture propre cicatrise mieux.

Je contemple le tableau enneigé idyllique devant moi et je ressens le froid jusque dans mes os. Il me demande de fuir, d'être la fille de ma mère et de quitter la ville. Je reste sans mots.

— Il ne te pardonnera pas de l'avoir dupé. Alors pourquoi tout lui dire ? Juste pour le blesser ? Pour nous blesser, nous tous ? Pars. Il s'en remettra, tu as ma parole, dit finalement Santo. C'est mon garçon, et il a sa famille.

C'est vrai. Gio Belotti est leur garçon, même si pendant un moment j'ai cru qu'il était à moi. Tout ce que Santo a dit est vrai. Le sang est plus épais que l'eau. Je me tiens à côté de lui, le seul homme que ma mère a jamais aimé, et je me sens pitoyable. Les Belotti ont récupéré leur recette. L'ordre a été restauré dans la famille, et maintenant il est temps pour moi de partir.

J'ignore comment j'ai surmonté les heures suivantes. Je suis rentrée dans la maison et je me suis enfermée dans la salle de bains, assise au bord de la baignoire, la tête entre les mains. Santo m'avait dit de partir. Enfin il me l'avait demandé poliment, je suppose, mais c'était très clair. J'ai eu envie de crier, de hurler, de taper contre les murs jusqu'à avoir les phalanges en sang, mais je n'en ai rien fait. Je me suis passé de l'eau fraîche sur le visage et après quelques exercices de respiration, je suis ressortie, un sourire plaqué sur les lèvres. J'ai embrassé Maria, j'ai remercié tout le monde pour ce formidable après-midi, j'ai accepté les boîtes de restes déjà préparées pour moi. J'ai fait semblant de protester quand Pascal a glissé une bouteille de limoncello dans mon sac avec un clin d'œil. J'ai accepté les bisous baveux des enfants et ceux pleins de rouge à lèvres des sœurs de Gio, et j'ai serré Bella si fort qu'elle a ri en disant qu'elle ne pouvait plus respirer. J'ai fait tout ça. J'ai embrassé Felipe, qui a glissé une carte de vœux de Noël dans la poche de ma veste, et enfin Santo, incapable de me regarder dans les yeux, puis j'ai prétendu que je devais rentrer pour passer un coup de fil à ma famille à Londres et que je ferais mieux de me dépêcher car ça pouvait durer des heures.

Quand mon taxi est arrivé, Gio a rangé mes sacs dans le coffre, puis il m'a attirée contre lui.

— J'aimerais t'embrasser mais nous sommes probablement épiés par la majeure partie de ma famille, a-t-il murmuré en riant. On devrait bientôt leur révéler la vérité, tout le monde t'adore.

J'ai reculé d'un pas.

— Au Nouvel An ? a-t-il demandé, en essayant de décrypter mon regard.

J'étais incapable de parler, je ne savais pas comment dire au revoir.

Ses doigts ont caressé les miens, à peine un effleurement. J'aurais voulu les retenir, lui dire que je l'aimais, le tirer dans le taxi et tout lui expliquer, mais je n'en ai rien fait.

— Aux douze coups de minuit, ai-je répondu et il m'a adressé son sourire à tomber.

— Je n'ai pas réussi à te voir seule pour te donner ton cadeau.

— J'ai encore aussi le tien, ai-je renchéri en pensant au seul paquet restant sous mon sapin.

— Iris, je...

À cet instant, le chauffeur a baissé sa vitre pour nous demander de nous presser un peu, je ne saurais donc jamais ce qu'il a voulu me dire. Peut-être allait-il dire qu'il m'appellerait plus tard, ou alors qu'il m'aimait. J'espère que non.

Je suis montée dans la voiture et il a refermé la portière derrière moi, puis j'ai posé ma main sur la vitre froide alors que nous nous mettions en route.

— Chrystie Street ? a demandé l'homme au volant en croisant mon regard dans le rétroviseur.

J'ai acquiescé et je lui ai donné l'adresse, puis j'ai appuyé le front contre la fenêtre et j'ai fermé les yeux, à bout.

33

AURAIS-JE PU GÉRER LES CHOSES DIFFÉREMMENT ? Pour commencer, j'aurais pu ne pas mentir au sujet d'Adam. Bon Dieu, comme j'aimerais pouvoir changer le cours des choses dans cette librairie, m'empêcher d'avoir parlé de manière si impulsive. Je suis si lasse d'avoir honte de moi-même. J'ai rangé ma robe verte dans mon placard et je me suis démaquillée. Je n'ai pas branché les illuminations du sapin, car jamais je me suis sentie d'humeur si peu festive. C'est tellement difficile d'être amoureuse, comme sauter d'un avion sans parachute et espérer que quelqu'un vous rattrape. Je souffre énormément.

Au moment de la mort de ma mère, j'avais eu le temps d'intégrer sa maladie, je savais qu'elle allait me quitter. Ça n'en était pas moins douloureux, mais au moins il y a eu un processus, j'ai suivi la courbe descendante prévue.

Quand j'ai quitté Adam, j'étais au fond du trou, effondrée dans tous les sens du terme, mais ce n'est pas arrivé brusquement, comme un éclair surgi de nulle part.

C'était une spirale infernale, une érosion, une suppression progressive jusqu'à ce que je trouve finalement la force de mettre un terme à notre relation.

Et maintenant j'ai perdu Gio. Il n'y aura pas d'adieux, pas d'explications qui pourraient adoucir le choc, pas la moindre chance qu'il comprenne, parce que, comme l'a dit Santo, une rupture propre cicatrise mieux. Une part de moi, une grande part de moi, aimerait remettre cette décision à plus tard, parce que c'est ma vie, c'est celle de Gio, peut-être même une vie éternelle de bonheur ensemble si on nous en donnait la chance. Et je le remettrais à plus tard, si le poids de mes mensonges ne me terrassait pas autant. À quoi bon me justifier ? Pour me sentir mieux ? Quel que soit le cas de figure, le résultat sera le même, Santo a sans doute raison. Une rupture propre guérira plus vite – pas pour moi, mais au moins pour Gio. Il est au centre de tout ça, c'est lui que Santo essaie de protéger, c'est pour lui que je serais prête à m'arracher le cœur plutôt que de fendre à nouveau le sien. Mais quoi que je fasse, je vais lui causer de la peine, alors la seule décision qui me revient est de savoir comment. Santo ne veut pas que je révèle quoi que ce soit à Gio sur ma mère ni sur la recette, il ne veut pas que son fils le voie autrement que parfait. Je suis blessée qu'il ait totalement effacé ma mère de sa vie, quand il reste aujourd'hui si peu de gens qui l'ont connue. Oh, je comprends. Il est passé à autre chose, il s'est construit cette famille forte et sa merveilleuse relation avec Maria. De toutes les femmes du monde, je suis la dernière qu'il souhaite à Gio. Et je le comprends. Vraiment. À sa place, j'aurais peut-être agi de même, j'aurais tout fait pour maintenir à flot le navire Belotti. Mais je ne suis pas à sa place. Je suis celle qui perd tout dans l'histoire – pas juste Gio, mais toute la famille et ce que j'ai bâti à New York.

Je ne peux pas rester ici, à vivre à quelques blocs de chez *Belotti*. Une rupture propre, ce n'est pas ça. Au contraire, elle est brouillonne, vicieuse, elle me force à le regarder droit dans les yeux et à lui débiter d'autres mensonges, de me mettre en porte-à-faux avec lui. En le voyant au plus mal et en cherchant à comprendre pourquoi je lui inflige ça, Sophia risque de venir, ainsi que Bella, voire Maria. C'est inconcevable. Je ne sais pas quoi faire, mais je ne peux pas attendre là, dans mon appartement, qu'on vienne me trouver. Je ne passe donc pas ma soirée de Noël à regarder des âneries à la télé, ni à boire du champagne, ni à jouer à des jeux de société. Je le passe à ranger mes vêtements dans la même valise que j'ai tirée de chez Adam il y a exactement un an, trop engourdie pour pleurer alors que je rassemble mes affaires de toilette. Je traîne ma machine à glace jusqu'à la porte, puis je me retourne pour contempler une dernière fois l'appartement. Il est comme je l'ai trouvé, sans un coussin en plus ni aucune touche personnelle. Mes racines de nomade me rattrapent, on dirait. J'éteins les lumières et je verrouille la porte, puis je descends ma valise dans la rue.

Assis sur l'escalier du restaurant, Smirnoff me regarde d'un œil indifférent empiler mes affaires sur le trottoir enneigé. Je lui pose une gamelle de nourriture à l'arrière des marches et me risque à lui gratter les oreilles.

— Salut mon grand, je murmure en m'accroupissant à côté de lui.

J'ai demandé par SMS à Shen de s'occuper de lui pendant quelques jours jusqu'à ce que Bobby revienne et j'ai déduit de la série d'émoticônes dans sa réponse que ça ne la dérangeait pas.

— Tu vas me manquer, j'ajoute, et le chat relève la tête de son dîner pour me lancer un coup d'œil de biais.

S'il pouvait parler, il me dirait sans doute que moi, je ne vais pas du tout lui manquer, du moment qu'on lui donne du thon, ce qui me satisfait car il est le seul être vivant qui ne me fait pas culpabiliser.

Pendant que j'attends le taxi, je sors la carte de Felipe de ma poche et je la relis.

Entre électrons libres, je me suis dit que tu aurais besoin d'un endroit où poser tes valises sans être embêtée pendant quelques jours, jusqu'à ce que tu te retournes.

J'ai payé l'électricité jusqu'au Nouvel An, prends ça pour des excuses.

Bonne chance, ma grande, je sais que c'est dur. Il fait chaud en Floride à cette période de l'année.

F

Je remets la clé de l'unité 359 dans la carte en poussant un profond soupir. Le chauffeur de taxi se gare aussi près du trottoir qu'il le peut avec la neige et je porte mes affaires à l'arrière avant de lui indiquer un arrêt chez le glacier *Belotti*. Il attend pendant que je glisse une enveloppe sous la porte vitrée, puis je remonte dans la voiture et lui donne l'adresse du garde-meubles.

34

Cher Gio,

Avant tout, sache que ces derniers mois passés avec toi ont été les plus heureux de ma vie. Plus jamais je ne connaîtrai quelqu'un d'aussi merveilleux que toi, même si je vis jusqu'à cent ans.

Je dois t'avouer quelque chose. C'est le cœur lourd que je t'écris ça, je suis vraiment navrée de ne pas te le dire en face. Mais j'en suis incapable. Je ne peux pas prononcer les mots à voix haute et te regarder me détester, alors j'opte pour la solution de la lâcheté et je t'écris ces mots.

Je t'ai menti, Gio. Mon ex n'est pas mort, et nous n'avons jamais été mariés. Adam Bronson est un homme horrible, manipulateur et abusif, que j'ai fui le jour de Noël l'année dernière. J'ai pris l'habitude de me répéter qu'il était mort pour m'empêcher de regarder sans arrêt par-dessus mon épaule, mais je n'aurais jamais dû te dire ça. J'aurais dû rectifier le tir quand tu as cru que j'étais mariée, ce jour-là à la librairie.

Je n'ai aucune excuse. Quand j'ai découvert que tu étais veuf, je ne savais plus comment me tirer de ce satané mensonge, mais ça ne peut plus durer. Quel genre d'individu invente des trucs pareils ? J'ai si honte. Tu mérites beaucoup mieux que ça, mieux que moi.

Il y a autre chose que tu devrais savoir. Adam a trouvé la vidéo de Bella et moi au concert de l'école et l'a contactée pour obtenir mon numéro. Je doute qu'il vienne à New York, et même s'il le faisait jamais il ne s'en prendrait physiquement à Bella, mais je préfère savoir que tu gardes l'œil ouvert, juste au cas où. Je suis terriblement désolée de t'avoir mêlé à ça.

Je quitte New York et je ne compte pas revenir, c'est donc un adieu. Merci, Gio. Merci pour les soirées du lundi et le refuge de tes bras, pour le sapin de Noël et le mug à mon nom, et pour être incapable de dire quoi que ce soit de méchant, même pour rire. Je ne me suis jamais aussi sentie bien qu'avec toi et avec ta famille. Dis-leur que je suis désolée, tu veux bien ? Les Belotti, c'est vraiment quelque chose.

Sois heureux, Gio. Ton cœur déborde trop d'amour pour le garder enfermé en toi.

Affectueusement,
Iris

35

DANS LE PALMARÈS DE MES PIRES SOIRÉES DE NOËL, me retrouver dans un box de stockage n'arrive qu'en deuxième position, ce qui en dit long sur ma vie avec Adam Bronson. J'ai ramené un oreiller et une couverture, même s'il fait bon grâce au chauffage d'appoint de Felipe. Je suis au chaud, j'ai de la lumière grâce à la lampe dans le coin et personne ne va venir me déranger. Il faudrait payer cher un employé pour passer les fêtes à la réception stérile d'un sous-sol d'immeuble et, sans surprise, il n'y a personne qui traîne dans les couloirs pour venir entreposer des affaires dans son box. J'ai donc les lieux pour moi toute seule. Heureusement, il y a des toilettes au bout du couloir.

J'ai fait exprès de vider la batterie de mon téléphone, ainsi j'évite l'avalanche de messages une fois que ma lettre sera lue. Je plonge le visage dans l'oreiller et ferme les yeux en repensant à cette lettre, aux vérités que j'ai révélées, au chambardement que j'ai provoqué. Je n'éprouve qu'une paix toute relative d'avoir enfin craché le morceau à Gio sur Adam. J'aurais dû le faire en personne. J'aurais dû le faire il y a des mois. Je le sais.

Je pousse un soupir puis j'insère la cassette vidéo de ma mère dans le lecteur et je ferme les yeux. Comme quand j'avais sept ans, je la laisse me bercer pour m'endormir.

J'ai l'impression d'être un animal dans une tanière. Ce matin, je me suis lavé le visage et brossé les dents dans le minuscule lavabo, mais je me sens rabougrie et raide, qu'à demi-vivante. Je suis sortie faire des courses, en longeant les murs comme une fugitive même si les couloirs sont déserts. Les rues l'étaient tout autant, je n'ai croisé qu'un promeneur avec son chien sur le trajet vers l'épicerie du coin. Leur roulé au bacon, aux œufs et au fromage a fait office de petit déjeuner et j'ai acheté des provisions pour tenir un jour ou deux. Je sais que je ne peux pas m'éterniser ici, mais réfléchir à la suite est au-dessus de mes forces. Mon cerveau semble nimbé de coton, incapable de voir au-delà de la demi-heure suivante. J'ai dormi, du moins j'ai essayé, et j'ai ressassé le passé – enfin ça, j'ai essayé d'éviter de le faire. Felipe m'a suggéré la Floride, mais ça ne me tente pas. Los Angeles non plus ; ma mère n'y a pas trouvé le bonheur, alors pourquoi ce serait différent pour moi ? Hors de question de retourner à Londres, ça au moins c'est clair. Dans l'immédiat, je compte rester allongée ici en espérant que la brume de mon esprit se dissipe pour que je trouve une solution. Je me sens au bord du gouffre. Je comprends comment on peut finir à la rue, comment tout peut s'effondrer quand on n'a personne pour couvrir ses arrières. Je ne vais pas devenir SDF, je ne me laisserai pas tomber si bas, mais je vois très bien l'engrenage de la chute, combien il est facile de se convaincre que c'est provisoire, et ça me donne à réfléchir.

Un jour et une nuit de plus sont passés, d'après ma montre et mes os douloureux. Je vais sortir d'ici aujourd'hui. Je me suis résignée à laisser les affaires difficiles à transporter, notamment ma machine à glace et d'autres trucs dont je n'ai pas besoin tout de suite et que je demanderai à Felipe de m'envoyer quand je me serai installée quelque part. Je déteste l'idée d'abandonner ces objets, surtout ma machine à glace, mais je n'ai pas le choix si je veux aller de l'avant. Je me sens au plus bas, physiquement incapable de traîner mes valises dans la neige.

J'entends les portes de l'ascenseur s'ouvrir et je me tiens parfaitement immobile, même s'il y a peu de chances que quiconque sache que je suis là et vienne me déloger. Mon cœur s'emballe tout de même alors que j'entends des pas lourds et j'ai le souffle coupé lorsqu'on m'appelle et frappe aux portes au hasard.

— Iris ! Iris, où es-tu ?

J'entends une clé dans la serrure de ma porte puis le rideau monte et Gio apparaît dans l'ouverture, le regard fixé sur moi. Tant d'émotions s'entrechoquent dans ma tête que j'ai envie de faire barrage avec les mains pour les repousser. L'humiliation de l'état dans lequel je suis. La honte d'avoir dormi dans un garde-meuble. Les remords de lui avoir écrit cette lettre, et la peur. Je n'ai pas peur de lui, mais *pour* lui, car il a une mine affreuse.

— Gio.

Je suis incapable de prononcer autre chose et il secoue la tête puis lève la main pour m'empêcher de parler.

— J'y crois pas, marmonne-t-il en parcourant le box du regard. Cette comédie s'arrête tout de suite, tu m'entends ?

Nous nous dévisageons et j'ai le cœur brisé en voyant une larme de colère rouler sur sa joue.

— Je suis désolée, dis-je en me rendant compte que je pleure aussi quand je sens un goût salé dans la bouche. Je suis vraiment désolée.

— Prends tes affaires, ordonne-t-il et comme je ne bouge pas, car je n'en ai pas la force, il s'active à ma place, fourrant mes affaires dans des sacs. Je ne plaisante pas, Iris, range tout ça. C'est à toi ? demande-t-il en montrant mon oreiller. Et ça ?

Je n'ai jamais vu une telle tension exulter de quelqu'un. Il a l'air d'en souffrir.

Il prend des objets au hasard, même des vêtements de Felipe, et je secoue la tête, mortifiée, sans savoir quoi faire ni dire.

— Il y a un taxi dehors, tu vas monter dedans. Il va te ramener chez toi, tu vas déballer tes affaires et dormir dans ton lit comme une adulte, tu m'entends ?

Il se passe la main sur les yeux, furieux contre ses larmes et contre moi.

— Tu auras un frigo, de l'eau courante, et tu seras en sécurité.

Il se détourne alors qu'il s'étouffe sur le dernier mot et il frappe la porte en métal, un gros bruit qui résonne dans le bâtiment silencieux.

Je m'approche de lui et pose la main sur son épaule tendue.

— Gio, dis-je d'une voix cassée. Gio.

Il se tourne vers moi et il est dans un tel désespoir que nous tombons dans les bras l'un de l'autre, en nous serrant très fort et en nous balançant, profondément meurtris.

— Je suis désolée, je suis désolée, je murmure.

— Arrête de t'excuser. Arrête. Je ne peux pas entendre ça aujourd'hui.

Il s'agrippe à mes épaules et baisse les yeux sur moi.

— Tu n'as jamais besoin de me fuir. Tu comprends ça ? Je suis si dingue de toi que je n'ai pas les idées claires, mais jamais je ne toucherai un cheveu de ta magnifique tête, aussi obstinée et stupide sois-tu.

Il me lâche et se passe la main sur le crâne avant de se laisser tomber sur le canapé. Je m'assieds à l'autre bout, les mains plaquées sur la bouche, en essayant de me ressaisir.

— J'ai passé les deux derniers jours à penser à toi, à Penny, à Bella…

Il me regarde sur le côté, il a du mal à parler.

— Ma fille. Putain, Iris. Elle n'aurait jamais dû se retrouver mêlée à ça.

Il n'y a rien à répondre à ça qui puisse arranger les choses. De toute façon, je me sens vide de mots.

— Rentre juste chez toi, dit-il, las. Je ne dormirai pas tant que je ne te sais pas en sécurité. Rentre et repose-toi.

Il prend mes sacs et m'attend pendant que j'enfile mon manteau, puis il éteint tout et nous empruntons l'ascenseur pour sortir, trop las pour parler. Il y a en effet un taxi en bas, dans lequel Gio met mes affaires avant de se tourner vers moi, le visage vide.

— Si c'est fini entre nous, disons-nous au moins au revoir correctement.

Il déglutit et baisse les yeux vers la rue froide et déserte.

— Accorde-toi quelques jours. Prends soin de toi, et mieux que ça, ajoute-t-il avec un geste vers l'immeuble de garde-meubles en poussant un soupir. J'ai besoin d'un peu de temps pour me remettre les idées en place, d'accord ? Je viendrai chez toi le soir du Nouvel An, et nous nous traiterons avec respect, car je tiens trop à toi pour terminer les choses sur un trottoir comme ça.

Je hoche la tête et monte dans le taxi car je ne sais pas comment dire au revoir à Gio Belotti correctement. Que ce soit sur ce trottoir, chez moi le soir du Nouvel An, ni nulle part ailleurs.

36

JE LUI OBÉIS. Je rentre chez moi et pose mes sacs à la porte, puis je reste immobile devant la pièce calme et froide que je ne pensais pas revoir un jour. Je ne sais pas si je ressens de l'échec ou du soulagement. Je prépare du thé et allume le chauffage, puis je laisse entrer le chat qui est monté à la fenêtre par l'escalier de secours. J'exécute mécaniquement tous ces gestes puis je me déshabille et je me glisse sous la douche chaude, quand tout me rattrape enfin. La mort de ma mère. Adam. Les Belotti. Gio. Je me recroqueville par terre et serre mes genoux contre ma poitrine tandis que les trois dernières années défilent comme si j'étais devant un écran IMAX. Des mots, des souvenirs. Les vêtements noirs aux funérailles, les baisers sur le toit, la porte à la vitre peinte, les lundis soir *Éclair de lune*, l'aspirateur passé trois fois dans la même pièce, terrifiée d'avoir raté quelque chose, les chansons dans le parc, le parfum de Maria, les boucles de Sophia, les mains fragiles de Bella sur les touches du piano, les maisons couvertes d'illuminations de Noël, ma mère qui me regarde dans les yeux et rit en face de l'objectif. Toutes ces images déferlent et se percutent, pêle-mêle et discordantes, et je ferme les paupières et pose le front sur mes genoux, épuisée de me battre.

Je suis assise à table devant une tasse de café froid. Hier soir, je me suis endormie aussitôt que ma tête a touché l'oreiller, pourtant ce matin je me sens comme si un bus m'était passé dessus. Je sursaute dans ma robe de chambre quand la sonnette retentit. Je reste immobile, espérant que c'est le facteur qui se fera une raison, mais ça sonne à nouveau, de manière encore plus insistante, et je soupire quand j'aperçois en bas une tête de boucles noires.

J'ouvre la porte et Sophia monte l'escalier en courant, des sacs de course dans les mains qu'elle va poser à la cuisine.

— Je t'ai acheté quelques trucs, dit-elle doucement en mettant du lait et du jambon dans le frigo, puis du pain à côté de la bouilloire. Pourquoi tu n'irais pas t'habiller pendant que je nous prépare du café ?

Je m'exécute, car c'est presque un soulagement de m'entendre dire quoi faire.

— J'ai lu ta lettre, annonce-t-elle en me passant un mug lorsque je reviens à la cuisine. Il ne voulait pas me la montrer, je lui ai forcé la main.

Je m'assieds et plaque un demi-sourire sur mon visage, car c'est gentil de la part de Sophia de venir ici et je sais déjà qu'elle n'acceptera aucun refus de ma part. Elle s'installe à côté de moi, aussi proche de moi que la table le permet.

— Tu aurais dû t'ouvrir à moi, dit-elle en posant ses mains sur les miennes. Je t'aurais écoutée.

— Je n'avais pas les mots, je réponds en repoussant mes cheveux alors que je lève les yeux vers elle. Est-ce que Gio va bien ?

— Ça va aller. Je te le promets, affirme-t-elle en retirant un élastique de son poignet. Et toi ?

Je hausse les épaules car je n'en ai aucune idée. Elle se lève et passe derrière moi pour rassembler doucement mes cheveux en queue-de-cheval. Puis elle me presse les épaules, d'un geste affectueux et réconfortant, et je pose mes mains sur les siennes. Nous restons ainsi un moment, connectées, et je songe que, qu'ils soient ou non vrais frère et sœur, Gio et Sophia Belotti partagent le même grand cœur.

— Ne quitte pas New York, dit-elle. Je ne veux pas que tu partes.

— Je ne peux pas rester ici. C'est trop. J'ai besoin d'un nouveau départ, d'aller quelque part où je ne traînerai pas de casseroles.

— Des casseroles, répète-t-elle, sur un ton presque cinglant. Bon sang, Iris, on a tous des casseroles. Toi. Gio. Vous avez tous les deux assez de casseroles pour remplir toute une cuisine, mais justement, ce n'est pas ça, l'amour, s'entraider pour gérer ses blessures ? Un nouveau départ, c'est dans les comédies romantiques, pas dans la vraie vie.

Elle se rassied à côté de moi et me regarde droit dans les yeux.

— Tu as déjà fait le plus difficile. Gio connaît désormais la vérité, il va se faire une raison, j'en suis sûre. Reste ici. Reste pour lui. Pour moi.

À l'entendre, ça paraît simple ; elle est séduisante, cette vie qu'elle me présente. J'aimerais de tout mon cœur que ce soit aussi facile, mais elle ne sait pas tout. Elle ignore que son père m'a demandé de m'en aller afin de protéger le secret qu'il garde depuis des décennies.

— Je ne peux pas, Sophia. N'insiste pas, s'il te plaît, car honnêtement, je ne peux pas.

Assise à côté de moi, ses genoux contre les miens, elle pose son front sur ma tête.

— Avec qui je vais parler de parfum de glace si tu pars ?

Je ferme les yeux.

— *Vanille pour toujours.*

— Tu sais très bien.

Elle rit doucement et une larme roule de sa joue jusque sur nos mains entrelacées.

Le réveillon du Nouvel An a lieu demain. Cette fois, je ne me défilerai pas, je n'irai pas me planquer dans un box de stockage. J'attendrai Bobby et Robin, puis Gio, et ensuite je prendrai mon vol pour Toronto tôt le matin du 1er janvier.

Nouvelle année, nouveau pays, nouveau départ. Je ne suis pas sûre d'avoir la force de me réinventer une fois de plus, mais j'ai regardé où avait été tourné *Bienvenue à Schitt's Creek* et j'ai décidé que ce serait ma destination. J'aurais tout autant pu pointer le doigt au hasard sur une carte, mais ça fera l'affaire.

Donc voilà. C'est officiellement ma dernière journée à New York et il me reste une chose à faire avant de partir. J'enfile mes bottes et mon gros manteau, puis je passe un sac à dos sur mes épaules avant de sortir dans la fraîche matinée dégagée.

Je ne vais pas loin. Juste au parc de l'autre côté de la rue. Je m'y suis promenée un nombre incalculable de fois au cours de cette année passée à New York, et aujourd'hui je vais y répandre les cendres de ma mère.

Même si je quitte la ville demain, la laisser reposer ici me semble être le mieux à faire. Je suis ravie d'entendre la voix familière de la chanteuse, qui entonne des classiques de Noël. J'espère que les passants se montrent généreux, elle le mérite. Lorsqu'elle me voit, elle m'adresse un signe de la main et je me fraie un passage pour m'approcher tandis qu'elle finit le dernier couplet de *White Christmas*. Ça a été un Noël blanc, en effet. Il reste encore pas mal de neige et je suis ravie d'avoir vu New York comme ça.

— Tu acceptes les demandes particulières ? dis-je en l'étreignant lorsqu'elle attrape une bouteille d'eau derrière sa baffle à la fin de la chanson.

Elle sourit.

— Pour toi, oui.

— Tu connais *River ?*

— Joni Mitchell ? Bien sûr, répond-elle comme si ça allait de soi.

C'était l'une des chansons préférées de ma mère, elle la reprenait souvent à la fin de ses concerts. On dirait que les paroles mélancoliques ont été écrites spécialement pour aujourd'hui, les tonalités mineures des premières mesures changeant la joyeuse mélodie de *Jingle Bells* en une complainte. Je la lui ai demandée autant pour ma mère que pour moi, parce que les paroles évoquent les choses qui touchent à leur fin, la séparation et le chagrin qu'on inflige aux gens qu'on aime. Pour toutes ces raisons, elle est magnifique et elle me fait du bien car elle me rappelle ma mère dans ses moments les plus heureux : en train de chanter devant un public.

— Mais tout à l'heure, d'accord ? je précise. Pas tout de suite.

Elle hoche la tête avec un regard songeur.

— Entendu.

Je me dirige vers un vieux chêne que j'affectionne tout particulièrement. Je m'y suis souvent assise lors des chaudes journées d'été, adossée au tronc, et il m'est arrivé d'aller poser les mains sur l'écorce pendant une promenade, afin de tirer de la force de sa présence ancestrale. Ma mère était du genre à embrasser les arbres sans aucun complexe et je sais qu'elle aurait apprécié ce chêne encore plus que moi. Heureusement, peu de neige s'est accumulée sous les branches les plus basses et il n'y a pas beaucoup de gens dehors par cette matinée d'hiver. J'entends des enfants plus loin s'aventurer sur les terrains de basket verglacés et j'aime bien écouter leurs cris et leurs rires. C'est la vraie vie, en perpétuel mouvement.

Je pose mon sac à dos au pied de l'arbre et je sors les cendres de ma mère, une simple urne argentée. Elle m'a suivie partout depuis sa mort ; c'est déconcertant de réaliser que je vais la laisser partir. Peut-être devrais-je plutôt me dire que je la laisse rester ici.

Je m'adosse à mon sac et m'appuie contre l'arbre, l'urne serrée fort sur ma poitrine. Je ne suis pas pressée. J'ai l'impression que la chanteuse comprend ce que ça représente pour moi.

Je ferme les yeux pour convoquer le visage de ma mère, je plisse le nez pour raviver l'odeur de son parfum. J'avais gardé son dernier flacon presque vide et quand Adam l'a jeté à la poubelle sans me consulter j'ai pleuré en silence dans la salle de bains.

— C'est le moment, alors, dis-je en entamant notre dernière conversation imaginaire. L'endroit te plaît ? Je ne sais pas si tu es venue ici. Je l'espère. À tous les coups, tu aurais enlacé cet arbre.

Je pose la tête en arrière contre le tronc, les yeux ouverts, l'esprit loin d'ici. Je suis une fillette joufflue en train de faire du coloriage dans les coulisses de l'un de ses spectacles, je suis une ado ronchonne en train de picorer du pop-corn au cinéma à côté d'elle, je suis la fille effrayée qui tient la main de sa mère mourante.

— J'ai semé la pagaille, maman. Mais ils ont récupéré leur recette, maintenant. Au moins ça, je l'ai réussi.

Je contemple l'urne argentée dans mes mains. Ça fait bizarre de songer qu'elle est là-dedans. Elle n'y est pas vraiment. Elle est partout. Elle est dans la tonalité parfaite d'une chanson de Joni Mitchell à la radio, dans les traînées mordorées d'un coucher de soleil en plein été, dans l'effluve de son parfum préféré sur une passante que je croise. Elle est dans chaque bol de glace en mélamine rose. Elle sera toujours avec moi, que je sois à Londres, à New York ou à Toronto. Laisser ses cendres dans ce parc n'y change rien.

Je jette un coup d'œil à la chanteuse et je la vois en train de me regarder. Je lui adresse un léger sourire reconnaissant alors qu'elle entonne les premières mesures de *River* pour moi et pour ma merveilleuse mère bohème et foudroyante. Lorsque je dévisse le couvercle, je ne ressens pas la peur à laquelle je m'attendais. J'écoute les mots bouleversants alors que j'incline lentement l'urne et je souris à travers mes larmes en voyant ses cendres s'envoler dans le vent froid de New York. Je lui envoie un baiser tandis qu'elle se disperse, volette et danse, disparaissant peu à peu de ma vue comme un ballon qui glisse entre les doigts d'un enfant. Je me tourne vers la chanteuse et je vois qu'elle pleure.

37

La dernière journée de l'année se lève sur un ciel bleu cristallin, avec une température négative. Debout depuis bien avant les premiers rayons du soleil, j'ai pris mon temps pour préparer mes affaires. J'ai mis dans ma valise ce dont je vais avoir besoin les prochaines semaines et je demanderai à Bobby de m'expédier le reste plus tard. Je sais que ça ne le dérangera pas et je suis moins angoissée à l'idée de laisser ma machine à glace ici plutôt que dans le box de stockage. Robin et lui rentrent aujourd'hui de vacances. Ils auraient déjà dû être là, d'ailleurs, mais il m'a envoyé un message tout à l'heure pour me prévenir qu'ils avaient du retard.

Je redoute de lui annoncer que je quitte New York, mais au moins j'aurai l'occasion de lui parler plutôt que juste disparaître. Je pousse un soupir en repensant aux paroles de Gio. *Se dire au revoir correctement.* Comment on fait ça, dans la réalité, surtout aux gens qu'on aime et qu'on laisse derrière soi ? Je me réconforte en me disant que je vais rester en contact avec Bobby et Robin. Ils viendront peut-être me voir une fois que je me serai installée quelque part et bien sûr il y a les appels vidéo. Je ne vais pas les perdre.

Avec les Belotti, c'est différent. Santo a été clair, une rupture propre est ce qu'il y a de mieux pour Gio. Même s'il parvenait à me pardonner le mensonge sur Adam, car j'espère qu'avec le temps, il comprendra, il n'y a pas de fin heureuse écrite dans les astres pour nous.

Le passé de Santo avec ma mère n'est que ça : du passé. Elle lui a brisé le cœur, il a compromis le secret de famille et malgré tout il a réussi à construire une merveilleuse famille. Si je restais, tout le monde apprendrait la vérité. Gio, Maria, Sophia et ses autres sœurs. La tradition et la loyauté sont les piliers de la famille Belotti, et c'est pour cette raison que Santo a gardé cette part de sa vie soigneusement enfouie en lui depuis plus de trente ans. Qui suis-je pour l'obliger à tout révéler au grand jour aujourd'hui ? Ma mère ne voudrait certainement pas que je lui cause ce genre de souffrance, surtout dans son état de santé actuel.

En plus, quel bien cela ferait-il à Gio d'apprendre tout ça ? Il se rendrait compte que j'avais la recette depuis le début, que j'aurais pu résoudre son problème dès le premier jour. Il saurait que pendant des mois je lui ai caché le lien entre nos familles, que la femme de profil dans leur album est ma mère. Ça fait beaucoup. Je me rends compte de quoi ça a l'air d'un point de vue extérieur, même si je suis la seule à connaître mes vraies motivations derrière tout ça. Que c'est la curiosité qui m'a poussée à franchir cette porte vitrée et que tout ce que j'ai toujours cherché à faire, c'était les aider sans compromettre la mémoire de ma mère et la confiance de Santo. Je n'avais pas prévu de tomber amoureuse de Gio, ni de m'attacher au reste de la famille.

Il y a une part de moi qui a envie de tout révéler à Gio, de tout balancer et de le laisser juge, car cette histoire nous concerne tous les deux désormais, et plus seulement ma mère et Santo il y a plus de trente ans. Mais alors j'entends ma mère me murmurer à l'oreille de ne jamais rien dire à personne, j'entends Santo me demander de rompre proprement, et j'entends Felipe me dire que le sang est plus épais que l'eau. Et voilà le nœud du problème. Le sang est réellement plus épais que l'eau, surtout le sang Belotti. Avant tout, Gio est un Belotti. Il agira toujours dans l'intérêt de sa famille, sans jamais en dévier, car il se remettra de tout ça grâce à elle.

J'aimerais déjà être demain, que les adieux soient derrière nous et le Canada devant moi. Je ne connais rien de Toronto, si ce n'est le nom de l'aéroport. Contrairement à lorsque je suis arrivée à New York, je n'ai aucun projet, aucune idée préconçue, aucun exemple de ma mère à suivre. Là-bas, je me retrouverai totalement seule et je ne m'en réjouis absolument pas.

Je contemple l'horloge, attendant Gio ; il me manque terriblement et je suis malade à l'idée que ce soit la dernière fois que je le verrai. Il m'a envoyé un texto pour me prévenir qu'il viendrait vers 13 heures, il est presque 12 h 20 et Gio n'est jamais en retard. J'ai les mains moites. Je les frotte sur mon jean en allumant la bouilloire pour faire du café, avant de l'éteindre aussitôt car je sais que je ne vais pas le boire. Je m'assieds sur le canapé, puis je me ravise et je vais m'installer à la table de la cuisine de manière à être plus proche de la porte, prête à lui ouvrir. Je n'ai rien dans le ventre. Je n'ai pas pu manger ce matin, même si mes entrailles grondent comme ma machine à glace.

La sonnette retentit, stridente dans mon appartement silencieux, et je me fige comme des enfants jouant à un-deux-trois-soleil. Il est là. Je cours presque jusqu'à l'interphone et appuie plusieurs fois sur le bouton d'ouverture au cas où ça ne fonctionne pas et qu'il reparte. Je prends de profondes inspirations en écoutant ses pas dans l'escalier, et quand il atteint finalement ma porte, je m'arme de courage et ouvre en grand.

— Tu ne répondais plus à mes messages, petite souris. J'étais si inquiet que je suis venu en personne vérifier que tout va bien.

38

Je recule, en panique à la vue d'Adam Bronson. Je me suis répétée si souvent qu'il ne viendrait jamais à New York, qu'il n'irait jamais jusqu'à rôder dans le coin. Et maintenant il est chez moi, un grand sourire sur les lèvres, comme si je devais lui dérouler le tapis rouge.

— Qu'est-ce que tu fais ici ? je marmonne en m'efforçant de garder mon sang-froid.

Ses yeux parcourent lentement l'appartement.

— C'est donc ici que tu vis.

Je ne dis rien. Je tremble intérieurement, je crains que ma voix ne trahisse ma peur. Il se dirige vers le canapé, soulevant des objets pour les inspecter au passage. Une lettre de la banque. Un ticket de caisse. Des détails insignifiants de ma vie que je n'ai nulle envie qu'il touche.

— Eh bien ? fait-il. « Comment vas-tu, Adam, aimerais-tu un café, Adam, comment s'est passé ton vol, Adam ? »

Il s'assied et croise les jambes en baissant les bras, paumes vers le haut.

— Je te laisse choisir. Ou devrais-je simplement répondre aux trois questions ? Oui, j'aimerais un café, tu sais comment je le bois, dit-il en faisant mine de cocher ça sur la liste du bout du doigt. Mon vol était putain de long et cher, et non, je ne vais pas très bien, merci de t'en soucier. J'ai perdu mon boulot et ensuite ma petite souris a bloqué mon numéro.

Je le fixe.

— Je n'ai pas de lait.

Il hausse les sourcils, puis il se lève pour aller ouvrir le réfrigérateur.

— Oh, regarde. Mais si, tu en as.

Il pose la brique de lait sur le bar à côté de moi avec des gestes lents et résolus, et je ravale un haut-le-cœur lorsque son parfum familier d'après-rasage envahit mon espace.

— Je ne vais pas te préparer de café. Je veux que tu partes. Tout de suite.

Il ricane et des larmes amères et furieuses me piquent les yeux.

— Tu m'as manqué, petite souris, dit-il en passant le bras autour de mes épaules.

Je le repousse et me précipite vers la porte d'entrée que j'ouvre en grand.

— Va-t'en.

Il me toise comme si j'étais un enfant testant sa patience et un frisson remonte le long de ma colonne vertébrale. Pour avoir vu cet air si souvent par le passé, je sais qu'il peut être suivi par un accès de rage.

— Je n'ai pas peur de toi, j'affirme en levant le menton.

— Pourquoi aurais-tu peur de moi ? réplique-t-il en riant. Je n'ai jamais porté la main sur toi. Enfin sauf les fois où tu me suppliais de te toucher, bien sûr.

Il plisse le front d'un air suggestif et je contemple ses sourcils avec dégoût, telles deux limaces rampant vers ses cheveux.

— Si tu ne pars pas tout de suite, j'appelle la police. Le commissariat est juste au coin.

— Pour leur dire quoi ? « Mon petit ami a osé venir me rendre visite et me demander un café » ? ironise-t-il en brandissant les poignets devant lui. Passez-moi les menottes, monsieur l'agent, ce n'est que justice.

— Ex-petit ami, je rectifie à travers mes dents serrées.

Il m'adresse à nouveau un regard menaçant et je déglutis en m'efforçant de ne pas le laisser voir à quel point il me bouleverse. La sonnette retentit et il me toise avec intérêt.

— Tu attends quelqu'un ?

Oh merde, non. Non, Gio, non. Je secoue la tête en cherchant une excuse crédible.

— C'est sûrement le facteur. Il doit avoir un paquet pour moi.

Adam hoche lentement la tête puis s'approche de la fenêtre pour regarder en bas.

— Ça ne ressemble pas au facteur.

Quelqu'un frappe à la porte de l'immeuble.

— Iris !

Ce n'est pas Gio. C'est Sophia.

— Une amie à toi ?

— Juste une collègue.

— Iris, ouvre !

Adam penche la tête sur le côté pour regarder à nouveau dehors puis il se retourne vers moi avec une expression faussement scandalisée qui montre qu'il savoure l'instant.

— S'il te plaît, il faut qu'on te parle.

Je ferme les yeux et déglutis car c'était la voix de Maria, pas celle de Sophia. Je veux qu'elles partent le plus loin possible, mais leur présence ici à toutes les deux, au lieu de Gio, me fait craindre qu'il lui soit arrivé quelque chose.

— Je dois juste leur parler deux secondes, dis-je à la hâte, m'en voulant de parler tout bas. S'il te plaît, Adam, attends ici.

Il croise les bras.

— Tu veux que je parte, tu veux que je reste, tu ne veux pas m'offrir de café, tu me menaces d'appeler la police, et maintenant tu veux t'éclipser pour aller discuter avec tes amies. Ce n'est pas ce à quoi je m'attendais, ma souris, et ça ne me plaît pas.

Les sourcils froncés, il se retourne vers la fenêtre en entendant des portières de voiture claquer.

— Oh, encore des gens. Ça vire à la fête de rue.

J'entends l'agitation en bas et je meurs d'envie d'aller voir, mais Adam est devant la fenêtre et il grimace de dégoût quand Smirnoff apparaît dans l'escalier de secours. Il déteste les chats. Les chiens aussi, d'ailleurs. Il n'aime pas les animaux de manière générale, ce qui, en y repensant, aurait dû me mettre la puce à l'oreille.

— Vermine, marmonne-t-il et je hoquette en entendant la porte d'entrée s'ouvrir alors que je n'ai pas appuyé sur le bouton de l'interphone.

— Iris, ma chérie, il y a une flopée de gens très chic qui t'attendent là en bas. Descends tes fesses illico presto !

Bobby.

Je regarde Adam, qui me fixe en retour, puis je m'élance par la porte ouverte de mon appartement. Robin est en bas de l'escalier, tirant leurs valises Vuitton, et Bobby a les mains plantées sur les hanches, dans son pantalon de cuir et un énorme chapeau de fourrure sur la tête. Je sens, plutôt que je ne le vois, Adam juste derrière moi et j'essaie de ne pas tressaillir lorsqu'il passe le bras autour de mes épaules pour m'agripper le haut du bras.

— Tu es malpolie, ma souris, présente-moi à tes amis.

Je descends les marches avec raideur alors que Sophia et Maria se pressent dans le petit hall d'entrée derrière Robin et je suis mortifiée de voir que Santo et Felipe les accompagnent. Je m'arrête sur la dernière marche et, les yeux fermés pendant quelques secondes d'agonie, je sens à nouveau Adam à côté de moi, qui me tire contre lui.

Bobby retire son chapeau, les sourcils froncés alors qu'il essaie de comprendre ce qui se passe. Le silence perdure quelques instants, tout le monde se dévisageant.

— Je suis Adam Bronson. Si j'avais su que vous veniez, j'aurais fait un gâteau !

Il éclate de rire, de ce faux rire hideux qui me fait frissonner et Bobby secoue la tête.

— Oh j'y crois pas putain, marmonne-t-il avant de retirer son chapeau en fourrure et de se jeter sur Adam.

— *Madonna santa*, souffle Maria en reculant rapidement lorsque Adam tombe en arrière sur le palier, Bobby le chevauchant comme un animal féroce.

Adam le repousse aisément et se remet debout en poussant des jurons, avant de faire volte-face vers moi.

— C'est ce malade que tu devrais dénoncer à la police, pas moi, crache-t-il en s'époussetant les manches. Je repasserai plus tard. Ce n'est pas mon genre de sauteries.

Il bouscule Sophia sur son passage et elle riposte aussitôt, lui faisant presque perdre à nouveau l'équilibre.

— Connard, cingle-t-elle.

Adam la fusille du regard et tous les Belotti se mettent à le pousser et à crier, certains jurons en anglais, d'autres en italien, quand tout à coup il est tiré en arrière par le col jusque dans la rue. Je n'ai pas vu Gio arriver mais le voici et je déglutis, soulagée qu'au moins sa famille n'était pas venue en masse pour m'annoncer une terrible nouvelle.

Tout le monde s'agglutine derrière eux alors qu'Adam se retrouve les quatre fers en l'air dans la neige.

— Debout, gronde Gio en se plantant devant lui.

Adam dérape alors qu'il essaie de se remettre sur ses pieds, humilié. Pendant quelques secondes, son regard passe de Gio à moi puis il se met à rire.

— Oh, je comprends maintenant, dit-il en nous pointant du doigt tour à tour, comme s'il trouvait l'idée hilarante. Ne perds pas ton temps, mon pote, elle est absolument sans intérêt.

Gio jette un coup d'œil en l'air avant de pousser un soupir, puis il envoie son poing dans la mâchoire d'Adam, le faisant valdinguer sur le trottoir dans un tas de sacs-poubelles noirs provenant du restaurant de poisson à deux portes de là. Adam se relève en se tortillant, couvert d'ordures fétides. Smirnoff, que Dieu le bénisse, apparaît tout à coup, attiré par l'odeur de poisson, et lui donne un coup de griffe sur la main juste avant que Gio le tire par le revers de sa veste pour le relever.

— Si tu t'avises encore de t'approcher d'elle, tu auras affaire à moi, gronde-t-il, juste devant le nez d'Adam.

Une force intérieure m'emplit soudain, comme si un courant électrique remontait dans mes veines. Je m'avance et pose la main sur le bras de Gio, car même si j'apprécie l'instinct de protection dont tout le monde fait preuve envers moi, il est temps que je me montre digne de ma mère. Adam est mon démon, c'est à moi de le chasser.

— Stop. Gio, s'il te plaît, je n'ai pas besoin que tu te battes à ma place.

Le souffle saccadé, il me jette un coup d'œil en coin et je vois toute sa passion et sa furie italiennes brûler dans ses beaux yeux sombres. Je soutiens son regard, déterminée à me faire entendre, et après un instant il lâche Adam en le poussant. Je hoche la tête, satisfaite de constater que même dans un accès de colère Gio est attentif aux besoins d'autrui. Il comprend à quel point c'est important que je mette un terme à tout ça moi-même.

— Tu n'aurais pas dû venir ici, dis-je en me dressant de toute ma hauteur devant Adam. New York, c'est chez moi maintenant. Je ne reviendrai jamais à Londres, ni avec toi. Tu ne me fais plus peur, j'en ai fini de te laisser être le monstre sous mon lit. Tu n'es personne, tu n'es qu'un minable pathétique qui prend un malin plaisir à manipuler les autres quand ils sont au plus bas. Eh bien j'ai un scoop, Adam : je ne touche plus le fond, et je ne suis pas ta souris. Je ne suis rien pour toi, en fait, et ce pour toujours, alors fiche le camp et ne t'avise jamais de remettre les pieds dans cette ville, c'est compris ?

Les lèvres enflées, Adam se fend d'un rictus.

— Rien que de belles paroles, riposte-t-il. Tu reviendras en rampant.

— Je t'assure que non. Ces gens m'ont accueillie dans leur vie et dans leur famille…

Son ricanement acéré me coupe.

— Dans leur famille ? Tu ne fais partie d'aucune famille, souris.

Son visage se tord en une moue de pitié et je note avec satisfaction qu'il tressaille de douleur.

Derrière moi, Gio émet un bruit qui ressemble à un grognement et fait un pas vers nous, mais Santo l'arrête d'un geste de la main. Tout le monde se fige, même Adam semble se soumettre à l'autorité du vieil homme.

— Iris est *ma* famille, affirme le patriarche en s'appuyant sur sa canne.

Maria s'approche de son mari.

— La mienne aussi.

— La mienne aussi, ajoute Sophia en se rangeant à côté d'eux.

— La mienne aussi, renchérit Felipe.

Sur les marches devant le restaurant, Robin et Bobby se tiennent côte à côte.

— Et t'as pas intérêt à dire qu'elle n'est pas notre famille, crie à moitié Robin, d'un air de défi.

Adam les fixe tous.

— Bande de putain de losers, marmonne-t-il, une goutte de sang de sa lèvre venant s'écraser dans la neige.

Fière et à cran, je les dévisage tous l'un après l'autre.

— Une bande de putain de héros, je rectifie.

Et puis je m'approche de mon ex, libérée, sans plus aucune peur. Je renifle son eau de Cologne en repensant à l'enfer qu'il m'a fait vivre, puis je songe à la force qu'il m'a fallu pour le quitter. Je repense à la fille de l'allée il y a quelques semaines et au nom de toutes les femmes qui vivent sous l'emprise d'un dominateur, je lève le menton et toise ce salopard une dernière fois. Je mérite d'avoir le dernier mot.

— Va te faire cuire un œuf, Adam Bronson.

39

NOUS RESTONS TOUS DANS LA RUE, ma famille new-yorkaise et moi, jusqu'à ce qu'Adam finisse par disparaître de notre vue, puis tout le monde se regroupe autour de moi. Je ne suis pas sûre de comprendre ce qu'il vient de se passer, ni la raison de leur présence ici, mais finalement tout ce qui compte c'est qu'ils sont là et j'en suis bouleversée. Gio recule et attend que sa famille ait terminé de m'étreindre avant de me prendre dans ses bras, et je fonds en larmes. Il me serre plus fort encore.

— Je suis là, souffle-t-il en me caressant les cheveux. Je suis là.

Je lève les yeux vers lui et il soutient mon regard, puis il baisse le visage et m'embrasse tendrement. J'entends Sophia soupirer et Maria sangloter, tandis que Bobby et Robin les invitent chez eux pour leur offrir un remontant.

Nous ne bougeons pas jusqu'à ce qu'il n'y ait plus que nous et Smirnoff sur le trottoir. Gio me lisse les cheveux en arrière des deux mains et me contemple d'un air grave.

— Ça va ? murmure-t-il en me tenant le visage.

— Maintenant, oui, je réponds. Et toi ?

— Absolument pas, dit-il en reculant. Toute cette histoire, Iris, c'est...

Il plonge la main dans son manteau et sort quelque chose de sa poche intérieure. Je baisse les yeux vers la serviette vert menthe de ma mère. L'écriture de Santo. Leur chère recette de famille.

— Papa nous a tout raconté. Et Felipe a comblé les trous.

Je fixe la serviette.

— Il ne s'est pas passé un jour sans que j'aie eu envie de te dire la vérité.

Il me contemple.

— Toutes ces matinées passées ensemble à la boutique, et tu connaissais la recette depuis le début ?

— Ce n'était pas à moi de révéler le secret. Je voulais seulement t'aider, pas semer la discorde dans votre famille.

— Tu aurais dû me faire confiance.

— Il n'a jamais été question de confiance, mais de loyauté envers ma mère, en premier lieu. Et ensuite envers Santo, parce que plus tu me parlais de lui et plus j'ai compris ce que cette serviette représentait. Quant au mensonge à propos d'Adam... j'avais si honte. Je me suis enlisée là-dedans sans savoir comment m'en sortir. Je suis vraiment désolée.

Gio fixe la serviette.

— Mamma m'a dit de te la rendre.

Mon cœur se serre en songeant à Maria, elle qui a pris ma défense.

— Comment va-t-elle ?

Gio soupire doucement.

— Elle a été formidable, comme toujours. Ils ont affronté trop de choses ensemble pour que cette histoire les ébranle. Il y a trop de vécu. Trop d'amour. C'était il y a longtemps et au final je crois qu'elle est contente que ça t'ait menée à nous, et que ça nous ait rendu la recette.

— Mais elle a tous les droits de me détester, dis-je, attristée par cette perspective car la gentillesse et la générosité d'esprit de Maria sont si réconfortantes.

— Elle ne te déteste pas. Mamma a le cœur d'une lionne et, que tu le veuilles ou non, tu fais partie des siens, maintenant.

Je fais partie des siens. C'est ce que j'ai ressenti tout à l'heure, protégée comme je ne l'avais pas été depuis la mort de ma mère.

— Et Santo ? Il va bien ?

Gio jette un coup d'œil vers l'appartement de Bobby.

— Stoïque, comme toujours. Un peu soulagé, et un peu honteux, je crois.

— Il n'a plus de quoi avoir honte. Ils n'étaient que des gamins. Est-ce que je devrais essayer de lui parler pour arranger les choses ? Tout ça, c'est ma faute.

— Ce n'est absolument pas ta faute. Il a toujours vécu avec le poids de ses choix, tu as juste essayé de remettre les choses en ordre. C'est privé, ça les concerne tous les deux, maintenant. Ils doivent gérer la situation à leur façon, et ils y parviendront.

Je vois ce qu'il veut dire. À partir de maintenant, c'est entre Santo et Maria.

Il m'embrasse le front.

— Tu as fait de ton mieux. Ce qui est fait est fait, tout a jailli au grand jour.

Je sens le poids de ces derniers mois délester mes épaules du plomb devenu plume. Il sait tout. Il est au courant au sujet d'Adam, de ma mère et de la recette. Il connaît tous mes secrets et il est quand même là.

— Iris, dit-il, sa main chaude sur ma nuque quand je le regarde droit dans les yeux.

— Je t'aime, je déclare car après tout ce qui s'est passé, je veux être la première à prononcer les mots. Je t'aime tellement, Gio.

Il passe son pouce sur mes lèvres.

— *Ti amo.*

Je souris puis je répète la phrase, et les sonorités sont nouvelles et précieuses dans ma bouche.

Smirnoff ronchonne sur la première marche de l'entrée. C'est peut-être de l'admiration devant mes talents en langue étrangère, ou alors une menace, difficile à dire. Dans tous les cas, il va recevoir une boîte entière de thon aujourd'hui. Je vais peut-être même la lui servir dans un bol en mélamine rose.

Lorsque nous entrons enfin, l'ambiance est à la fête chez Bobby et Robin. Tout juste rentrés de vacances, leurs valises encore dans le couloir, ils se sont néanmoins mis en mode hôtes parfaits et ils ont ouvert le champagne. Il y a de la musique de crooner en arrière-fond, spécialement choisie pour Santo, je présume, et Sophia et Bobby rient sur le canapé, déjà comme larrons en foire.

— Ça ressemble à une publicité de Noël, je murmure.

Smirnoff me frôle la cheville lorsque tous les regards se dirigent vers nous.

Sophia bondit et vient nous étreindre, la main posée sur ma joue.

— Tu es gelée, remarque-t-elle. Viens près du feu.

— Je vais très bien, je réponds et je la retiens par la main jusqu'à ce qu'elle me regarde. Merci pour tout. Tu as été absolument géniale.

— Oh, je regrette juste de ne pas lui avoir collé mon poing dans la figure.

— Il ne vaut pas la peine que tu te casses un ongle, je réplique, libérée du plus gros poids sur mon cœur.

Sophia jette un coup d'œil à Gio.

— Je ne l'ai jamais vu comme ça, déclare-t-elle, d'une expression qui trahit tout l'amour et l'admiration qu'elle porte à son frère.

Je contemple Gio et je repense à la façon dont il s'est interposé pour me protéger, mais aussi comment il s'est effacé pour me permettre de me défendre moi-même.

Bobby nous rejoint et tend le bras vers Gio. Je vois l'accord tacite et le respect passer entre eux lorsqu'ils se serrent la main, l'autre paume de Gio posée sur l'épaule de Bobby.

— Juste pour info, j'avais la situation totalement sous contrôle jusqu'à ce que tu arrives, fanfaronne Bobby. J'avais mis ce connard à terre.

— C'est ce que j'ai entendu, répond Gio. Iris m'a dit que tu avais été héroïque.

Bobby se tourne vers moi, les yeux brillants en articulant le mot « héroïque ».

— Iron Man peut aller se rhabiller, je plaisante avant de lui embrasser la joue, en ayant volontairement cité son superhéros préféré.

Robin nous pousse vers le centre du salon, où nous sommes enveloppés par la chaleur et l'amour des Belotti. J'embrasse Maria et donne une accolade à Santo et à Felipe, puis je m'assieds sur le canapé entre Sophia et Gio en leur prenant la main.

Je ferme les yeux et j'écoute la voix de Frank Sinatra chanter sa célèbre déclaration d'amour à New York, puis je souris parce que je sais que quelque part, d'une façon ou d'une autre, ma mère a demandé spécialement cette chanson pour moi.

Je suis venue à New York pour prendre un nouveau départ, seule et sans savoir si j'allais réussir à construire quelque chose. Je ne doute plus. Cette merveilleuse ville effrénée et chaotique est chez moi pour toujours, si elle le veut bien.

Je ne suis plus seule. J'ai été liée pendant toute ma vie sans le savoir à la famille Belotti par une porte à la vitre peinte, une serviette verte déchirée et cette glace à la vanille si réconfortante. Quelle chance d'être finalement parvenue, comme par miracle, à faire le lien, d'avoir été conduite jusqu'à cette porte par une bonne étoile. C'est illusoire de croire que ma mère m'ait guidée, mais si ces choses-là sont possibles, je sais qu'elle aurait remué ciel et terre pour me mener aux Belotti. La gelateria de Mulberry Street était son refuge dans cette ville et maintenant, trois décennies plus tard, c'est devenu le mien.

À l'époque, elle a eu le choix de rester mais elle ne l'a pas fait. Ma mère et moi sommes similaires sous bien des aspects, mais mon histoire à New York se termine autrement, et ce n'est pas dû au destin, ni aux cieux, ni à ma mère. C'est grâce à moi. Grâce à la force que j'ai puisée en moi-même pour m'envoler vers New York avec rien d'autre qu'une valise cabossée et ma chère machine à glace. À ce moment-là, j'avais eu l'impression de prendre la fuite, mais aujourd'hui, avec le recul, j'ai enfin une vision d'ensemble.

Je rentrais à la maison.

Épilogue

Six semaines plus tard, Jour de la Saint-Valentin

— JE CROIS QUE JE VIENS D'EN VOIR UNE, dis-je, le doigt pointé vers le ciel. Juste là.

Gio suit la direction de mon index puis me jette un regard de biais.

— Ce n'est pas vrai.

Je pouffe de rire.

— Non, ce n'est pas vrai. Il y a trop de nuages. Mais vu tous les efforts que tu as déployés, laisse-moi prétendre que j'ai vu une étoile filante pendant que toi, tu souris et fais semblant de me croire.

— Je ne tiendrai plus jamais debout après ça, dit-il en se contorsionnant les épaules contre la surface métallique du pick-up qu'il a fait des pieds et des mains pour louer en guise de surprise pour la Saint-Valentin.

Nous avons roulé plusieurs heures jusqu'au nord de l'État pour nous allonger sous le ciel noir et observer les étoiles filantes, sauf que nous n'avons pas de chance avec le temps.

— J'aurais dû prendre un matelas gonflable, grommelle-t-il.

Je secoue la tête.

— Il fallait que ce soit une couverture à carreaux, ou alors un dîner en haut de l'Empire State Building.

— Ou un autre truc de Saint-Valentin à la con, dit-il en imitant le terrible accent anglais qu'il avait pris il y a un an lors de notre rencontre à la librairie.

Je n'arrive pas à croire qu'il se souvienne de ce que j'ai dit ce jour-là, ni tous ses efforts pour m'organiser cette surprise en référence à notre conversation : une couverture à carreaux à l'arrière d'un pick-up sous les étoiles.

Je lui donne un petit coup de poing dans le bras et souris dans la pénombre. Je peux désormais repenser à ce jour sans ressentir ni angoisse ni honte, car il a provoqué une série d'événements qui m'ont menée ici, avec l'amour de ma vie.

Gio roule sur le côté et me regarde.

— Je ne trouve pas qu'on devrait en faire une tradition annuelle, dit-il.

— C'est juste pour cette fois. L'année prochaine, ce sera moi qui organiserai la Saint-Valentin.

— Ça pourra être à l'intérieur, avec un lit ?

Je hoche la tête.

— Marché conclu.

Je m'assieds en tailleur et tire mon sac à dos vers moi.

— J'ai quelque chose pour toi.

Je lui tends un petit paquet et il sort à son tour un cadeau de sous la couverture.

— On échange ?

— Ouvre d'abord le tien.

Il tire sur le ruban et ouvre la boîte, avant de rire doucement en découvrant deux cuillères en argent à l'intérieur.

— Une grande et une petite, je commente.

— *Cucchiaino*, dit-il en me massant le genou.

Je tourne entre mes mains le cadeau qu'il m'a donné.

— Je crois savoir ce que c'est.

— Ouvre-le quand même.

Je déballe le livre et passe le doigt sur l'illustration de la couverture. C'est une édition spéciale à la tranche dorée, rien à voir avec l'édition poche que nous nous étions disputés l'année dernière. Je suis ravie, j'arriverai peut-être enfin à lire le roman sans éprouver le moindre embarras ni regret.

— *Coniglio*, dit-il.

— Aucune idée de ce que ça veut dire mais répète, dis-je, parce qu'il sait très bien l'effet que ça me fait quand il parle italien.

— Lapin, traduit-il. Ça veut dire lapin.

— Petit malin.

Je repère le lapin caché sur la couverture puis je me rallonge, appuyée sur un coude.

— Tu crois que le ciel va se dégager ?

— Aucune chance.

— Je m'en fiche. Tout ce qui compte pour moi, c'est le pick-up et la couverture.

— Tu aurais pu le préciser avant que je conduise cinq heures pour venir ici, rétorque-t-il en enroulant une mèche de mes cheveux autour de ses doigts.

— C'était romantique. J'adore que tu aies fait tout ça.

Je me penche pour l'embrasser et il me fait rouler sur le dos.

— Tu as tout de même raison à propos de ce pick-up, dis-je alors, les omoplates plaquées contre le métal.

— Non, en fait je l'aime beaucoup, rétorque-t-il en glissant la main sous mon pull. Je songe à l'acheter.

— Il ne fait pas trop froid pour se peloter dehors ? je murmure quand il m'embrasse la nuque et marmonne quelque chose que j'espère très salace en italien.

J'ouvre les yeux et, je le jure devant Dieu, je vois des étoiles.

Remerciements

Merci à ma merveilleuse agente, Nelle Andrews, et à mes éditeurs anglais et américains, Harriet Bourton et Hilary Teeman. J'apprécierai toujours votre infinie gentillesse et votre soutien inconditionnel pendant que je travaillais sur ce livre.

Un merci tout particulier au glacier *Notarianni* à Blackpool qui m'a donné la première étincelle d'idée pour cette histoire en regardant *Hairy Bikers* – les heures que j'ai passées devant des émissions dc cuisinc n'auront pas été vaines !

Comme toujours, merci à tout le monde chez Viking, chez Penguin et aux équipes des droits pour votre immense talent – je m'estime très chanceuse de vous avoir.

Un immense merci à l'équipe de Ballantine, je suis extrêmement reconnaissante de notre relation suivie et de tous vos efforts pour partager mes romans avec le public américain.

Tous mes remerciements envers mes éditeurs internationaux, c'est assez incroyable d'imaginer mes livres entre les mains de lecteurs aux quatre coins du monde.

Une immense pensée pour les Bob girls, pour toutes ces années d'amitié et de soutien, et pour Emily Blackledge en particulier, pour tes conseils avisés en matière de chant.

Enfin et surtout, tout mon amour et ma reconnaissance pour mon adorable famille et mes amis ; comme toujours, vous êtes mes préférés et les meilleurs.

La communauté Charleston a aimé !

Chez Charleston, nous sommes convaincus que loin d'être une aventure solitaire, la lecture est une invitation au partage. Nous échangeons constamment avec nos lecteurs et lectrices, et nous sommes fiers de la belle communauté d'amoureux des livres que nous formons tous ensemble. Chaque année, nous choisissons au sein de cette communauté vingt lectrices et lecteurs qui nous accompagnent tout au long de l'année et découvrent nos romans en avant-première. Voici leurs avis !

Avec ce roman, Josie Silver s'impose définitivement comme la reine de la romance de Noël ! Une autrice à suivre de près.

@unlivreabordeaux

L'autrice nous offre une parenthèse délicieusement glacée pour ces fêtes de fin d'année.

@myjolielibrairie

Une belle histoire hivernale qui nous rappelle les valeurs de Noël : l'amour, la famille et le partage.

@strabissime

J'ai retrouvé la plume fluide et légère de Josie Silver et j'ai passé un très bon moment.

@Djustinee

J'ai le cœur rempli d'amour en terminant ce roman. J'ai vécu, le temps d'un hiver, un moment incroyable à New York.

@dans_tous_mes_etats

L'autrice nous offre une lecture de Noël aussi légère que touchante dans le décor magique de New York en hiver. Un roman idéal pour se plonger dans l'atmosphère de Noël !

@carnet_litteraire

Ce roman est un petit bijou ! Josie Silver nous livre une merveilleuse histoire d'amour et de famille.

@doresixtine_lecturesdesixtine

Ce roman vous a plu ? Dites-le-nous !

Rejoignez la communauté Charleston
et échangez sur vos lectures

Retrouvez-nous sur

editionscharleston.fr

et sur

Inscrivez-vous à notre newsletter et recevez
des informations sur nos nouveautés, nos événements,
nos jeux-concours... et des cadeaux !

CHARLESTON
L'ÉDITEUR DU FÉMININ

IMPRIM'VERT®

Cet ouvrage a été imprimé en utilisant des papiers composés de fibres naturelles, renouvelables, recyclables et fabriquées à partir de bois issus de forêts qui adoptent un système d'aménagement durable. En outre, les fournisseurs de papier s'inscrivent dans une démarche de certification environnementale reconnue.

Achevé d'imprimer en septembre 2024
par CPI Bussière
À Saint-Amand-Montrond (18)
Dépôt légal : octobre 2024
N° d'impression : 2079060
Imprimé en France

L'imprimerie CPI Bussière est titulaire de la marque Imprim'Vert®